FRANÇOISE DORIN

Françoise Dorin est la fille du célèbre chansonnier René Dorin. Après un détour par les cabarets, où elle interprète les sketches de Jean Poiret et de Michel Serrault, Françoise Dorin entreprend une carrière de comédienne. Elle joue d'abord dans les revues de son père au théâtre des Deux Ânes, puis aux côtés de Michel Piccoli et de Roger Hanin au théâtre du Quartier latin. Parallèlement, elle écrit pour la radio et la télévision, des nouvelles, des articles, des romans et des chansons, dont la plus connue sera interprétée par Aznavour (*Que c'est triste Venise*). En 1967, elle connaît sa première consécration au théâtre, avec sa pièce : *Comme au théâtre*. Bien d'autres suivront : *La facture*, *Un sale égoïste*, *L'intoxe*... En 1976, elle se lance dans le roman et connaît des succès ininterrompus, tant en France qu'à l'étranger : *Va voir Maman... Papa travaille !*, *Les lits à une place*, *Les julottes*, entre autres. Plus récemment elle a publié *Le cœur à 2 places* (2006), *En avant toutes !* (2007) et, en collaboration avec Jean Piat, *Quand les mouettes nous volent dans les plumes... : Petits dialogues de plage* (2008).

EN AVANT TOUTES !

DU MÊME AUTEUR

CHEZ POCKET

VA VOIR MAMAN, PAPA TRAVAILLE
LES VENDANGES TARDIVES
LES JULOTTES
LA RÊVE-PARTY
TOUT EST TOUJOURS POSSIBLE
ET PUIS APRÈS...
LE CŒUR À 2 PLACES
EN AVANT TOUTES !

FRANÇOISE DORIN

EN AVANT TOUTES !

PLON

Le papier de cet ouvrage est composé de fibres naturelles, renouvelables, recyclables et fabriquées à partir de bois provenant de forêts plantées et cultivées durablement pour la fabrication du papier.

ISBN : 978-2-266-18072-6

Chapitre 1

« “ Lui, Tarzan.
« Elle, Jane. ”
« Ça, terminé !
« Maintenant, c’est :
« “ Elle, Tarzan.
« Lui, Jane ! ”

« D’accord ! On n’en est pas encore là, mais on y tend. On y vient. On y court. C’est pourquoi, aujourd’hui, je lance à tous les hommes, mes frères, un appel solennel à la résistance. »

Telles sont les premières lignes de *La Tarzane*, livre sorti en librairie lundi dernier ; livre qui veut être une critique cocasse d’un féminisme prétendument galopant ; livre qui va bénéficier du charisme de son auteur et du succès de son précédent ouvrage... à la gloire de sa mère !

Qui est-il, cet auteur ? Maître Vincent Vanneau. Romancier populaire et avocat mondain. Misogyne et séducteur. Quadragénaire sportif. Se vantant à juste titre d’avoir l’esprit de famille et pas du tout l’esprit de sérieux.

Beau, beau, beau... et pas con à la fois !

« Courage, messieurs ! Encore un petit effort ! Descendez de vos piédestaux ! Cassez vos statues de cow-boys ! Vous n'aurez pas de mal : elles sont déjà fêlées. Et vous, femmes, mes sœurs, donnez-leur donc un petit coup de main ! Secouez l'arbre du sexe où les derniers machos se sont réfugiés ! »

Telles sont les premières lignes de *L'Adieu au cow-boy*, livre qui est sorti en librairie le même jour que *La Tarzane* ; livre qui se félicite de l'affaiblissement du pouvoir masculin au profit du pouvoir féminin ; livre volontiers provocateur ; livre partiellement autobiographique d'une débutante en littérature, mais pas dans la vie !

Qui est cette débutante ? Lou Gautier, la fille du docteur Marie-Anne Maurin-Gautier, psychothérapeute renommée, et d'Édouard Gautier, galeriste au flair reconnu. Célibataire et bien décidée à le rester. Avouant quinze ans de galères, tant sentimentales que professionnelles...

Belle, belle, belle... et triste à la fois !

Ces deux auteurs, ces deux livres vont être opposés demain dans une nouvelle émission de télévision abondamment annoncée et commentée par les médias. De ce flot d'informations les attachés de presse de Vincent Vanneau et de Lou Gautier ont tiré l'essentiel et l'ont consigné à l'intention de leurs « poulains » dans deux espèces de feuilles de route, assimilables à celles des soldats en partance pour le front. Elles commencent d'une façon identique par quelques renseignements d'ordre général :

Titre de l'émission : « Poings... d'exclamation ».

Genre : indéfinissable. Innovant.

But : réunir le culturel et la rigolade.

Décor : un ring de boxe entouré de gradins pour le public.

Arbitre : une femme-rottweiler – connue sous son pseudonyme de Tapsy, contraction de « tapes'y là où ça fait mal » !

Durée : une heure, répartie en quatre rounds de quinze minutes : deux auteurs par round. Donc huit participants. Obligatoirement antagonistes et de préférence de sexe opposé.

Veillée d'armes pour Lou Gautier, chez elle, dans un deux pièces avec vue sur la tour Montparnasse. Elle y est en compagnie de Fabienne, son ancienne condisciple et amie. Elle l'avait quittée subitement, il y a une quinzaine d'années, après leur double succès au bac, en lui donnant ce curieux rendez-vous : « Au coin de la chance. La première arrivée attend l'autre. »

À ce rendez-vous, Fabienne est arrivée la première. Depuis cinq ans, elle dirige aux éditions Duroc le service des relations publiques. En tant que telle, elle supervise le travail de quatre attachés de presse et s'occupe personnellement de deux ou trois auteurs « privilégiés », autrement dit, des auteurs atteignant des tirages qui leur permettent des exigences. En l'occurrence, c'est elle qui a exigé de « cornaquer » Lou après l'avoir rencontrée par hasard, au bord de la déprime, dans une librairie de Saint-Germain-des-Prés.

Elle qui a combattu l'envie de Lou d'abandonner son rêve d'écolière : devenir écrivain.

Elle qui lui a affirmé qu'elle n'avait pas « rêvé au-dessus de ses moyens ».

Elle qui l'a convaincue de tenter un essai, sous sa houlette.

Essai qui sera irrémédiablement le dernier, s'il se solde par un nouvel échec.

Elles savent l'une et l'autre que l'émission de demain, sans être déterminante, indiquera une tendance positive ou négative. D'où la nervosité de Lou, ponctuée par des soupirs, et celle de Fabienne, ponctuée par des éruptions langagières du genre : « Quel con, ce Vanneau ! »

Pour Vincent, ce dimanche, vécu par Lou comme une veillée d'armes, est une vraie pause-détente. Il le passe dans la maison familiale, si bien nommée « La Parenthèse », maison prolongée par une verte prairie descendant vers la Loire paisible. Digne d'un feuilleton télévisé !

Vincent est entouré de Madeleine dite Mado, sa sacro-sainte mère qui lui a inspiré son best-seller : *Pourquoi elles ne te ressemblent pas toutes, Maman ?* ; de son père : Charles (comme de Gaulle, comme Lindbergh, comme Charlemagne : de vrais hommes...), fondateur et tenancier – avec la patronne – du « Gosier sec », le « dernier bistrot où l'on cause » ; de ses frères jumeaux : Valentin et Victor, auteurs conjoints de bandes dessinées qu'ils signent Valvic, compression de leurs deux diminutifs : témoignage de leur entente fusionnelle tant dans leur métier que dans leur vie.

Les cinq Vanneau, unis comme les doigts de la main, honorent le saumur-champigny du père et la matelote d'anguilles de la mère.

Bavardent, potinent, discourent, cancanent, clabaudent et surtout plaisantent, rigolent, s'esclaffent...

Jusqu'au moment où Vincent – « le grand » – donne le signal du départ.

Les jumeaux qui malgré leurs trente-six ans sont restés « les petits », voire « les gamins », respectent l'autorité du « grand », de quatre ans leur aîné. Ils partent pour Paris avec lui, laissant leurs parents à leur si douce « Parenthèse ».

En vérité, pas plus Madeleine et Charles que leurs trois fils ne sont tristes de se séparer. Tous ont hâte d'être à demain, ou plutôt après-demain, hâte que cette foutue émission soit passée, hâte de tourner la page.

Vous aussi, j'espère ?

Chapitre 2

Lou ouvre la moitié d'un œil sur son réveil lumineux, l'autre étant sur l'oreiller, et exhale un « merde ! » accablé. Elle vient de voir qu'il est 5 h 30 et simultanément de penser que l'émission « Poings... d'exclamation », considérée par Fabienne comme « capitale » pour elle, a lieu ce soir, qu'elle a pris un calmant en se couchant avec l'espoir de dormir au moins jusqu'à 10 heures et qu'elle doit impérativement replonger dans le sommeil au plus vite, sinon... Un nouveau « merde » coupe le fil de sa pensée. Il est provoqué par un étau qui enserre son front, une douleur diffuse dans le bas-ventre, une alternance de sueur et de frissons. C'est comme ça tous les mois... Régulièrement ! Enfin... régulièrement ? D'habitude ! Là, comme un fait exprès, c'est trois jours plus tôt !

L'alternative ? Prendre le médicament qui supprime la douleur mais qui l'abrutit. Ou ne rien prendre et souffrir au point de perdre tous ses moyens, mais en pleine lucidité. Elle pèse le pour et le contre sans pouvoir se décider. Elle attend 7 heures pour téléphoner à Fabienne et lui exposer son dilemme. Déjà debout, en pleine forme, la gourou tranche sans hésiter :

– Pas de médicaments ! Dans le feu de l'action, tu ne sentiras rien. Tous les acteurs te le diront : le trac est le plus sûr des anesthésiants. Je t'apporterai plutôt une vitamine C pour te doper.

– Bon... si tu crois que...

– À part ça ? Tu as repensé un peu à ce que je t'ai dit hier ?

– À propos de quoi ?

– Ben... de l'émission de ce soir !

– Ah oui !

– L'attitude à adopter ?

– Oui... cool...

– Non ! Distanciée. Hiératique.

– Ah oui... c'est ça : hiératique, je me souviens.

– Et les formules à placer, tu les as révisées ?

– Oui... oui...

– Et les arguments à défendre coûte que coûte ?

– Oui... oui...

– Et tes critiques sur les réponses de Vanneau au questionnaire de Proust ?

– Ah... non... j'ai perdu la feuille.

– Heureusement que j'ai le double ! Je te l'envoie immédiatement sur ton ordinateur.

– Oh ! c'est pas la peine...

– Ah si ! C'est important : les réponses de Vanneau peuvent te donner des idées pour ce soir.

– Ah... peut-être...

– Je te l'envoie. Rappelle-moi quand tu l'auras lu : tu me diras ce que ça t'inspire. À tout de suite !

Fabienne a raccroché. Lou geint, frissonne, remonte sa couverture jusqu'à son nez, grelotte, rêve d'une bouillotte et même de deux. L'une pour ses pieds, l'autre pour son ventre. Elle finit par se lever pour réaliser ce double rêve et l'ayant réalisé se recouche avec son ordinateur portatif. Elle y trouve déjà les questions de Proust et les réponses de Vanneau, y jette un coup d'œil et retient ces quelques passages.

Proust : Quelles sont les fautes qui vous inspirent le plus d'indulgence ?
Vanneau : Les miennes !
Proust : La phrase qui vous déstabilise ?
Vanneau : Épouse-moi !
Proust : Qu'est-ce que vous aimez qu'on dise de vous ?
Vanneau : Il est vraiment indéfinissable !
Proust : Le talent que vous voudriez avoir ?
Vanneau : Celui de répondre à toutes les questions. Pas seulement celles de Proust.
Proust : Comment aimeriez-vous mourir ?
Vanneau : En rêvant que je vis.
Proust : Quels sont les hommes ou les femmes de votre vie ?
Vanneau : Pour les femmes, ma mère. Pour les hommes : mon père et mes deux frères.
Proust : Votre devise ?
Vanneau : Agir comme si l'on pouvait tout. Se résigner comme si l'on ne pouvait rien.

Lou ne trouve pas ces réponses aussi débiles qu'elle l'aurait souhaité. Légères, oui, mais pas débiles. Elle met son téléphone sur répondeur. Replonge sous les draps. La minute d'après, elle en émerge pour prendre l'appel de Fabienne, impatiente de connaître ses réactions.

– Mitigées, répond Lou prudemment.

– Tu es folle ou quoi ? C'est nul ! Prétentieux ! Banal !

– Tu exagères !

– Évidemment que j'exagère ! Tout le monde exagère dans le métier ! Tout le monde est de mauvaise foi ! Je te l'ai déjà dit, si tu commences à ménager la chèvre et le chou, à jouer les conciliantes, alors que j'ai laissé entendre dans les médias que ton livre était un brûlot et toi, une pétroleuse... tu n'as plus qu'à aller te rhabiller ! Et moi aussi !

Lou saute sur l'occasion de dévier la conversation :

– À propos de se rhabiller, ce soir, qu'est-ce que je dois mettre ?

– Pantalon noir moulant avec cravate également noire sur chemisier bleu.

– D'accord !

– Et n'oublie pas d'accrocher « Gary » à ta cravate.

– Évidemment !

Gary est la reproduction en or du cow-boy déchu et déglingué qui illustre la couverture du livre de Lou. Fabienne le lui a offert pour son trente-cinquième anniversaire, le 15 août dernier, en lui attribuant d'office un rôle de porte-bonheur ; rôle qui s'annonçait aujourd'hui particulièrement nécessaire et particulièrement difficile à tenir.

Le téléphone à peine raccroché, Lou se replonge dans ses draps, dans ses douleurs, dans ses brasiers intérieurs et se résigne, comme souvent, à allumer son « contre-feu » : la radio. Plus précisément la chaîne Infos, celle qui se consacre le plus à l'actualité, donc aux mauvaises nouvelles. Du monde. Du pays. De la société. Rien de tel que les guerres, les révolutions, les émeutes, les catastrophes, les accidents, les agressions, pour ridiculiser l'angoisse de ne pas être à la hauteur dans une émission de télé ! Rien de tel que les morts pour apprécier la douceur de vivre... même avec une cervelle et des entrailles en bouillie ! La preuve : après une bonne dose de calamités en tout genre, Lou a le courage de se lever, de se laver, d'enfiler un training et... d'ouvrir sa porte d'entrée à sa mère, l'auteur de ses jours... et de ses complexes ! Le courage de l'accueillir sans avoir le sourire coincé par le diminutif qu'elle s'est fabriqué avec les initiales de son nom de jeune fille, MAM ; diminutif qu'elle a imposé en lieu et place de Maman à la naissance de Lou ; diminutif qu'elle n'est pas mécontente de partager avec une altière personnalité de notre République.

– Mam ! C'est gentil d'être venue avec tout ton travail...

– J'avais un rendez-vous dans ton quartier. Je reste juste une seconde. Ma voiture est en double file. Ton père a beaucoup insisté pour que je t'apporte un peu du clafoutis aux cerises qu'il a fait hier, d'après une ancienne recette de sa mère !

– Ah... c'est Papa qui...

– Tu penses bien que ce n'est pas moi ! Avec toutes les cerises à dénoyauter... et ma conférence sur madame Freud que j'avais à préparer...

– Ça l'amuse, la cuisine, Papa ?

– Ça le change ! Et puis il est assez doué... plus que pour le reste !

Choquée viscéralement par l'allusion vulgaire de sa mère aux carences paternelles, Lou essaie d'aérer la conversation :

– À part ça, comment va-t-il, Papa ?

– Toujours pareil : avec des œillères sur le monde et un regard perçant sur la peinture !

Le ton lassé et quelque peu méprisant de sa mère pousse Lou à lui poser la question qui traîne dans sa tête depuis... depuis... depuis qu'elle a vu des couples s'aimer... au cinéma ! Il y a bien longtemps.

– Pourquoi ne divorcez-vous pas ?

La réponse jaillit immédiatement, comme celles qui ont mûri pendant longtemps :

– Parce qu'on ne s'aime pas et qu'on ne s'est jamais aimés.

– Quoi ?

– L'indifférence est la clé de voûte des couples qui durent.

– Papa pense comme toi ?

– Tu le lui demanderas. Il va te téléphoner. Il veut te dire le « merde » traditionnel chargé de te porter bonheur pour l'émission de ce soir.

– Toi, tu ne me le dis pas ?

– Si ça doit te conforter, pourquoi pas ? Mais, en vérité, pour la réussite de ton livre, je compte plus sur l'influence occulte exercée par Louise Weiss chez les femmes que sur la superstition attachée à ce pauvre Cambronne... malgré lui !

Madame Gautier, née Maurin, amorce sa descente par l'escalier, se retourne à la quatrième marche pour prévenir sa fille :

– Je vais regarder l'émission chez une amie, ce soir. Je te téléphonerai sur ton portable juste après pour te dire, moi, comment tu auras été... vraiment !

Elle repart en ajoutant :

– Parce que les autres... tu sais ce que j'en pense !

Elle lance cette recommandation du palier :

– Tâche de ne pas me faire honte ! Ça m'ennuierait vis-à-vis de mes clients !

Elle précise en continuant à descendre :

– Je plaisante ! Bye bye, chérie ! À plus !

Lou va ranger dans sa cuisine les restes de l'entremets paternel. Jamais clafoutis aux cerises n'a dû susciter un sourire aussi doux ; ni des regards aussi mélancoliques. Jamais non plus un clafoutis aux cerises n'a dû entendre quelqu'un lui murmurer, le rangeant dans un réfrigérateur : « À tout à l'heure ! »

Un appel de l'interphone vient à point stopper une émotion galopante. C'est le fleuriste d'en face qui a un bouquet pour elle. « Un drôle de bouquet », précise le livreur qui n'en a jamais vu de pareil. Lou non plus ! Imaginez un énorme cactus, plus habitué aux ranchs du Texas qu'aux squares parisiens, entouré d'une bordure de petites roses blanches et rouges.

Lou déchire l'enveloppe agrafée à la Cellophane et lit sur une carte blanche : « Cow-boy peut-être... Père sûrement ! Avec l'immense tendresse des deux. » C'était signé Papa. Juste Papa.

Cette fois, rien ne vient arrêter le déluge : les larmes de Lou s'en donnent... à cœur joie !

Chapitre 3

– Allô, monsieur Vincent ?
– Oui, Églantine, c'est moi.
– Vous êtes réveillé ?
– Non ! Pourquoi ?

La dénommée Églantine, bonne de curé en chômage technique, importée de la région angevine, émet un discret gloussement. Depuis six ans, elle s'est habituée aux plaisanteries de son patron, au « fun » comme il dit. Elle ne se formalise plus par exemple qu'il la présente à ses visiteurs comme sa « veilleuse de jour », appellation qui correspond d'ailleurs très bien à son activité spécifique. Des veilleuses de nuit, Vincent n'en a pas. Des veilleuses ou plutôt des réveilleuses de soirée, il en a à ne plus savoir qu'en faire... enfin, si ! Il sait quoi en faire... Par roulement ! Mais comme « veilleuse de jour », il n'a qu'Églantine, présentement fidèle à son portable :

– Votre petit déjeuner est prêt, monsieur Vincent.
– Oui ! Mais pas moi ! Faites-le attendre. Je vais descendre dans vingt-deux minutes trente secondes !

Oui, il va descendre... cinq étages pour rejoindre au deuxième son cabinet d'avocats qu'il partage avec deux collègues féminines, sans la moindre équivoque, vu qu'elles vivent avec deux hommes ralliés à leur cause et à celle du féminisme, comme il s'empresse de l'expliquer à ses clientes curieuses. En revanche, il se garde bien de leur dire qu'il habite dans le même immeuble, sous les toits, un appartement composé d'anciennes chambres de domestiques et qu'il appelle sa « succursale ». Pour les rares privilégiés qui y ont accès, il le qualifie de fonctionnel. Ce qui n'est pas faux, dans la mesure où il lui permet d'accomplir ces quatre fonctions, essentielles pour lui : dormir et écrire (en solitaire les deux). Rire et parler (avec ses « potes », dont ses frères, bien entendu). Fonctions optimisées par une insonorisation, une climatisation, un confort sans failles et agrémentées par une vue – à perte de vue – sur les toits de Paris.

Son entretien avec Églantine étant terminé, Vincent Vanneau se précipite dans sa mini-salle de bains pour en même temps offrir à ses yeux une tranche de son maxi-panorama ; à son corps, l'agression délicieuse d'une douche multi-jets ; à son moral, l'explosion dans sa bouche de la chanson de Brassens : « Les copains d'abord ».

Divin moment ! La vue ! La douche ! Brassens ! Le tiercé gagnant ! Avec celui-là et l'autre tiercé gagnant qui l'attend : le café, le pain grillé et la confiture d'Églantine... les ennuis n'ont qu'à bien se tenir !

Enfin, installé à son bureau, Vincent regarde quand même dans son agenda ceux qui risquent d'alourdir sa journée, avant cette émission de ce soir qu'il voudrait aborder en pleine forme. Par association d'idées il pense à Lou Gautier, son challenger, qui, elle, abolitionniste du masculin, même dans les mots, doit écrire challeng<u>eure</u> ou challeng<u>euse</u> ! L'andoui<u>lle</u> ! Il repense aux renseignements que Bruno, son attaché de presse, lui a communiqués sur elle, plus particulièrement à ses réponses au questionnaire de Proust. Il va rouvrir le dossier, les relit et, de lui à lui, trouve qu'elles ne sont pas si bêtes que ça... pas plus bêtes que ses réponses à lui.

Proust : Quelle est votre devise ?

Lou : Demain est un autre jour.

Pourquoi pas ? Ce n'est pas original, mais c'est tonique. Lui aussi quelquefois, il se dit ça en se couchant.

Proust : Quel compliment aimeriez-vous que l'on vous adresse ?

Lou : Vous gagnez à être connue.

C'est plutôt sympa. Ça prouve qu'elle est sensible à la critique.

Proust : Quelles sont les fautes qui vous inspirent le plus d'indulgence ?

Lou : Celles des femmes amoureuses.

Soit ! Mais les hommes amoureux ? Ça... inconnu à son bataillon ! Bah... après tout, elle n'en a peut-être pas rencontré. Ce serait étonnant, avec le physique qu'elle a...

Proust : Quelle est la phrase qui vous déstabilise ?

Lou : Je vous déteste.

Eh ben... elle est fragile, la pétroleuse !

Proust : Quel est le talent que vous voudriez avoir ?

Lou : L'éloquence ! Et le sens de la repartie !

La pauvre ! Si elle n'a ni l'un ni l'autre, elle ne va pas se marrer à faire la promo de son bouquin ! De nos jours la causette, pour un auteur, c'est plus important que l'écrit... Pas toujours, d'accord ! Mais en règle générale... je suis bien placé pour le savoir !

Proust : Quels sont les hommes et les femmes de votre vie ?

Lou : Pour les hommes : les cow-boys repentis. Pour les femmes, celles de demain.

Allons bon ! Elle refiche tout par terre avec ça ! Décidément, c'est une andouille !

Vincent referme le dossier. C'est l'heure de son premier rendez-vous : pas une andouille, celle-là ! Une pute ! Entourée d'un amant, bien sous tous rapports... sexuels, et d'un mari, bien sous le seul rapport financier, elle refuse de divorcer. Elle avoue à Vincent en croisant haut les jambes qu'elle est prête à tout pour garder le beurre et l'argent du beurre ! Il accepte d'étudier son dossier... mais avec elle... dans le canapé-lit de son bureau !

Au suivant ! C'est encore une suivante. Celle-là a deux boucliers : deux enfants en bas âge. Un but : rejoindre en Australie un amant qui partage sa passion pour le surf. Un projet ? Non ! Une détermination : divorcer à l'amiable de son mari, plus âgé qu'elle, qui a la phobie de l'avion et qui acceptera, si Vincent s'y prend bien, de limiter son droit de visite au maximum... à moins qu'il n'y renonce carrément. Dans ce cas, elle serait prête, elle, à renoncer à la pension destinée aux « chers » petits.

Étonnez-vous, après ce genre de clientes, que Vincent n'ait pas envie de se marier ! Bien sûr, elles ne sont pas toutes comme ça. Bien sûr, il y a sa mère... Mais sa mère...

Il regarde sa montre et se dirige vers son ordinateur. C'est l'heure du mail maternel quotidien. Ce mail qu'il doit à l'acharnement que Madeleine a mis à apprendre le maniement de ce maudit clavier. Avec quel professeur ? Le gamin d'une ancienne serveuse du « Gosier sec » à qui elle avait appris à écrire... à la plume !

Ce message, comme tous ceux qu'elle adresse à son « grand », commence par l'essentiel : « Les santés sont bonnes ! »

Après ça, les pochetrons du « Gosier sec », les termites de « La Parenthèse », la pelade de Gaston, le vieux labrador, les rappels d'impôts, les taupes qui trouent la pelouse de Papa, le chat qui a renversé la confiture de Maman... ça a moins d'importance. Même l'émission de ce soir ! D'autant que Madeleine est formelle : « Ça va très bien marcher pour toi. D'une part je l'ai vu dans les tarots. D'autre part je suis allée à l'église mettre un cierge. Faut jamais mettre ses œufs dans le même panier ! J'ai demandé à ma sainte patronne – Madeleine la pécheresse – que ce soir, la pétasse te lâche un peu les baskets, comme disent tes frères ! »

Vincent apprécie des yeux et des fossettes. Les rapports de sa mère avec la religion l'ont toujours mis en joie. Elle considère « Notre Père qui êtes aux cieux » comme un parent éloigné, un chef d'entreprise très haut placé. Tellement haut et tellement sollicité qu'elle ne s'adresse à Lui que pour les cas graves. Pour les cas bénins, elle s'adresse aux saints et aux saintes qui, pour elle, sont des espèces de secrétaires, chargés de trier les messages du Patron et de les Lui transmettre par ordre d'urgence ou de les exaucer eux-mêmes quand c'est en leur pouvoir.

Vincent est sûr que si sa mère n'a dérangé que sainte Madeleine, c'est qu'elle a jugé que son grand ne courait pas un réel danger. Il est de son avis. Il sait bien que si sa carrière d'auteur devait s'arrêter là, il lui resterait sa carrière d'avocat. Et puis aussi... et puis surtout ses parents, ses frères, ses copains... et puis encore tous ses repos du guerrier : les sports, les voyages, les vacances, les grands vins, les grandes tables et... les petites geishas ! Elle a raison, sa mère : tant que la santé est bonne... Geste réflexe : Vincent va toucher du bois. Pas n'importe lequel : un petit morceau, rond et non verni, taillé par son père dans une branche de chêne. Les jumeaux ont le même et, comme leur frère, automatiquement ils se précipitent dessus chaque fois qu'ils souhaitent conjurer un éventuel mauvais sort ou attirer la chance sur un point précis.

Vincent est en train de rêvasser au fétichisme en général et au sien en particulier quand entre dans son bureau sans frapper celui qui tient dans sa vie le même triple rôle que Fabienne dans la vie de Lou : attaché de presse, conseiller et supporter. Il a, entre autres avantages :

1. Un sens de la communication tel que, après dix minutes de conversation, vous vous croyez son ami de toujours et pour toujours.
2. Le carnet d'adresses le plus à jour du « Tout-monde » : le futur intronisé du « people » y est déjà inscrit, et l'oublié de demain y est déjà supprimé.
3. Une prédilection pour le « coucher utile et agréable » qui lui vaut une collection de dévouées agentes de renseignement sur les milieux médiatiques.

C'est ainsi qu'il a appris par une de ses « indics » que son homologue, Fabienne, était sur le point de fonder un club, féministe bien entendu, au nom explicite de « En avant toutes », club qui aurait pour but avoué de pousser en avant celles qui restent encore en arrière, et comme but inavoué de servir la promotion des auteur<u>es</u> des éditions Duroc, à condition, bien sûr, que leurs livres, comme celui de Lou, servent les bonnes causes.

Car pour ces dames... de même qu'il y a un bon et un mauvais cholestérol, il y a de bonnes et de mauvaises causes !

– Exemple de bonne cause ? demande Bruno sur un ton de maître d'école.

– Le féminisme où Lou Gautier milite par livre interposé, répond Vincent sur le ton d'un élève consciencieux.

– Très bien ! Et exemple de mauvaise cause ?

– Le machisme pour lequel je m'amuse à militer par livre interposé !

– Parfait !

Bruno abandonne le jeu sur ce satisfecit et revient à l'information, sérieusement.

– Fabienne a déjà imaginé que les futures adhérentes de « En avant toutes » pourraient acheter et porter l'insigne de ce club, qui représenterait, bien sûr, le cow-boy déglingué qui illustre la couverture du livre de Lou Gautier.

– Pas bête comme publicité ! estime Vincent.

– D'autant moins que l'insigne est assez marrant.

– Tu l'as déjà vu ?

– Le prototype, oui ! La petite artisane en chambre qui l'a conçu me l'a montré... et je le lui ai emprunté !

Assez content de lui, Bruno présente à Vincent la reproduction en aluminium du cow-boy en or que Fabienne a offert à Lou pour son anniversaire.

– Pas mal..., reconnaît Vincent à regret. La diffusion est prévue pour quand ?

– Ça dépend de la création du club... qui dépend du succès du livre... et d'un sponsor... ou plutôt d'une sponsore.

– Ah bon ? Qui ?

– La P-DG d'une grande marque de soutiens-gorge ! C'est drôle, non ? Des soutiens-gorge pour soutenir « En avant toutes ! »

– ... Ouais..., dit Vincent, l'air si visiblement absent que Bruno lui demande :

– Tu penses à quoi au juste ?

– À l'image de la « Tarzane » qui est sur la couverture de mon livre. Ça ne serait peut-être pas bête de s'en servir comme insigne pour la promotion de mon bouquin.

– Un insigne ? Comme celui-ci ?

Vincent est tétanisé : Bruno vient de lui mettre sous les yeux un monstre miniature dans une salopette de léopard : la « Tarzane » ! En plus, elle est munie côté pile du même système d'accrochage que les décorations. En plus, elle est en bois et peut s'assimiler à un porte-bonheur...

La reconnaissance et la satisfaction sortent Vincent de son mutisme :

– Je la porterai ce soir !

– J'espère bien ! Mais je te préviens, tu ne seras pas le seul !

– Ah bon ? Ce n'est pas un modèle unique ?

– Pas vraiment, non.

– Il y en a beaucoup d'autres ?

– Un stock renouvelable.

– C'est un cadeau de mon éditeur ?

– Non ! D'un sponsor.

– D'un sponsor ?

– Oui ! Pas d'une sponsore !

– Mais qui ?

– Ah ça... c'est la surprise du chef !

Chapitre 4

Lundi. Jour de l'émission. 18 h 30.

Zombie grelottante, Lou monte dans la Smart de Fabienne, côté passager.

Guerrière masquée, Fabienne prend le volant. Elle a prévu, pour se rendre à la télé, des conditions de circulation noircissimes. Mais, par extraordinaire, il n'y a ni embouteillage, ni accrochage, ni manifestation et les feux sont tous au vert ! Alors Fabienne en profite pour donner à Lou des conseils qu'elle serait bien inspirée de suivre :

– Détends-toi. Respire profondément. Et surtout pense à autre chose.

Lou, obéissant à cette dernière injonction, met la radio et zappe : les sports... ras le bol ! La politique... beurk ! La rigolade... sinistre ! La culture... pas le moment ! La musique... pas le cadre ! La chanson... ah... une vieille chanson, chantée par une ancienne diva, une ancienne reine du Tout-théâtre et du Tout-Paris. Lou monte le son et fredonne la chanson qu'elle entend :

« Je ne suis pas ce que l'on pense.
Je ne suis pas ce que l'on dit. »

Fabienne baisse le son, étonnée :
– Qu'est-ce que c'est que ça ?
– « Ça », c'est Yvonne Printemps.
– Connais pas !
– Tu n'en as jamais entendu parler ?
– Non, tu sais, moi, les chanteuses...
– Mais elle a été très célèbre, aussi, comme femme.
– Ah bon ! Qu'est-ce qu'elle a fait ?
– Elle a été l'épouse de Pierre Fresnay.
– Connais pas non plus !
Lou pense à une citation latine qu'elle tient de son père : *Sic transit gloria mundi.* Ça l'apaise mieux que ses calmants. Et c'est d'une voix presque amusée qu'elle précise à l'intention de Fabienne :
– Yvonne Printemps a été aussi l'épouse de Sacha Guitry.
– Ah ! Celui-là, je le connais. J'ai vu une de ses pièces à la télé !
Lou monte à nouveau le son de la radio, retombe sur les deux phrases qu'elle a déjà entendues. Les deux dernières de la chanson :

« Je ne suis pas ce que l'on pense.
Je ne suis pas ce que l'on dit. »

Cette fois, Lou chante en même temps que la diva et avec dans la voix le même sourire qu'elle. Oui, le même sourire. Avant que Fabienne ne manifeste son étonnement, Lou lui explique :
– Quand j'étais petite, Papa me chantait souvent ça.

Ce même jour, 20 heures.
Pressé par Bruno, grognard dévoué, Vincent, plus que jamais cow-boy cool, entre dans la cour de

son immeuble où il a obtenu le droit (bravo, l'avocat !) de garer sa voiture de bourge et sa moto de livreur. Celle-là même qu'il a décidé de prendre ce soir. Normal, non ? Ne va-t-il pas livrer aux téléspectateurs son roman, ses idées, son charme, son don de sympathie et l'air de l'ignorer qui en double les effets !

Bruno le suit, casque à la main, et bougonne :

– Tu ne veux vraiment pas prendre ta voiture ?

– Non ! On serait en retard.

– À qui la faute ? Tu viens de perdre une heure à bavarder.

– Non ! Pas à bavarder. À essayer de te soutirer le nom du sponsor de ma « Tarzane ». Tu me l'aurais dit, on prenait la voiture : tranquilles. Peinards. Tu ne me l'as pas dit, on prend la moto : tendus. Stressés.

À bout de résistance, Bruno crache :

– Gautier.

– Quoi Gautier ?

– C'est le nom du sponsor. Édouard Gautier. Le père de Lou.

Vincent exceptionnellement reste sans mots. Bruno triomphe :

– Ça vous la coupe, hein, maître Vanneau ?

– Provisoirement. Juste le temps de la route... en roulant très très lentement et en essayant de penser très très vite.

Ce même jour, 19 h 30.

Fabienne et Lou viennent d'arriver à destination. Déjà ! L'une derrière ses petites lunettes d'intello myope ; l'autre derrière les grands hublots noirs de la vedette qu'elle espère devenir. Elles ont trouvé sans le moindre problème le bâtiment G comme Gautier.

– C’est bon signe ! affirme bêtement l’intelligente Fabienne. Allée 9, mon chiffre porte-bonheur ! Encore un bon signe ! ajoute-t-elle, oubliant que d’habitude elle fustige la superstition.

Elles sont accueillies par une hôtesse de fraîche date qui, papiers en main, leur récite sa leçon. Il en ressort :

1. Que l’accès du studio est interdit aux participants afin qu’ils aient un effet de surprise en découvrant le décor.
2. Que madame Tapsy, l’animatrice, restera invisible jusqu’au début de l’émission, afin de ne subir aucune influence. D’aucune sorte.
3. Que les loges des auteurs, toutes portes closes, sont réparties de chaque côté d’un long couloir... comme dans une prison ! (Rire de la préposée !)
4. Que la salle commune de maquillage est à un bout du couloir et la loge de Lou à l’autre bout.

Ce même jour, 19 h 40.

À peine entrée dans la loge de Lou, Fabienne s’évertue à prendre le relais dérivatif de la radio.

Séquence champêtre :

– Ah ! le joli bouquet !

Énumération de toutes les plantes et fleurs de sa connaissance.

Silence de Lou.

Séquence décoration :

– Ah ! que ce canapé est confortable !

Comparaison avec tous les autres canapés de sa connaissance.

Silence de Lou.

Séquence santé :

– Ah ! encore une nouvelle eau minérale !

Comparaison avec toutes les autres eaux minérales de sa connaissance. Un temps.

Séquence humeur :

– La parole a été donnée à l'homme pour dissimuler sa pensée (Talleyrand).

Ça, c'est Lou qui vient de le dire. Et Fabienne qui se tait.

À 20 heures, Lou entre la première dans la salle de maquillage. Elle en sortira la dernière après avoir vu défiler sur les fauteuils voisins du sien six autres auteurs invités à cette première émission mais qui passent avant elle : trois hommes et trois femmes. Fabienne qui les connaît s'empresse de leur présenter Lou, « un nouvel auteur qui... ». Ils n'écoutent pas. Ils s'en fichent. Ils pensent eux aussi à autre chose. À cette autre chose qui les attend. Même les rigolos. Même les chevronnés. Même ceux qui ont combattu sous Pivot !

À 20 h 55, la maquilleuse met une dernière touche de blush sous les yeux de Lou pour en atténuer les cernes.

– Ça vous plaît ? demande-t-elle.

Une voix annonce dans un haut-parleur que l'émission va commencer dans cinq minutes, invite les deux premiers débatteurs à se présenter sur le plateau. La maquilleuse s'envole avant que Lou n'ait eu le temps de répondre qu'elle reprendrait bien un petit coup de trompe-l'œil. Pas grave ! Elle va s'en charger elle-même.

Dans le couloir sinistre qui mène à sa loge, elle croise une espèce de cow-boy avec des lunettes de motocycliste sur le front. Il a l'air pressé. Pourtant il prend le temps de ralentir, le temps de lui dire :

– Vous êtes bien plus jolie que sur vos photos.

– Merci.

Il est déjà loin. Fabienne qui suivait Lou à petits pas la rejoint en quelques enjambées.

– Tu ne l'as pas reconnu ?
– Qui ?
– Le type qui vient de te croiser.
– Non.
– C'est Vincent Vanneau !
– Ah... il est bien mieux que sur ses photos !

À 21 heures, l'émission commence. Étendu sur le divan de sa loge, Vincent écoute à travers un haut-parleur le premier débat. Sujet ? Les rapports parents-enfants. Il pense à Jules Renard qui ne voulait pas procréer, de peur d'avoir un fils qui ressemblerait à celui qu'il avait été pour ses parents. Lui aussi, Vincent, se veut sans descendance. Mais lui, par peur de ne pas retrouver avec sa progéniture la merveilleuse entente qu'il a avec ses parents... de peur par exemple d'avoir une fille, comme Lou, avec des idées opposées aux siennes. Pauvre monsieur Gautier ! Fallait-il que sa fille l'ait insulté, méprisé, meurtri, pour qu'il en arrive à soutenir son rival... à espérer sans doute que dans cette émission, ce rival va le venger, lui, en la ridiculisant, elle. À cette pensée Vincent touche sur le revers de sa veste en daim sa « Tarzane » en bois qu'il doit au sponsor de son futur club. À propos... il se tourne vers Bruno en train d'égrener au bout de son portable un chapelet de « Ah ! ben ça ! », « Ah ! ben ça... » Il s'interrompt pour demander à voix basse à Vincent ce qu'il veut. Vincent chuchote :

– Savoir si tu avais appris le nom de la P-DG des soutifs qui est prête à sponsoriser le club « En avant toutes ».

Bruno lui fait signe de se taire avant d'entamer une nouvelle série de « Ah ! ben ça... » puis de prendre congé de son interlocuteur ou plutôt de son interlocutrice : « Merci, ma bibiche. À charge de revanche. Quand tu veux. » Il coupe son portable et, dans la foulée, annonce à Vincent :

– Gloria !

– Quoi, Gloria ?

– Madame Soutif !

– Ah ! Effectivement ! J'ai vu ce nom-là dans les pubs. Pas toi ?

– Si !

– Alors pourquoi répétais-tu comme un ahuri : « Ah ! ben ça... »

– Eh bien, parce que, mon cher Vincent, figure-toi que...

– Quoi ?

– Eh bien... Gloria est le grand amour de... de...

– De qui ?

– Marie-Anne Maurin-Gautier, la mère de Lou.

– Ah ! ben ça ! s'exclame cette fois Vincent.

Chapitre 5

Heureusement pour lui, Vincent a disposé d'une demi-heure pour digérer et ruminer les deux dernières informations de Bruno. La première : Édouard Gautier, mari résigné d'une féministe enragée et père attendri d'une féministe sous influence de la première, rêvait de devenir le sponsor d'un club de machos. La seconde : Marie-Anne Maurin-Gautier, plus psychanalyste qu'épouse et que mère, tournicotait autour d'une dame fortunée avec qui elle rêvait, elle, de fonder un club « mâlophobe ». Faute de fonder un foyer.

Il n'a pas encore trouvé le mode d'emploi de ces deux possibles détonateurs, quand un des assistants de l'émission vient le chercher pour le conduire derrière la porte de séparation entre les coulisses et le plateau de l'émission ; porte gardée par un costaud casqué d'écouteurs, au torse impressionnant moulé dans un tee-shirt portant cette inscription – superflue : « Pas touche ! » Le costaud en question, très complaisant, se baisse pour chuchoter à l'oreille de Vincent que son adversaire attend derrière la porte de l'autre côté, juste en face. Il ajoute, la mine réjouie, ce renseignement transmis par son homologue :

– Elle a le trouillomètre à zéro. Vous allez l'envoyer au tapis en moins de deux !

Peu de temps après, obéissant à un ordre passé de la régie dans ses écouteurs, « Pas touche ! » ouvre la porte aux deux auteurs qui viennent d'en découdre et dont les visages en sueur trahissent la rudesse de leur combat. Il la maintient ouverte, permettant à Vincent de constater que la disposition des lieux correspond à son attente : le ring et les trois tribunes qui l'entourent ; de juger à l'assurance carnassière de Tapsy que l'émission se déroule selon ses espérances ; de découvrir assis côte à côte les deux ennemis, Bruno et Fabienne qui, aussi débrouillards l'un que l'autre, ont réussi à se faufiler au premier rang ; de voir enfin... Ah non ! Ce n'est pas possible ! Il s'agit d'une ressemblance... Pourtant... Vincent ne peut investiguer davantage : « Pas touche ! » lui tape sur l'épaule. Lui montre subrepticement la petite « Tarzane » en bois qu'il cachait dans son poing fermé, lui murmure comme une amoureuse : « Je suis avec vous ! » puis le propulse sur le plateau, comme une brute.

Retenu à quelques pas du ring par d'autres « Pas touche ! », eux aussi détenteurs de l'insigne clandestin de ses partisans, Vincent entend Tapsy annoncer au public le dernier round. Celui qui va l'opposer à...

Vincent n'entend plus rien. Il vient de reconnaître dans le public, cette fois de façon formelle, ses parents qui lui font un rapide clin d'œil, puis d'un index discret guident son regard vers... ses frères ! Aussitôt, les jumeaux prennent le relais : rapide clin d'œil, puis index indicateur... en direction de quelques affiliés à la bande des « copains d'abord »... Eux, le temps pressant, pointent directement leur index sur des piliers du « Gosier sec ». Combien ? Vincent n'a pas le temps de les compter. Tapsy vient de résumer son livre, comme elle a résumé précédemment celui de Lou et après avoir rappelé, avec complaisance, sa double fonction de maître du barreau et de la plume. Elle l'invite à monter sur le ring où son adversaire, Lou Gautier, l'attend, assise dans un coin, comme un boxeur avant le combat. Concentrée à l'extrême. Mais sur quoi ? Ça...

Vincent, négligeant les deux marches d'accès, bondit sur le ring et salue le public, à gauche, à droite, au centre, ayant repéré immédiatement où étaient placées les caméras. Des applaudissements, non provoqués par le chauffeur de salle, fusent de toutes parts. C'est Vincent qui les apaise d'un geste de la main, accompagné d'un sourire modeste et déjà reconnaissant.

Lou suit sur un écran témoin le manège de Vincent. Elle n'en perd ni un geste, ni une intonation, ni une expression. Elle est fascinée. Comme certaines proies le sont, paraît-il, par les serpents qui vont les engloutir. Tout d'un coup, elle se souvient d'une parodie du *Cid*, où Chimène soupire à regret : « Il est joli garçon l'assassin de Papa ! » Elle serait prête, elle, à pester : « Putain ! qu'il est craquant mon futur assassin ! »

Fabienne qui de son premier rang scannérise la tête de Lou se glisse, accroupie, jusqu'à elle pour cette piqûre de rappel :

– N'oublie pas que tu le hais, bon sang !

Piqûre efficace qui permet à Lou de récupérer son ancienne agressivité. Il était temps. Tapsy vient de lancer le débat : elle tire à pile ou face celui ou celle qui lancera la première attaque.

Le sort désigne Lou. Elle s'en réjouit si visiblement qu'on ne peut douter qu'elle a préparé son coup. En effet, elle commence aussitôt, d'un ton sec :

– Il y a dans votre livre, monsieur, un passage qui m'a particulièrement choquée.

– Un seul ?

Rires dans le public. Lou répond par un haussement d'épaule, avant d'enchaîner :

– Un passage où votre héroïne, « la Tarzane », caricature hypertrophiée de ce que serait selon vous la femme de demain, s'efforce d'apprendre les gestes les plus triviaux et les mots les plus grossiers, jusque-là réservés aux hommes.

– Ah oui ! Je vois ! Si j'ai bonne mémoire, elle se livre à cet exercice difficile parmi ses disciples qui, elles aussi, essayent de se viriliser.

– C'est cela même ! Et c'est à elles qu'elle adresse une phrase ignoble qui m'a tellement indignée que j'en ai jeté votre livre contre le mur !

– Ce n'est pas grave. Je vous en offrirai un autre !

Rires dans le public. Soupir agacé de Lou. Grimace de Fabienne. Intervention dans l'urgence de Tapsy.

– Mademoiselle Gautier, pourriez-vous nous répéter cette phrase, ou mieux nous la lire ?

– Ça, sûrement pas ! J'en serais incapable. Elle est tellement vulgaire, tellement...

– Masculine ? lui suggère perfidement Vincent.

– Oui ! Exactement !

– Alors, si Tapsy m'y autorise, moi, je vais la lire.

– J'allais justement vous le demander, minaude Tapsy en lui tendant son livre, avant de se retourner vers Lou pour savoir où se situe à peu près la phrase incriminée.

La réponse lui est envoyée entre deux lames de couteau :

– Page 112. Deuxième paragraphe.

– Quelle précision !

Vincent découvre la phrase avec étonnement et commence à la lire en prévenant que c'est son personnage – « la Tarzane » – qui parle :

– « Victoire, les filles ! Et même double victoire ! J'ai réussi, comme un vrai mec, à pisser debout et à péter en baisant ! »

Dans le public : quelques exclamations choquées, vivement recouvertes par des hurlements de rire. Tapsy exulte : elle tient enfin la bagarre qu'elle attendait en vain depuis le début de l'émission. Lou Gautier s'adresse à elle, ulcérée :

– Ça ne vous choque pas ?

Tapsy se défausse sur la déontologie :

– Je ne suis pas là pour juger.

Vincent vole à son secours, sur le destrier de la démagogie.

– Bien sûr, seul le public peut juger. Et dans le public, il y a des hommes et des femmes – comme ma mère – qui en ont entendu d'autres. Et des pires. Un peu partout. Et même à la télévision, dans des émissions nullement interdites aux moins de dix ans, et auxquelles participent des gens très recommandables, comme des médecins, et... des psychanalystes du sexe anciennement faible.

Lou est aussitôt alertée par cette allusion à sa mère que Vincent, en plus, a soulignée d'un regard goguenard, et réagit sèchement.

– Merci ! Quoique femme, je ne suis pas une demeurée. Je sais parfaitement que les dérapages verbaux sont de plus en plus fréquents à notre époque. De plus en plus admis. Même dans la littérature. La vraie !

– Ça a toujours existé. De Rabelais à Céline, on ne compte pas les auteurs truculents et talentueux.

– Mais qu'est-ce que vous croyez ? Vous n'êtes pas truculent, vous êtes vulgaire ! Et en plus malhonnête !

– Comment ça, malhonnête ?

– Vous prêtez votre vulgarité à votre héroïne pour la rendre antipathique et, en plus, stupide. Oui, stupide, car vraiment il faut l'être pour croire, comme votre « Tarzane », qu'un langage ordurier constitue une nouvelle conquête pour les femmes.

– Mais ça l'est, chère mademoiselle, au même titre que la pratique des sports violents comme le rugby et la boxe, les amours-Kleenex, les abus d'alcool, le négligé vestimentaire... Autant de conquêtes qui ouvrent aux femmes chaque jour davantage le royaume des hommes. Ce qui d'ailleurs suscite chez eux, je le déplore, des phénomènes... – comment dirais-je pour ne pas vous choquer ? – des phénomènes de... débandade, préjudiciables pour l'avenir de l'humanité...

Des hurlements enthousiastes partent des trois tribunes orchestrés à gauche par les parents de Vincent, au centre par ses frères et ses copains, à droite par ses fans du « Gosier sec » ; les uns et les autres, transformés en chauffeurs de salle, obtiennent en un temps record une ambiance surchauffée, voisine du chahut.

Pas mécontente de cette animation inespérée, Tapsy tente mollement de rétablir le silence. Mais soudain elle voit d'une part, en bas du ring, Fabienne déchaînée, essayant d'y monter malgré l'obstruction musclée d'un « Pas touche ! » ; d'autre part, Lou, sur le ring, essayant d'en descendre, aux prises avec un deuxième colosse qui veut l'en empêcher. Alors, Tapsy panique. L'effervescence, oui ! La bagarre, non ! Elle hurle et s'agite sans aucun résultat... sauf celui d'obtenir, sur un regard implorant, le concours de Vincent. Miracle ! Il lève ses mains dans les trois directions des agitateurs. Il y inscrit entre son index et son majeur le V de la victoire et de... Vincent. Et le vacarme s'apaise. Fabienne regagne sa place auprès de Bruno. Lou la sienne, auprès de Tapsy, en face de Vincent. Lui a un sourire de Christ, confus de son pouvoir. Il en a aussi la voix présumée chaleureuse pour féliciter Tapsy de sa maîtrise remarquable devant les aléas de cette première émission en direct. Applaudissements du public. Salut faussement gêné de l'animatrice. Enchaînement très naturel de Vincent :

– Je voudrais aussi vous présenter mes excuses pour cette perturbation dont je suis responsable... par personnes interposées.

En bonne professionnelle, Tapsy le suit sur le chemin qu'il vient astucieusement d'ouvrir :

– Quelles personnes interposées ?

– Des gens que j'aime et qui m'aiment : des hommes et des femmes. Qui ont tous la même tare que moi.

– Quelle tare ?

– Un manque total d'esprit de sérieux !

Départ d'applaudissements, coupés immédiatement par la voix de Lou, très sèche :

– Ah ! ça c'est vrai ! C'est aussi horripilant dans la vie que dans votre livre. Pourtant, vous y abordez un sujet important. C'est vrai, non ? L'avance du féminisme, c'est important. Très important.

Cette répétition de terme est symptomatique d'une déconcentration. Vincent s'y enfonce avec une amabilité excessive :

– Oui, mademoiselle. Et alors ?

– Alors... alors... vous le traitez en caricature, en farce.

– Bien obligé ! Je ne sais pas faire autrement. Dès que je vois, que je sens, que j'entends quelque chose d'urticant, de grinçant, de pointu, je l'enrobe dans de la légèreté pour que ça passe mieux... comme on enrobe une purge avec du miel ! Je préfère le sourire à la grimace, l'effleurement au coup de poing, le chuchotement au cri, la raillerie à la diatribe. Question de nature ? Question de goût ? Question d'éducation ? Je l'ignore. De toute façon, ne craignez rien, ça n'est pas contagieux ! Vous allez pouvoir continuer à écrire des livres comme *L'Adieu au cow-boy*, aussi ennuyeux, aussi pontifiants, aussi venimeux.

Plusieurs fois, Lou a essayé de l'interrompre mais, en avocat rompu à ce genre d'exercice, Vincent l'en a empêchée sans difficulté. Pourtant, la sentant à présent prête à craquer, il lui laisse la parole... que, désarçonnée, elle emploie à se défendre le plus banalement du monde :

– Mon livre n'est pas venimeux.

– Si ! s'insurge Vincent. Il est très venimeux. Et c'est très étrange : vous êtes ravissante, mademoiselle Gautier, et vous avez écrit le livre d'une fille laide !

– Et vous, monsieur Vanneau, vous avez écrit le livre d'un...

Une poussée de larmes retenues coince le mot dans sa gorge. Vincent en profite pour la titiller :

– Le livre d'un quoi ?

– D'un salaud !

Cette fois le mot est sorti exagérément articulé, presque hurlé, provoquant dans le public ce silence particulier qui précède les cataclysmes.

– Non, jolie « Tarzane », j'ai écrit le livre d'un cow-boy souriant qui se veut impartial. Et surtout fidèle à la devise de son futur club : « Ni brute. Ni soumis. »

Tonnerre d'applaudissements spontanés. Pourtant, malgré le bruit, on entend clairement Lou menacer Vincent :

– Vous me le paierez !

On entend tout aussi clairement Vincent, dégoulinant de charme, lui répondre :

– Volontiers ! Quand ? Et où ?

Alors, Lou justifie l'expression « péter les plombs », employée de nos jours si souvent abusivement. Elle bouscule Tapsy et fonce sur Vincent, le bras levé, prête à gifler le mâle, le macho, dans toute son horreur. Mais celui-ci, avec une élégante décontraction, saisit au vol la main qui allait le frapper. Une seconde, on pourrait croire qu'ils vont s'élancer dans un tango farouche et langoureux.

Le réalisateur de l'émission, jubilant autant peut-être sur le plan professionnel que sur le plan viril, a le réflexe de fixer cette seconde-là. Et c'est sur cette image, qui serait moins insolite dans un film d'avant guerre que dans une production pseudo-culturelle et branchée, qu'il lance le générique de fin. La fin de l'émission bien sûr, parce que pour le reste... ça pourrait bien être un commencement !

Chapitre 6

Survol au-dessus d'un nid de cancans.

À Marnes-la-Coquette, dans une maison quasiment hollywoodienne, Gloria, P-DG de la lingerie du même nom, et Marie-Anne Maurin-Gautier, spécialiste, elle, des dessous du crâne, échangent quelques phrases devant l'écran noir de la télévision du salon rose.

Marie-Anne : Franchement, ton impression sur Lou ?

Gloria : Bonne dans l'ensemble... mais, à mon avis, elle aurait intérêt à changer de soutien-gorge...

Marie-Anne : Ah ! je t'en prie ! Ne te fais pas plus bête que tu n'es ! Je te demande comment tu l'as trouvée, en tant qu'auteur !

Gloria : Ah... bien ! Peut-être un peu tendue...

Marie-Anne : Charmant euphémisme ! Elle était complètement nouée ! Coincée ! Bloquée !

Gloria : La pauvre ! Elle a des excuses... Avec le type qu'elle avait en face d'elle... tellement à l'aise, lui... et tellement sexy, en tant qu'homme bien entendu.

Marie-Anne : Ce n'est pas ça qui risquait de

la traumatiser ! Côté cœur et côté cul, elle est vaccinée ! Blindée ! Immunisée !
Gloria : Ça... on ne sait jamais !

Dans un coin du studio déjà désert où l'émission vient d'avoir lieu, conversation téléphonique entre Bruno et l'éditeur de *La Tarzane*.
Bruno : Votre impression sur Vincent ?
L'éditeur : La mienne : raisonnablement bonne. Celle de mes amis hommes : unanimement enthousiaste. Celle de leurs épouses : mauvaise en tant que féministes. Très indulgente en tant que femmes !
Bruno : Évidemment ! Il les met toutes dans sa poche !
L'éditeur : Sauf une ! Lou Gautier. Et c'est dommage... pour la promotion ! Une idylle entre elle et Vincent, ça aurait été très vendeur.
Bruno : J'ai l'impression qu'on n'aura pas besoin de ça. Je sens dans l'air le subtil parfum du succès.
L'éditeur : Malheureux ! Touchez du bois !
Bruno : Oh... à propos de bois... vous avez pensé à distribuer autour de vous les insignes de la « Tarzane » ?
L'éditeur : Et comment ! Les commerçants et lieux publics de mon quartier en ont été inondés. Ainsi, bien sûr, que le gardien des éditions, macho grand teint, qui va se charger avec bonheur de les diffuser dans sa banlieue.
Bruno : C'est de bon augure pour notre futur club.
L'éditeur : Oui ! Il faudrait d'urgence lui donner un nom.
Bruno : Mais... vous n'avez pas entendu Vincent ? Exprès ou non, il l'a lâché, le nom, pendant l'émission.
L'éditeur : Ah bon ? Lequel ?
Bruno : « Ni brutes. Ni soumis. »

Dans la salle de maquillage également déserte, coup de téléphone, analogue au précédent, entre Fabienne et l'éditrice de Lou.

Fabienne : Comment ça passait à l'écran ?

L'éditrice : Mieux que tu n'as l'air de le craindre.

Fabienne : Ah bon ? On n'a pas senti que Lou perdait les pédales ?

L'éditrice : Si ! Justement ! Elle était pathétique. Vanneau l'a mise dans une situation de victime. Et une victime... c'est toujours sympathique !

Fabienne : Pas trop longtemps ! Croyez-moi, elle aurait intérêt à en sortir assez vite. Mais pour ça, il faudrait que son livre se vende. Et vous savez bien que...

Le portable de l'éditrice a sonné, signalant un SMS. Il était court mais explicite. L'éditrice l'a lu aussitôt à Fabienne :

L'éditrice (lisant) : « OK pour le club “ En avant toutes ”. Les insignes sont commandés. Préviens Fabienne. Bises. Gloria. »

Fabienne : Formidable, la solidarité féminine !

L'éditrice : Oui, mais ne t'y trompe pas, il y a aussi une solidarité masculine, limitée par l'intérêt... comme la nôtre !

Fabienne : Ah non !

L'éditrice : Eh si !

Dans leur loft du 10e arrondissement, fraîchement restauré, les deux avocates, la brune et la rousse, qui travaillent auprès de Vincent. Elles sont sur deux canapés d'angle, blotties contre leurs compagnons : un architecte blond et un agent immobilier chauve. Ils discutent de l'émission, plus précisément de Lou.

La brune : Eh bien... ce n'est pas encore celle-là qui va traîner notre copain Vanneau à la mairie !

La rousse : Ni même percer le mystère de l'endroit où il crèche.

Le chauve (les mains baladeuses sur les formes de la rousse) : Sait-on jamais ? Le corps a ses raisons que la raison ignore.

Le blond (même gestuelle que le chauve) : Et celui de mademoiselle Gautier ne manque pas d'arguments...

Le chauve : Côté face... comme côté pile !

Le blond : En tout cas, moi je vais acheter son livre.

Le chauve : Moi aussi... D'autant plus que sa mère va peut-être devenir ma cliente.

La rousse : Elle cherche un appartement ?

Le chauve : Non. Un local... pas bien défini... pour un club, elle m'a dit.

Dix minutes après l'émission de télévision.

Dans le couloir des loges, celle de Lou où elle est enfermée à clé avec Fabienne. Tapsy y frappe et s'annonce. Lou hurle : « Non ! Je ne suis pas là ! Je ne serai plus jamais là ! » Fabienne entrouvre la porte pour confirmer à l'animatrice (comme s'il en était besoin !) que Lou n'est pas dans son état normal et que surtout, surtout, il ne faut pas lui en vouloir. Sur ce dernier point, Fabienne peut être rassurée : Tapsy est ravie de l'intermède spectaculaire que Lou a offert à son émission.

Vincent l'est moins. Vainqueur au poing, il s'offre le luxe moral d'être indulgent avec cette pauvre fille, sûrement plus fragile qu'elle ne veut s'en donner l'air. Pour un peu il irait la calmer. Il ne doute pas qu'il y parviendrait... en l'embrassant à la hussarde... ou en la giflant, comme les méchants dans les westerns... Ça dépendrait. Oui, vraiment il est plein de bonnes intentions envers Lou. Mais...

Mais son « Pas touche ! », qui porte à présent l'insigne de la « Tarzane » sur son tee-shirt, a piqué un de ses livres sur le plateau de l'émission et le lui présente en disant :

– Je voudrais que vous le dédicaciez à ma greluche, rien que pour la faire chier un max !

À peine Vincent, histoire de plaisanter, a-t-il dans sa dédicace assuré la greluche de « sa considération distinguée » que Bruno arrive en scandant, comme les supporters des matchs de football : « On a gagné ! On a gagné ! » Puis, avec à peine moins de jubilation, Bruno résume à Vincent « son » coup de téléphone avec « leur » éditeur. Enfin il lui annonce qu'il le laisse avec sa famille... et sa moto pour se rendre en taxi du côté de Saint-Germain-des-Prés afin d'y faire « la tournée des popotes » qui se double pour lui d'une tournée des « papotes » !

Tous les fans de Vincent – parents et amis – défilent dans sa loge avec des bouquets de compliments qui sentent bon le parfum si rare de la joie sincère, mais ne s'attardent pas pour ne pas le déranger.

Tapsy a attendu patiemment dans le couloir qu'il ne reste plus personne dans la loge de Vincent pour y entrer à son tour, le féliciter de sa performance, de son double talent d'auteur... et d'avocat de sa propre défense. De sa belle humeur. De son sang-froid. Elle a même pris l'initiative d'un échange de cartes de visite avec le numéro de portable, ajouté au stylo... ce qui peut déboucher sur un échange... de bons procédés par exemple.

Alors, forcément, au milieu de ce remue-ménage Vincent a oublié les malheurs de Lou et les bons sentiments qu'un instant elle lui a inspirés. Ils remontent à sa surface désinvolte, dans le silence pesant qui règne maintenant sur le couloir des loges. Il passe devant celle de Lou. Se demande : « Où est-elle ? Avec qui ? Dans quel état ? » Il se répond : « Chez elle. Désemparée. Effondrée dans les bras de Fabienne qui en profite pour... » Il grimace. Change sa version. L'écrit dans sa tête : « Lou Gautier, joliment démaquillée par les larmes, est avec un ami de rencontre plutôt bien de sa personne, dans un bistrot sympa, genre " Gosier sec ", devant un boudin-purée, leur plat préféré à tous deux... Ils échangent sur tout et n'importe quoi des idées assez banales mais n'en ont dans le fond de leur cœur qu'une seule... encore plus banale que les autres... »

Vincent arrive au bout du couloir. Il tourne à gauche vers la sortie indiquée par un lumineux. Il stoppe brusquement, comme à un feu rouge imprévu. Il vient de découvrir Lou, assise par terre, contre la porte, Lou qui sourit, oui, qui sourit de sa surprise :

– Qu'est-ce que vous faites là ?

– Je vous attendais.

Chapitre 7

Vincent libère les antivols de sa moto. Suivant ses indications, Lou prend le casque des accompagnateurs et le pose sur sa tête. Il lui descend jusqu'aux yeux :

– Je suis navré, je n'en ai pas d'autre.

– Ce n'est pas grave. Je vais arranger ça.

Lou sort de son sac-cabas une écharpe qu'avec l'adresse d'un magicien elle enroule autour de sa tête, et sur ce turban improvisé dépose le casque qui cette fois est à la taille convenable. Vincent s'incline galamment devant la performance de Lou, résiste à la tentation de lui susurrer : « La femme sera toujours la femme. » Et... merveille ! C'est elle qui le lui dit. Il la félicite en levant son pouce, geste des footballeurs pour saluer un but marqué ou une passe bien ciblée d'un de leurs partenaires. Puis il pare au plus pressé :

– Où va-t-on ?

– N'importe où ! Sauf chez moi.

– Chez moi alors ? demande Vincent, volontairement provocant.

– Pourquoi pas ?

Lou a laissé tomber ces mots d'une bouche si désabusée que Vincent rectifie le tir aussitôt.

– Je plaisantais. J'ai faim et je n'ai pas envie d'ouvrir des boîtes de conserve. On va aller chez Machin.

– Chez Machin ?

– C'est un bistrot de mon quartier. Ma cantine. Ça vous va ?

– Très bien !

Ils enfourchent la moto. Lui le premier, avec désinvolture. Elle en second, avec maladresse. Il l'observe dans son rétroviseur et se retourne quand elle est installée :

– Vous n'avez pas peur ?

– Je ne sais pas.

– Comment, vous ne savez pas ?

– Je n'ai jamais roulé en moto.

– Ah... Eh bien, il faut faire un vœu.

– Non !

– Pourquoi non ?

– Je vous l'expliquerai tout à l'heure au restaurant.

Vincent, poussé par son impérieuse curiosité, démarre instantanément et roule avec prudence pour ne pas risquer qu'une crise de nerfs de sa passagère ou un accident l'empêche de savoir ce qu'elle cache. À peine ont-ils mis pied à terre devant chez Machin que Vincent interroge Lou, non pas sur les impressions qu'elle retire de son premier trajet en deux-roues mais sur le vœu qu'elle a fait au départ.

– Heureusement pour vous, lui répond-elle, il n'a pas été exaucé.

– Pourquoi heureusement pour moi ?

– Parce que mon vœu... c'était qu'on ait un choc brutal avec un poids lourd et qu'on soit tous les deux tués sur le coup.

Vincent soupire d'aise, comme s'il sortait des décombres.

– Merci bien ! Moi aussi, grâce à vous je vais pouvoir faire un vœu.

– Pourquoi ?

– Vous êtes la première suicidaire que je rencontre.

Lou esquisse un sourire.

– Et qu'est-ce que ça va être, votre vœu ?

– Que vous retrouviez la joie de vivre.

– Impossible ! Je ne peux pas la retrouver : je ne l'ai jamais eue !

Ça, Vincent, il n'a jamais rencontré : des déprimées, des déçues, des compliquées, des complexées, des « toujours plus », des « jamais assez », ça, oui, il a connu. Pas longtemps. Parce qu'il s'en éloignait très vite. Mais des désespérées jamais ! Surtout avec, à vue d'œil, toutes les raisons de ne pas l'être. Comme tout à l'heure à la télé, dans le couloir des loges, il hésite sur l'attitude à adopter : la rudesse mâle ou la douceur féline. Les deux, pouvant aller jusqu'à... plus, si affinités.

Finalement, entre les deux il choisit de réfléchir chez Machin, très influencé par sa fringale grandissante. Lou, au contraire, se sent incapable d'avaler quoi que ce soit. Elle jette quand même un œil sur l'ardoise où sont inscrites les différentes « suggestions du jour ». Son regard soudain illuminé s'arrête sur la première, signalée à la craie rouge comme une spécialité. Elle murmure, à la limite de l'extase :

– Du boudin-purée !

Vincent n'ose y croire. Il s'attendait plutôt aux « poireaux vinaigrette » ou au « jambon-salade ». Il demande confirmation :

– Vous aimez le boudin-purée ?

– C'est le plat préféré de mon père.

– Du mien aussi... et de ma mère.

– Ah ! ben ça... pas de la mienne ! Elle l'a toujours détesté et prétendu grossir rien qu'en le regardant ! Si bien que Papa m'emmenait en manger en cachette.

– Dommage qu'on ne se soit pas connus à la maternelle : chez nous, tous les mois, on fêtait la Saint-Cochon avec du boudin-purée !

Lou s'attendrit sur la Saint-Cochon du « Gosier sec », tellement loin du foie gras et de la caille aux raisins des dîners de la rue de Courcelles. Elle s'attendrit aussi, forcément, sur l'attendrissement de Vincent quand il lui confie :

– Chez nous, on inventait des saints pour créer des fêtes ! Il y avait, entre autres, la Saint-Glinglin, la Saint-Glouglou, la Saint-Cul-Sec, la Sainte-Ivresse, la Sainte-Dalle-en-pente... Il faut vous dire que mes parents tenaient et tiennent encore un bistrot.

– Je sais. Je l'ai lu sur votre CV. Ça m'a laissée rêveuse.

– Le bistrot ?

– Plus précisément, vous dans le bistrot. Vous, petit écolier studieux, travaillant sur une table plus habituée au contact des verres et des tasses qu'à celui des livres et des cahiers.

Vincent, amusé par l'imagination feuilletonesque de Lou, en prend le relais sur un ton exagérément mélodramatique :

– Oui, je traduisais Plaute et Térence pendant que mes parents avinés trinquaient avec les « biberoneurs » du coin. Pis ! entre « Un petit blanc pour Émile » et « Un petit rouge pour Fernand », ils m'arrachaient à mes devoirs pour m'envoyer à la plonge derrière le comptoir ou à la cave chercher du pinard !

Lou sourit de la caricature et s'étonne de son erreur d'appréciation. Vincent aussi.

– C’est drôle que vous ayez imaginé mes parents en Thénardier et moi en Cosette garçonnet. Je ne vous aurais pas crue aussi romantique.

Lou est sur le point de fredonner : « Je ne suis pas ce que l’on pense... » et regrette fugitivement d’en être empêchée par l’intervention de Machin :

– Alors Vincent, toujours fidèle (clin d’œil avant de poursuivre)... au boudin-purée ?

– Évidemment !

– Et vous, ma petite dame ?

– Moi aussi. Il y a si longtemps que je n’en ai pas mangé.

Lou a prononcé cette phrase avec autant de nostalgie que si elle lui avait été inspirée par un souvenir amoureux particulièrement regretté. Elle s’en rend compte en voyant les fossettes en batterie de Vincent et, dès que Machin regagne sa cuisine, elle s’en justifie avec un humour, inattendu chez elle :

– Que voulez-vous ? À chacun sa madeleine de Proust. Moi, c’est le boudin-purée !

Les fossettes de Vincent se creusent davantage :

– Moi, c’est le vol-au-vent du dimanche !

À partir de là, ils remontent le fil du temps... loin... loin... jusqu’aux deux mariages de leurs parents respectifs : pour les parents de Lou, mariage forcé par la grossesse de sa mère, ô combien inattendue, vu que le responsable, son père, se croyait en toute bonne foi stérile ! Mariage d’amour – mieux ! mariage de fusion – pour les parents de Vincent.

Ils se racontent leurs enfances et leurs adolescences. Constat évident : aucun point commun. Dans aucun domaine. Les lieux où ils ont grandi ? Pour Lou, le Paris chic. Pour Vincent, entre la cathédrale d’Angers et une pâtisserie à l’enseigne du « Pet de Nonne » ! Leurs résidences ? Pour Lou, un appartement de magazine de décoration avec au fond sa chambre, toujours bien rangée. Pour Vincent : à l'arrière du « Gosier sec », « un deux roulottes-cuisine » avec ambiance chaleureuse et désordre permanent. L'environnement ? Pour Lou, la semaine, une succession de nurses, puis de gouvernantes, puis de jeunes filles au pair, et le dimanche : alternance chez les grands-parents maternels, complexés par leur situation modeste, et les grands-parents paternels, complexés par leur fortune ! Pour Vincent : ses parents. Partout. Tout le temps. Au boulot. En vacances. Aux fêtes. Aux enterrements. À la pêche. Et puis, quand il a eu quatre ans, ses deux frères d'un coup qui ont été pour lui successivement les deux braillards, les deux voleurs de parents, les deux mauviettes, les deux connards, avant de devenir les deux « rigolos », les deux « uniques », les deux « à la vie à la mort ».

Lou prolonge le fil du temps :

– Les deux qui ont organisé le chahut de ce soir à la télé, je suppose ?

– Oui, d'une part, eux avec leurs copains qui sont aussi les miens ; d'autre part, mes parents et leurs copains à eux, qui sont aussi les nôtres.

– Ma parole, c'est une mafia !

– Disons une communauté amicalo-familiale très solidaire : un pour tous. Tous pour un.

Lou est visiblement impressionnée par ce paysage familial qu'elle juge ni plus ni moins « magnifique » !

Vincent étonné par cette réaction en cherche la cause :

– Vous n'avez ni frère ni sœur ?

– Non, je vous ai dit que j'avais été un accident.

– Il aurait pu y en avoir d'autres après vous. Un autre.

– Non ! Ma mère a rendu cette éventualité presque impossible en espaçant au maximum, après ma naissance, ses devoirs conjugaux.

– Définitivement ?

– Oui. Elle n'était pas très attirée par l'amour... ni par les hommes.

– Et votre père n'a pas songé à divorcer ?

– Je ne crois pas. Il admirait ma mère : son intelligence, sa volonté, sa persévérance. Elle était sa dame de compagnie. Moi j'étais son amour. En dehors de nous, il a eu quelques « passagères », à peine clandestines.

– Et votre mère ?

Avec une discrétion que malgré sa curiosité Vincent apprécie, Lou lui répond :

– Elle a son métier. Ses conférences. Ses congrès en province, à l'étranger... Et, inclus dans toutes ces activités, son engagement pour la cause féministe.

– Vous en avez pris le relais par conviction personnelle, ou influencée par elle ?

Vincent aurait posé cette question à Lou avant cette soirée, elle se serait insurgée contre ce macho qui osait la soupçonner, elle, si fière de son indépendance, d'être sous influence. Ah oui ! Avant, elle aurait balancé à la tête de ce misogyne encroûté les noms de ces courageuses pionnières qui ont ouvert la voie aux revendications des femmes et les ont justifiées ! Avant, elle lui aurait crié sa fierté de porter à l'état civil le prénom de Louise à cause de Louise Weiss et de Louise Michel, et aurait regretté ouvertement que son père ait peu à peu transformé ce prénom en Lou. Avant... mais avant quoi au juste ? Avant que Vincent la ridiculise pendant l'émission télé ? Avant qu'il s'efforce de ne pas l'effrayer en moto ? Avant le boudin-purée ? Toujours est-il qu'au lieu de se rebiffer, Lou, après un bref silence, repart sur le chemin familial, mais par un sentier sans danger :

– Pour en revenir à vos frères, à part être vos supporters, qu'est-ce qu'ils font dans la vie ?

– Des bandes dessinées. Dans les journaux ou en albums. Sous le nom de Valvic, Val pour Valentin et Vic pour Victor.

– Décidément, on aimait bien les V dans votre famille.

– Effectivement. C'est une jolie lettre. V comme victoire. Comme vérité. Comme vin. Comme vie. Comme : Vous voulez quoi, vous ?

Lou montre sur l'ardoise le nom qu'elle a déjà repéré :

– Un clafoutis aux cerises, dit-elle.

Vincent remonte à l'attaque :

– Et après le clafoutis, vous voulez quoi, vous ?

– Vous raconter pourquoi le clafoutis.

Il insiste :

– Et après ?

– Ça dépend de votre réponse à la même question : vous voulez quoi, vous ?

– Franchement ?

– Oui, Vincent Vanneau, la vraie vérité ?

Une seconde de réflexion. Un soupir. Un regard à tête chercheuse. Enfin cette réponse :

– Franchement, je ne sais pas.

– Ah...

– Vous ne me croyez pas ?

– Si ! Parce que... moi non plus, je ne sais pas.

Chapitre 8

Devant leur table, trois verres et une bouteille sans étiquette à la main, Machin leur annonce :

– Minuit moins dix, les enfants, c'est l'heure du « coup de pied au cul ».

Vincent proteste sans conviction. Lou se fige. Il lui explique :

– C'est une tradition de la maison.

– Qui vient des parents de Vincent, précise Machin.

– Exact ! Quand un client s'attarde un peu trop au comptoir, que le « der des ders » a déjà été suivi par la « rincette », puis par la « sur-rincette », mon père, lui, offre un verre de tord-boyau qu'il a surnommé le « coup de pied au cul » – ce qui se passe d'explication.

Lou reste de marbre. Fronce le sourcil. Se lève brusquement et se dirige sans un mot vers l'escalier qui descend aux toilettes.

– Ça ne va pas ?

– Si, si !

Elle s'éloigne à pas mesurés.

– C'est le boudin ?

– Non ! Non !

Dès qu'elle est hors de portée de vue et de voix, Machin exprime ses craintes :

– C'est quand même pas le « coup de pied au cul » qui l'a choquée, ta donzelle ?

– Sûrement pas ! Je crains que ce ne soit ce que ma mère appelait... « ses ragnagnas ».

– Oh ! je me souviens ! Ces jours-là, ton père nous prévenait : « Attention, les mômes ! Madeleine a ses ragnagnas. Tenez-vous tranquilles ! Ou je vous fous dehors ! »

– Et on se tenait tranquilles... craintifs avant de savoir ce que c'était et, plus tard, impressionnés quand on l'a su.

– Et tu crois que c'est ça qu'elle a, ta... enfin... ta dame de ce soir ?

– Oui, j'en suis presque sûr.

Commentaire de Machin :

– C'est emmerdant !

Appréciation de Vincent :

– Pas forcément...

Retour de Lou à la table avec cette conclusion circonstanciée, glissée à Vincent :

– Avant, nous ne savions pas ce que nous allions faire. Maintenant, au moins nous savons ce que nous n'allons pas faire.

Vincent approuve d'un sourire et avoue :

– Je ne suis ni déçu, ni soulagé. Simplement content que la nature ait pris la décision à notre place.

– Moi aussi.

– Alors...

En direction du comptoir où Machin s'est replié discrètement, Vincent commande :

– Deux « coup de pied au cul ».

Lou ajoute :

– Juste un fond pour moi. Je ne bois jamais.

Elle jette un coup d'œil à la bouteille vide de saumur-champigny et ajoute :

– D'habitude...

Machin apporte les trois « coup de pied au cul » en annonçant :

– Ration minimale : deux dés à coudre et un compte-gouttes ! Mais alors... cul sec ! Faut que je ferme !

Ordre exécuté rigoureusement. Au premier coup de minuit, Machin, prêt à baisser son rideau de fer, lance à ses deux derniers clients un « Bonne nuit les tourtereaux » particulièrement mal venu, d'abord parce que Vincent et Lou n'ont ni l'un ni l'autre le profil de tourtereaux, encore moins la vocation de l'être, ensuite parce que leur nuit – bonne ou mauvaise –, ils ignorent où ils vont la passer.

– Maintenant, je peux peut-être vous conduire chez vous ? demande Vincent.

– Non. Fabienne risque d'y être. Elle a ma clé, comme, moi, j'ai la sienne. Mais nous nous sommes promis de ne nous en servir qu'en cas de nécessité. Or, je crains qu'elle ait estimé qu'il y avait ce soir nécessité de nous voir.

– Pourquoi ?

– Recoller les morceaux.

– Vous êtes fâchées ?

– Tout à l'heure, à la télévision dans ma loge, je lui ai flanqué la gifle qui vous était destinée et que vous avez *in extremis* interceptée. Je l'ai insultée avec des mots qui fâchent. Pis, avec des mots qui blessent : les mots vrais. Elle est partie en me promettant les pires représailles.

– Vous ne craignez quand même pas qu'elle n'ait organisé avec des copains ou des copines une expédition punitive ?

– Non. Pas ça.
– Alors, vous craignez quoi ?
– Qu'elle veuille se réconcilier.
– Par intérêt ?
– Pas seulement.
– Ah... elle est... amoureuse de vous ?
– Ben... sans doute un peu...
– Et vous ?
– Moi, pas !
– Mais vous êtes... homosexuelle ?
– Non, hélas ! Frigide seulement !

Vincent encaisse le coup. Ou plutôt, non ! Il enregistre l'information et y répond avec cette ambiguïté qui préside ce soir à leurs relations :

– Dans un sens, ça simplifie les choses. Dans un autre, ça risque de les compliquer.

– Pour vous ? Ou pour moi ?

– Les deux.

Au théâtre, après ce genre de réplique, on peut s'octroyer un « noir » brusque ou un rideau qui tombe. C'est pratique. On n'a pas besoin de chercher un enchaînement. Mais là, ni « noir » ni rideau. Quoique... Soudain une goutte s'écrase sur la joue de Lou, pouvant laisser prévoir un rideau de pluie. Effectivement. Le temps pour Vincent de passer son pouce sur la goutte d'eau en disant : « Quelle chance ! Ça aurait pu être une larme ! » les voici, eux, derrière un rideau de pluie avec un enchaînement logique pour Lou :

– C'est loin, chez vous ?

– Non ! Au bout de la rue en face. Au 32. À vingt mètres. Courez-y, je vous rejoins en moto.

Lou, sans foulard sur la tête, détale comme Diagana. Vincent, sans casque, démarre comme Rosi. Ils arrivent ensemble devant l'immeuble de Vincent. Il lui dicte le code :

– 25 09 *.

– Tiens ! C'est la date d'aujourd'hui.

– Vous êtes sûre ?

– Ah ça oui ! La date de cette foutue émission, je ne risque pas de l'oublier.

La porte cochère s'ouvre. Elle la pousse. La lui tient. Le suit sous la voûte qui mène à la cour. Le regarde ranger sa moto, la cadenasser, puis ouvrir une des deux portes arrière d'une 607 Peugeot grise, juste à côté.

– C'est ma voiture, explique-t-il. Je n'ai rien d'autre à vous offrir pour dormir que la banquette arrière... avec le plaid qui est dans le coffre.

Lou reste clouée entre deux points d'interrogation : sérieux ? ou pas sérieux ? Heureusement – dans un sens – il la sort de son dilemme en lui expliquant avec cette fois un sérieux indubitable :

– J'habite dans mon lieu de travail. C'est un appartement de fonction, comprenant trois grands bureaux, le mien et ceux de mes deux collègues ; plus un petit pour la secrétaire ; une salle d'attente minuscule ; une cuisine et une salle de bains d'assez belles proportions, mais évidemment sans lit.

– Alors, vous dormez où, vous ?

– Dans mon bureau, sur un canapé-lit.

Lou prend le risque de lui affirmer :

– C'est faux ! Vous inventez !

– Dans ces conditions, suivez-moi !

Lou visite l'appartement dans les moindres recoins, comme si elle devait l'acheter ! Déçue, elle est obligée de se rendre à l'évidence : aucun lit d'appoint, aucun canapé, sauf celui, transformable, dans le bureau de Vincent. Pourtant, elle reste sceptique et le soumet à un interrogatoire digne d'un inspecteur de la PJ.

– Vous avez un point de chute ailleurs ?

Vincent la toise, plus amusé qu'agacé, mais ne lui répond pas.

– Qui ne dit mot approuve. Donc, vous avez un point de chute. Une garçonnière ?

Vincent ne répond pas.

– Bon ! Donc, une garçonnière ! Dans l'immeuble ?

Vincent ne répond pas.

– Bien ! Dans l'immeuble ! Sous les toits ?

D'amusé, le regard de Vincent devient crispé. Lou s'enhardit :

– C'est ça, une chambre avec peut-être à côté une « roulotte-cuisine », comme chez vos parents, pour vos frères et vos copains ?

Vincent, mécontent mais encore plus intrigué, se laisse piéger par sa curiosité :

– Qui vous a parlé de ça ?

– Personne !

– C'est impossible ! Dites-moi qui !

Sincèrement désolée de le contrarier, surtout sans raison, Lou lui demande :

– Et si je vous jurais sur la tête de mon père que j'ai tout inventé par hasard, en suivant une vague intuition, vous me croiriez ?

Attendri par le choix de son argument, il se laisse convaincre :

– Je vous jure que je vous crois... sur la tête de ma mère ! D'autant plus que parfois, elle a aussi ce genre d'intuition.

– Ah ! Quelle chance pour moi !

– N'empêche que je suis surpris.

– Pourquoi ?

– Enfin, rendez-vous compte, j'ai toujours caché jalousement l'existence de ce que j'appelle ma « succursale ».

– Jalousement ?

– Oui ! C'est le mot ! Je suis jaloux de mon indépendance. Jaloux de cet espace-liberté. Alors, j'essaye de le défendre contre tous les envahisseurs.

– Surtout les envahisseuses, je suppose.

– Oui, surtout !

– Et vraiment, aucune n'a jamais franchi le seuil de cette « succursale » ?

– Non ! Seuls mes frères et nos copains communs y ont droit d'accès. Et encore... sur invitation seulement ! Mais eux, je suis sûr qu'ils n'ont jamais parlé et ne parleront jamais de cet endroit à âme qui vive.

L'insistance avec laquelle Vincent a prononcé « eux » sous-entend à quel point il n'est pas certain qu'« elle » sera aussi discrète.

Normalement, Lou devrait être exaspérée par cette suspicion de macho. Mais elle en est tout juste attristée. Et c'est soucieuse de mériter son estime qu'elle lui jure une deuxième fois sur la tête de son père que...

– Jamais je ne parlerai à quiconque de votre thébaïde... même à lui !

La prévention de Vincent se désagrège à vue d'œil au point que Lou ose lui demander :

– C'est vrai ? Vous avez confiance en moi ?

– C'est simple : autant que vous en moi !

– Bon ! Alors, passez-moi vos clés de voiture.

– Pour quoi faire ?

– Coucher sur la banquette arrière !

Deux minutes plus tard, ils sont dans l'ascenseur... en route vers la « succursale ».

Chapitre 9

Ça a été simple... comme un et un ne font pas forcément deux !

Vincent a ouvert la porte de la « succursale », a dispensé Lou de toute appréciation et lui a imposé la sienne :

– C'est fonctionnel et chaleureux.

Sur un ton aussi impersonnel que celui d'un guide de musée, il a continué :

– En face de vous, la « relax-room » avec tout ce qu'il faut, comme son nom l'indique, pour se relaxer : de la télé aux livres, de l'eau minérale aux alcools en passant par le café et les vins. À côté c'est la chambre des garçons, exceptionnellement la vôtre.

Là, il ouvre une parenthèse :

– Exceptionnellement. On est bien d'accord ?

– Oui... parole d'homme si ça peut vous rassurer !

Il sourit et poursuit sa visite en désignant du doigt au bout de l'appartement sa chambre à lui ; puis entre les deux chambres, un bain-douche avec un placard où elle trouvera tout le linge de toilette nécessaire.

Après un très rapide coup d'œil circulaire pour s'assurer qu'il n'a rien oublié, Vincent déclare :

– La visite est terminée. Je me lève demain à 7 heures. Je dois être dans mon bureau vers 8 heures, afin de préparer un dossier. J'espère pour vous que vous dormirez encore et que vous n'aurez donc pas l'occasion de me rencontrer : j'ai le réveil bougon ou muet. Vous n'aurez qu'à tirer la porte en partant. Je vous souhaite une bonne nuit.

Il la salue. S'apprête à partir, mais elle le retient par le bras :

– Juste une question...

– Pas compliquée ?

– Vous dormez en pyjama ?

– Oui, pourquoi ?

– J'aimerais bien que vous m'en prêtiez un.

– Volontiers.

Il a déjà le dos tourné quand il ajoute :

– C'est drôle, j'imaginais que vous n'en portiez pas !

– Mais si ! En pilou à rayures comme mon grand-père...

– Désolé, tous les miens sont beige clair. Assortis à mes yeux, dit-il en lui en apportant un effectivement de cette couleur.

– Mais... vous n'avez pas les yeux beige clair.

– Non, mais mes paupières, oui ! Et comme la nuit mes yeux sont toujours sagement fermés...

– Veinard !

À ce mot, en superstitieux plus machinal que convaincu, il touche du bois. En l'occurrence l'insigne de la « Tarzane », resté à son revers. Pour elle, le rappel d'un moment cuisant. Elle a un regard de biche traquée. Lui un bâillement d'éléphant.

– Je vois, dit-elle, qu'il est inutile de vous souhaiter une bonne nuit !

– Bien vu ! répond l'éléphant transformé en chat à l'idée voluptueuse de regagner son panier.

Lou se résigne à entrer dans sa chambre. Plutôt dans celle que maître Vanneau a daigné lui ouvrir pour une nuit. Et encore... grâce à la pluie... et à son intuition. Car, c'est vrai qu'elle a eu une intuition à propos de sa « succursale ». C'est vrai aussi qu'elle a déjà connu plusieurs fois des phénomènes prémonitoires de ce genre. Elle n'y voit rien de surnaturel. Elle pense que, dans son cas, ils proviennent soit d'une déduction logique, soit de la projection inconsciente d'un espoir... ou d'une crainte... mais pas d'un don de voyance. La preuve : elle n'a pas « vu » du tout que Vincent allait la planter là, comme une vieille chaussette, se précipiter dans la salle de bains et accaparer le lieu pendant un temps qui serait abusif même pour une grande coquette ! Elle rage contre ce type qui après s'être montré avec elle charmant, voire délicat, pendant toute la soirée, se révèle tout à coup macho grand teint. « Dommage », pense-t-elle. Et aussitôt après, elle s'interroge : « Pourquoi dommage ? Pour qui ? » Le bruit de la porte de la salle de bains qui s'ouvre interrompt enfin ses investigations. Pour bien lui montrer qu'elle attendait son tour avec impatience, Lou se précipite dans la pièce libérée, en ferme hargneusement le verrou et aperçoit alors sur la glace de l'armoire de toilette, au-dessus du lavabo, une feuille de papier collée avec du Scotch. Elle la lit aussitôt :

« Chère Mi-Lou(ve) Mi-Ga(zelle), j'ai oublié de vous dire que dans le placard ci-derrière, vous trouverez des brosses à dents (neuves), un tube de dentifrice (entamé), du savon (en échantillons), mais ne cherchez aucun produit de beauté. Mes frères, nos copains, et moi-même estimons que notre devoir de mâles est de résister par tous les moyens à la vague montante des produits, des soins et des opérations esthétiques pour les hommes. Vous avez eu vous, femmes, la faiblesse de prendre nos rasoirs ; mais nous, hommes, nous aurons la force de résister à vos pinces à épiler ! »

Le temps de voir passer dans sa tête l'image de sa mère traquant d'un doigt baladeur une pilosité ennemie, condamnée à l'extraction... et Lou poursuit la lecture du « billet doux » de Vincent qui prend des allures de pense-bête :

« J'ai également oublié de vous dire qu'à ma connaissance (assez étendue dans ce domaine) il n'y a pas de femmes frigides. Il n'y a que des hommes maladroits, pressés ou indifférents. »

Aussitôt, dans la tête de Lou, défilent ses essais à la recherche d'un orgasme aux abonnés absents, ses ratages cachés, ses trucages, ses cris extasiés qui ne trompaient que ceux qui voulaient l'être, ses inquiétudes sur sa normalité, ses visites chez le sexologue, ses hontes et finalement son renoncement... Le temps d'une grimace et Lou poursuit sa lecture :

« J'ai encore oublié de vous dire que j'ai été ravi que nos routes se croisent, que j'espère sincèrement qu'elles se croiseront à nouveau, mais que je préfère personnellement laisser au hasard le soin d'en décider.

« À bientôt ? À plus tard ? Ou à jamais ?

« Votre affectionné macho : Vincent. »

Lou, feuille en main, repart dans sa chambre, et sort de son sac le paquet de Post-it qu'elle y met toujours pour noter aussi bien une idée, une adresse ou un rendez-vous. Elle commence à couvrir le premier de son écriture en pattes de mouche :

« Merci d'avoir mis à ma disposition dans votre salle de bains tous les éléments nécessaires à une toilette masculine... qui ressemble à une toilette féminine... comme deux jets de douche ! Quant aux produits de beauté, tranquillisez-vous pour l'essentiel, j'ai les miens dans mon fourre-tout. Mais à ce propos... »

Lou arrive au bout du premier Post-it, entame le deuxième :

« Dans notre monde nouveau qui tend (pas encore assez mais de plus en plus) vers l'égalité des sexes, je ne vois pas pourquoi les hommes ne se soucieraient pas comme les femmes de leur aspect physique et continueraient à infliger à leurs compagnes leurs bedaines, leurs rides, leurs relâchements divers, sans complexes, sous prétexte qu'ils n'ont pas une seconde à consacrer aux soins réparateurs, avec déjà tout le travail qu'ils abattent chez eux... ces bûcherons du plumard, de la télé, du sudoku ou de la presse sportive ! Alors que... »

Suite au prochain Post-it :

« Les femmes, bien sûr, se la coulent douce, entre les mômes, les courses, l'entretien de la maison, la cuisine et les appels au secours de la copine qui est tombée en dépression, justement à cause des mômes, des courses... et le reste ! Il va de soi que je ne parle pas de moi, qui suis célibataire, sans enfants et compte bien le rester ; qui ne peux me plaindre que d'une certaine difficulté d'être... et de devenir. Difficulté... »

Suite au quatrième et dernier Post-it :

« Difficulté que j'ai oubliée ce soir avec vous ! Dommage qu'il y ait des dames de compagnie, mais pas, pour le moment, des messieurs de compagnie. Vous pourriez en devenir un, très apprécié. Je vous aurais volontiers engagé. Faute de quoi je vais être obligée d'adresser mon offre d'emploi au Hasard. Il est parfois une bonne agence de placement.

« Avec espoir et sans intuition. Votre lointaine et proche Mi-Lou Mi-Ga (j'aime bien cette appellation très contrôlée). »

Le lendemain, Vincent se réveille au ronron de la radio. Les infos passent à travers les dernières brumes de son sommeil. Il entrouvre les yeux au grincement des commentaires économiques. Il les ouvre tout grands au clairon de la rubrique télé. D'entrée de jeu, le chroniqueur avec son ton de joyeuse mitraillette commente « Poings... d'exclamation ». Selon lui, Tapsy parfaite dans son rôle d'arbitre impartial s'est chargée de rappeler à tous jusqu'où on peut aller trop loin. Et y a réussi... à une exception près. Vincent se redresse et entend le chroniqueur citer son nom, comme « fauteur de troubles » et « habile usager de l'abus de pouvoir ».

Cette fois, Vincent s'exhorte intérieurement au calme pendant que le chroniqueur, après avoir décrit Lou comme une pauvre petite proie sans défense, l'accuse d'avoir été, lui, un prédateur sans pitié.

À toute vitesse, Vincent s'empare de son carnet de notes, comparable au bloc de Post-it de Lou, y inscrit quelques bribes des propos du chroniqueur, suffisantes pour en reconstituer l'essentiel. Qui se résume ainsi :

« En fait, devant la pauvre Lou désemparée, le vrai loup c'était maître Vanneau. Il l'a dévorée à pleines dents avec le concours bien organisé de toute sa famille. Ce qui a eu pour double effet, non prévu sans doute par le dévoreur : d'abord, rendre sa victime éminemment sympathique, au point de donner envie à tous, y compris aux hommes, de lire son livre... dont je vous rappelle le joli titre : *L'Adieu au cow-boy*. Ensuite, de nuire à la cause de maître Vincent et à celle des machos que son livre était censé défendre. *La Tarzane* qui se voulait être un témoin à charge de la cause féminine se révélera, je pense, être un témoin à charge de son avocat d'auteur. »

Vincent se lève, moins indifférent qu'il ne l'aurait cru et surtout qu'il ne l'aurait souhaité. Mécontent de lui-même, il se dirige vers la salle de bains et y découvre les quatre Post-it de Lou. Il en commence le déchiffrage avec la fossette méfiante. Il la termine... sans fossette. Puis détache les quatre messages roses ; les écarte ; y superpose dans sa tête l'image d'un trèfle à quatre feuilles, lui attribue, à ce trèfle, des pouvoirs prétendus talismaniques et va les ranger dans son portefeuille, derrière une photo qu'il a prise de ses parents avec ses frères... consciemment ? ou par hasard ? Ça... en toute honnêteté, il se pose la question en quittant la « succursale » sur la pointe des pieds, mais n'y répond pas... en en refermant la porte sans bruit. Il préfère penser à ce rôle de monsieur de compagnie que Lou souhaiterait lui voir tenir. Les personnes du sexe féminin qui ont jusqu'ici traversé – jamais partagé – sa vie lui ont proposé d'être leur mari, leur amant d'un soir, d'un weekend, d'un mois (jamais plus !), leur confident, leur copain, leur dérivatif, leur ami (des folles qui ignoraient que l'amitié ne peut être qu'une affaire d'hommes !). Mais aucune ne l'a rêvé en monsieur de compagnie. Aucune non plus n'aurait adhéré à son idée de remettre leur sort entre les mains du hasard.

Voici Vincent arrivé au deuxième étage sur son lieu de travail avec à nouveau l'esprit léger... Si léger qu'il imagine des « boutiques du sentiment » où l'on proposerait aux clients « des cœurs allégés à 40 ou 60 % » ou des « cœurs garantis pur sucre ».

À 8 h 30, alors que le petit déjeuner d'Églantine et ses commentaires sur la politique de Bush ont chassé encore plus loin ses brumes matinales, l'irruption de Bruno dans la cuisine l'y replonge brutalement :

– Tu as lu la presse ?

– Non ! J'ai juste écouté à la radio le mitrailleur de service.

– Alors, ce n'est pas la peine que tu lises les journaux : ils disent la même chose !

Vincent joue très bien la comédie de l'homme calme qu'il voudrait être et tout en se dirigeant nonchalamment vers son bureau, demande à Bruno :

– Et hier soir, quelle impression as-tu tirée de ta « tournée des papotes » ?

– Pas bonne ! L'impression qu'on t'a choisi d'office pour être le méchant de service, comme dans un match de catch ; qu'on t'a laissé flanquer une belle correction à ton adversaire pour distraire le public, mais que maintenant, toujours comme au catch, on va s'arranger pour que tu payes la casse, en volant au secours de ta pauvre petite victime... amochée mais vaillante !

– Mais qui « on » ?

– « On »... souviens-toi de l'école : « on », pronom indéfini, désignant des personnes indéterminées. « On », l'insaisissable ! « On », l'hydre aux mille têtes invisibles.

– Tu es bien lyrique ce matin !

– Furieux, surtout ! Furieux contre moi de m'être planté pour le lancement de ton livre !

– Ce n'est pas ta faute.

– Si ! Je n'ai pas compris à quel point les femmes avaient le vent en poupe et à quel point il est dangereux de les attaquer. J'ai compris trop tard que Lou Gautier, pâle et gracile, avait pour les médias le profil idéal d'une Iphigénie moderne, sacrifiée sur l'autel du féminisme. Pas compris que toi, avec ton assurance et ta séduction, tu allais passer pour une espèce d'ogre macho, dévorant les pauvres « Petit(es) Poucet(tes) » à belles, très belles dents, te rendant antipathique aux hommes, encore plus qu'aux femmes.

– C'est fini, ton mea-culpa ?

– Non ! Je m'en veux d'avoir voulu et organisé l'intervention de ta famille qui a été, contrairement à mes prévisions, assez mal perçue.

– Ah ! c'est toi qui...

– Oui... une vraie connerie !

Vincent hausse les épaules et offre à Bruno cette consolation justement puisée à la source familiale :

– Ce n'est pas grave tout ça : « Tant que la santé est bonne ! »

Il va lui en falloir de la santé à Vincent, tout au long de cette journée consacrée entièrement, sur sa demande, à la promotion de son livre. Il ne cesse de ressentir chez ses interlocuteurs une espèce d'hostilité plus ou moins larvée à l'égard de *La Tarzane* et de son auteur. Pis que l'hostilité, en rentrant chez lui, vers 19 heures, certains signes lui font craindre l'indifférence.

Premier signe : deux interviews ont été annulées sans espoir de reconduction. L'une, dans un grand magazine féminin ; l'autre, dans un grand quotidien régional, couvrant entre autres la région d'Angers.

Deuxième signe : deux émissions, l'une de radio, l'autre de télé, ont été reportées à des dates ultérieures... non précisées !

Troisième signe : renseignements pris par Bruno en fin de journée auprès de certains libraires, les ventes de *La Tarzane* ont à peine décollé depuis l'émission. Celles de *L'Adieu au cow-boy*, légèrement plus.

Quatrième signe : l'éditeur a confirmé. Il craint à présent que la création du club « Ni brutes. Ni soumis » n'ait des retombées négatives. Personnellement, il renonce au projet et conseille à Vincent de l'imiter.

Cinquième signe : la mère de Vincent a laissé sur l'ordinateur de son fils le mail quotidien : « Les santés sont toujours bonnes, mais les gens sont des vrais cons ! »

Sixième signe : sur le répondeur téléphonique, quatre messages du même correspondant : Édouard Gautier, le père de Lou, que Vincent ne connaît qu'à travers sa fille. Au premier message : il souhaitait parler à Vincent et lui dire – entre autres – son étonnement à propos des réactions suscitées par l'émission d'hier soir dans son entourage... même masculin ! Au deuxième message, il annonçait à Vincent sa résolution d'abandonner – lui aussi – le projet du club « Ni brutes. Ni soumis ». Au troisième message, laissé à 17 heures, il se disait content d'avoir eu des nouvelles de Lou, assez surprenantes, et souhaitait les lui communiquer. Au quatrième message, laissé à 18 h 15, il priait Vincent d'excuser son insistance mais la justifiait par son impatience à commenter avec lui les dernières informations qu'il avait sur Lou.

C'était plus qu'il n'en fallait pour allumer quelques points d'interrogation, en veilleuse dans le crâne de Vincent. Malheureusement, il ne put qu'adresser à Édouard Gautier deux messages, l'un à la galerie, l'autre sur son portable, pour le prier de le rappeler, même tard.

Vincent s'apprêtait à aller chez Machin, étouffer sa déconvenue sous la bonne chère et la délayer dans le bon vin quand son portable a sonné :

– Allô ! Tu es tout seul ?
– Oui ! répond Vincent, reconnaissant la voix d'un des jumeaux.
– On peut venir à la « succursale » ?
– Oui ! répond à nouveau Vincent, reconnaissant la voix de l'autre jumeau.
– En plus de la bouffe, on va t'apporter un cadeau surprise.
– Quel genre ?
– Le genre à combler un curieux !
– Mais quoi ? crie la voix impatiente de Vincent.
Le bruit sec d'un portable qu'on coupe fut la seule réponse.

Chapitre 10

En dehors d'Églantine, les trois frères Vanneau sont les seuls à posséder la clé de la « succursale » et, selon une convention établie entre eux, Victor et Valentin sonnent quand ils ne sont pas seuls. Ils viennent de sonner. Donc Vincent s'attend à ce qu'ils soient accompagnés de quelqu'un qui sera la surprise annoncée.

Il ouvre et voit... un gentleman très british, auquel il prête a priori une cinquantaine usagée ou une soixantaine pimpante. L'œil vif mais nostalgique, le sourire prompt mais désabusé, la silhouette svelte mais légèrement voûtée, il évoque ces pubs pour pompes funèbres où des retraités pétant la forme lisent émerveillés des slogans du genre : « Mourez ! Nous, nous ferons le reste ! »

Vincent a d'emblée l'impression qu'il l'a déjà vu quelque part. Mais où ? Mais quand ? Ces questions lui ont à peine traversé l'esprit que l'homme y répond :

– Je suis Édouard Gautier, le père de Lou.

– Ah ! C'est incroyable ! Vous lui ressemblez tellement... enfin... elle vous ressemble tellement que j'ai eu l'impression de vous connaître.

– Merci : c'est mon compliment préféré.

Vincent invite son visiteur imprévu à entrer et, soudain pris d'un doute, lui demande :

– Mes frères m'avaient annoncé une surprise. Ce n'est pas vous, par hasard ?

– Si ! C'est moi. Mais ne craignez rien, vos frères vont venir nous rejoindre dans une petite demi-heure. Je les ai mis au courant – grosso modo – de ce que je vais vous dire. Et ce sont eux qui ont souhaité nous ménager un tête-à-tête.

– Il s'agit de Lou, je suppose ?

– Oui... de Lou et de vous.

Vincent se récrie aussitôt :

– Mais il ne s'est rien passé entre elle et moi.

– C'est-à-dire... soyons clairs : vous n'avez pas couché ensemble, mais il s'est passé quand même quelque chose entre vous.

– Non ! Je vous assure !

– Ah si !

– Mais quoi ?

– Un électrochoc !

– Un électrochoc ?

– Oui ! Qu'elle a subi, elle. À cause de vous.

Devant les yeux écarquillés de Vincent, Édouard Gautier précise :

– Vous avez provoqué chez ma fille une réaction psychologique brutale... qui était en latence, je vous rassure, depuis un certain temps.

– Mais comment ?

Le père de Lou expose d'abord le point de vue de sa fille. Elle prétend que l'écriture a été pour elle, comme pour beaucoup, un révélateur ; que l'élaboration particulièrement laborieuse de *L'Adieu au cow-boy* lui a ouvert les yeux.

– De quelle façon ?

– Les difficultés qu'elle a eues à exprimer certaines idées d'un féminisme exacerbé, à rendre les personnages masculins systématiquement antipathiques, à leur prêter des propos systématiquement débiles, lui ont « révélé » qu'elle était en profond désaccord avec elle-même. Qu'elle n'était qu'une espèce d'agent de transmission. De robot téléguidé.

– Téléguidé par qui ?

– D'abord par Fabienne. Ensuite par sa mère. En vérité dans le temps, la première, évidemment. Elle a exercé son influence sur sa fille dès le berceau. Âge important, paraît-il, pour le conditionnement du futur individu. Par la suite, l'imprégnation a continué : Lou étant comme moi incapable de se rebeller, ou même de discuter avec cette femme autoritaire et intelligente.

Vincent intervient en citant une phrase qui lui a permis personnellement de rectifier certains de ses jugements :

– « L'erreur consiste à croire que quelqu'un d'intelligent ne peut pas être bête. »

– C'est l'erreur que j'ai commise, poursuit Édouard, et qui m'a empêché de contrecarrer les préceptes de mon épouse... tellement plus intelligente et informée que moi ! Moi, je n'étais qu'un artiste qui avait du flair pour sentir, repérer le talent des autres.

– C'est déjà un talent en soi.

– Pas pour elle ! Elle me définissait comme un « Monsieur tout dans le pif et rien dans le chou ».

– Évidemment, après ça, il vous était difficile de jouer les éducateurs auprès de votre fille.

– La pauvre ! Je n'ai pu être avec elle qu'un père câlin, un père poule.

– Ce qui a contribué dans sa tête à inverser les rôles du père et de la mère et, partant de là, de l'homme et de la femme.

– Exactement ! Tout à l'heure elle a comparé son cas à celui d'une « gauchère contrariée », conçue pour se servir de sa main gauche et qu'on oblige à se servir de sa main droite. Elle s'est reconnue, elle, fondamentalement une « Ève contrariée », conçue pour Adam et qu'on a voulu transformer en virago intransigeante.

– On y est presque arrivé... Je suis bien placé pour le savoir, moi qui ai évité de peu sa furie bagarreuse, hier à la fin de l'émission.

Édouard Gautier signale aussitôt à Vincent cet instant comme étant, selon Lou, celui de son électrochoc. Elle en a donné pour preuve les anomalies qui se sont produites dans son comportement à partir de là : d'abord cette crise de larmes inextinguible qui l'a submergée ; ensuite son refus maladroit d'ouvrir sa porte à Tapsy et sa révolte – la première – contre Fabienne d'une violence inimaginable. Enfin... enfin cette envie impérative qui lui est venue de rencontrer Vincent, pour elle le prototype du macho, avec la seule intention de le tester.

Vincent tique sur le mot :

– Me tester ?

– Oui, vous juger par elle-même. Constater si oui ou non vous alliez lui sauter dessus ; si, semblable à tous les hommes, « vous ne pensiez qu'à ça »... comme le lui ont seriné sa mère et Fabienne. La première justifiant ainsi ses amitiés particulières ; la seconde lui affirmant que seules les femmes, en toute logique, connaissaient le secret des vibrations féminines et lui offrant, bien entendu, ses services.

Vincent a la tentation de demander : « En vain ? » mais il y résiste et se contente d'une question ironique :

– Et alors ? Lou ne vous a pas raconté notre nuit orgiaque ?

Édouard Gautier embraye immédiatement dans le même registre :

– Ne craignez rien ! Je sais tout de votre bacchanale nocturne, du boudin-purée à votre perversion raffinée qui a consisté à ne pas la toucher ! Pis ! À lui parler de vos parents !

– Pis encore ! À échanger des billets d'un érotisme délirant.

Édouard Gautier, hésitant cette fois à définir la part de plaisanterie et la part de vérité dans le dernier propos de Vincent, opte pour une réponse qui, elle, sonne manifestement vrai :

– Ah non ! Ça, érotique ou pas, elle ne m'a à aucun moment parlé d'une correspondance entre vous.

Vincent enregistre avec une certaine satisfaction et enchaîne avec une certaine appréhension :

– Elle ne vous a pas parlé non plus de la « succursale » ?

– Quelle succursale ?

– L'endroit où nous sommes.

– Mais... c'est l'appartement de vos frères !

– Ce sont eux qui vous l'ont dit ?

– Oui... et qu'ils vous le prêtaient de temps en temps.

Vincent ne s'étonne guère de la discrétion de ses frères. En revanche, le double silence de Lou sur la « succursale » et sur leur échange épistolaire le surprend. Agréablement. Bien qu'il l'oblige à reconnaître une de ses erreurs partisanes : il croyait – après La Fontaine et bien d'autres – les femmes incapables de tenir leur langue. Eh bien, il se trompait. Il y en a au moins une qui le prouve. Grâces lui soient rendues ! Et à son père aussi ! Vincent n'a garde de l'oublier :

– Vous avez eu bien du mérite ! Malgré les mauvaises influences qui se sont exercées sur Lou, votre tendresse patiente – et peut-être aussi quelques-uns de vos gènes – ont réussi à faire de votre fille quelqu'un de bien.

Édouard Gautier salue le compliment avec une émotion mal dissimulée et s'empresse d'ajouter :

– J'espère maintenant que la vie lui permettra d'être « quelqu'un de mieux ». De devenir, je crois, ce qu'elle est ; de penser, de vivre, d'écrire selon ses idées et non celles des autres.

Vincent approuve. Mesure les obstacles qui attendent Lou et conclut :

– Ça va être difficile pour elle.

– Oh ! Je sais !

– Elle va avoir beaucoup besoin de vous.

– Oui... et de vous !

Édouard Gautier a pointé sur Vincent un index impératif qui lui permet tout juste de gagner du temps en feignant de s'étonner :

– De moi ?

– Oui.

– Mais à quel titre ?

– Celui de monsieur Électrochoc ou si vous préférez, « monsieur Coup de foudre ».

Vincent hausse les épaules et riposte en douceur :

– Je n'y crois pas du tout, mais supposons que vous ayez raison, que Lou soit victime d'un coup de foudre...

– Pas victime... bénéficiaire. C'est vous son moteur.

– Mais... je n'en suis pas responsable.

– Ça, absolument pas !

– Ça ne me crée donc aucun devoir, si ce n'est de n'entretenir chez elle aucun espoir d'aucune sorte.

– Là, je ne suis pas d'accord ! En tant que moteur, vous avez au contraire le devoir d'entretenir un espoir même minime pour l'aider à poursuivre sa reconversion.

– Vous dites « poursuivre » mais, pour le moment, Lou n'a rien entrepris dans ce sens.

– Ah si !

Affirmation catégorique qu'Édouard Gautier s'empresse de justifier par ces trois informations sur Lou.

Primo : en quittant la « succursale » ce matin, elle est allée directement à sa maison d'édition s'expliquer avec Fabienne. Un grand nettoyage, professionnel et privé. Au terme duquel il a été convenu que Fabienne continuerait à s'occuper des relations de Lou avec les médias, mais plus du tout de son travail d'écrivain. Ce qui sous-entendait la fin de leur amitié.

Secundo : Lou a téléphoné à sa mère à une heure où elle la savait absente, pour pouvoir lui dire par message interposé qu'elle avait changé d'appartement et de portable mais que, pour le moment, elle ne tenait à lui donner ni son adresse, ni son numéro, ni aucune explication ; qu'elle refusait tout soutien du club « En avant toutes » ; qu'elle lui écrirait plus tard... mais carrément un livre !

Tertio : elle a déjà donné son congé au propriétaire de son appartement, voisin de celui de Fabienne. Elle a emménagé provisoirement l'après-midi même dans la « succursale » de son père, que lui a baptisée « l'annexe » et qui est située au-dessus de sa galerie.

Vincent laisse échapper un sifflement admiratif et reconnaît qu'en une seule journée, Lou a montré vraiment un maximum de détermination. Il ne met qu'un bémol à ses compliments :

– Pourvu que ça dure !
– Ça... ça ne dépend que de vous !
– Vous êtes gentil, mais je suis avocat, auteur, hédoniste et cavaleur. Je n'ai pas la vocation d'un bon Samaritain, ni d'un Pygmalion.
– Et une vocation de carotte, vous auriez ?
– Pardon ?
– La carotte après laquelle court le lièvre.
– Un leurre en quelque sorte ?
– Oui, mais un leurre en chair et en os, conscient et organisé... Ça peut ne pas être désagréable pour vous ?
– Non, mais...
– Vous vous êtes ennuyé avec Lou, hier soir ?
– Non ! Mais...
– Je comprends : avec les femmes vous préférez les rencontres non platoniques...
– Oui ! Mais...
– Lou ne vous plaît pas du tout physiquement ?
– Si ! Mais...
– Je sais : elle prétend qu'elle n'aime pas « ça », mais justement, ne serait-ce pas amusant, voire excitant, de lui prouver le contraire ?
– Peut-être, mais...
– Vous avez peur, vous, de tomber amoureux ?
– Ça non ! Mais...
– Vous avez peur qu'elle devienne encombrante ?
– Ben...
– Alors là, ne craignez rien. Dans ce cas vous n'auriez qu'à appeler vos frères.
– Mes frères ? Ils la connaissent ?
– Ah ! C'est vrai ! J'ai oublié de vous dire : ils sont venus à la galerie vers 15 heures pour me montrer quelques-uns de leurs tableaux.
– Leurs tableaux ? Mais...
– Ne leur en parlez pas ! Pour le moment, c'est un secret entre eux et moi. Mais si je m'en mêle, ça

ne va pas le rester longtemps. Ils ont un vrai talent... et original !

– Ah bon ? Mais...

– Toujours est-il qu'ils ont débarqué à la galerie, en même temps que Lou... encombrée des bagages qu'elle venait d'emporter de chez elle pour s'installer au deuxième étage de mon « annexe ».

– Et ce sont mes frères qui ont monté les bagages de votre fille, je pense ?

– Oui ! Et qui en une seconde l'ont réconciliée avec la tribu des hommes. C'est bien, non ?

– Oui, mais...

– À partir de là, je n'ai pas arrêté d'entendre le rire de Lou. C'était merveilleux pour moi ! Je ne l'avais pas entendue rire depuis... depuis...

– Depuis quand ?

– Depuis qu'elle vous attendait !

Chapitre 11

Vous vous doutez bien que, curieux comme il est, Vincent ne s'est pas contenté de la réponse d'Édouard Gautier. Et que le galeriste, voyant en Vincent le possible libérateur de sa fille, s'est empressé de lui en livrer les principales clés : dès l'adolescence, Lou n'a eu qu'un seul but : réussir... mieux que ses parents et dans d'autres domaines que les leurs. La psychanalyse de Maman et la galerie d'art de Papa ? Pas question ! Être « la fille de... », plutôt crever ! Alors quoi ? D'abord de l'air ! De l'air ! De l'air ! À dix-neuf ans, adieu la famille-cocon ! Salut les copains-camping ! Les baby-sitting ! Les mamy-sitting ! Et pour finir en apothéose le mec-sitting !

Le « big mec », superchampion du machisme, toutes catégories confondues, l'ont prévenue plusieurs de ses anciennes victimes.

Le « mec à abattre », a prédit son père.

Le « mec-chimère », l'a baptisé sa mère après avoir vérifié dans le *Petit Larousse* qu'une chimère est « un monstre fabuleux ayant la tête et le poitrail d'un lion, le ventre d'une chèvre, la queue d'un dragon et crachant des flammes » !

Le « big mec » de Lou correspondait assez bien à cette description, sauf que lui ne crachait pas des flammes, mais des reproches, des ordres, des injures. Surtout quand il faisait l'amour. C'est-à-dire souvent. Très souvent. Trop souvent. Lou n'avait jamais beaucoup aimé ce qu'elle appelait, comme Flaubert dans un souci ironico-littéraire : « la baisade ». Avec les autres, ceux d'avant le « big mec », ça ne l'avait pas vraiment étonnée, elle ne les aimait pas. Ça ne l'avait pas non plus ennuyée : ça prenait si peu de temps ! Ça ne l'avait pas davantage complexée : elle avait trouvé la parade. En pleine dictature du sexe, devant ses copines qui se vantaient de squatter le septième ciel en permanence, elle se pâmait aussi et exhalait des « Ah ! là, là ! Vous ne pouvez pas savoir » qui lui valaient bien des envieuses... parmi celles qui mentaient comme elle !

Mais dès qu'elle avait rencontré le « big mec » et qu'il l'avait « coup-de-foudroyée » avec sa panoplie signée « viril de chez viril », elle avait eu la certitude qu'elle allait savoir... tout, tout, tout sur le zizi et... cela va de soi, les extases y afférant.

Mais, après avoir multiplié les « Oh ! là ! là ! » avec ses copines, les « Ah oui ! Ah oui ! Ah oui ! » avec lui, elle avait commencé par balbutier quelques « Aïe ! Aïe ! Aïe ! » puis à oser quelques « Ah non ! Ah non ! Ah non ! » et enfin crier : « Fous le camp ! Fous le camp ! Fous le camp ! »

Lou était sortie de cette aventure avec un cœur en miettes, une libido en charpie et atteinte de misandrie, mot qu'elle tenait de sa mère, désignant l'hostilité de certaines femmes contre les hommes et qui était beaucoup moins répandu que misogynie, son opposé.

Vincent pensait à cela le dimanche 15 octobre à une Fête du Livre dans les Yvelines, assis au stand de son éditeur, attendant le client, se félicitant du hasard (encore lui !) qui avait placé le stand des éditions de Lou juste en face du sien.

Il y pensait en regardant, au-dessus de la place vide de sa consœur, sa grande photo : une tête de déesse, entre Minerve guerrière et Vénus alanguie. Vincent y ajoute le corps qu'il a deviné au premier coup d'œil dans le couloir des loges à la télé et désiré à tous les autres coups d'œil qui ont suivi l'émission.

Alors, il se dit qu'après tout ça serait peut-être un challenge rigolo – un mot qu'il adore –, oui, rigolo, de réparer les dégâts causés par l'ignoble « big mec » et, en plus, utile de réhabiliter les machos.

Il se dit que c'est dommage qu'il ait rendez-vous ce soir avec un ersatz de Madonna...

Il se dit qu'au fond, rien ne l'empêche de se décommander...

Déjà son portable en main, à la recherche d'une excuse quand même polie, il lève la tête et... voit de l'autre côté de l'allée Lou qui s'installe à son stand, sous sa photo. Elle ne lui ressemble déjà plus. Aujourd'hui, ni Minerve guerrière, ni Vénus alanguie, elle ressemble à une vraie Ève plus du tout contrariée. Comme telle, elle porte une jupe... et à moitié transparente en plus ! Ses jambes apparaissent sous la table, confirmant les espérances que déjà, moulées dans un pantalon, elles avaient inspirées à Vincent, le soir de l'émission. Très vite, elles disparaissent derrière un rideau de visiteurs et surtout de visiteuses qui manifestement attendaient la venue de l'auteur de *L'Adieu au cow-boy*.

Vincent est triplement contrarié. D'abord, il est privé de la vue sur les jambes de Lou. Ensuite, il constate que la machine à gagner de la perdante présumée est bel et bien en route et que la sienne est en panne. Les réticences qu'il a senties au lendemain de l'émission « Poings... d'exclamation » ont été suivies par un silence médiatique éloquent ; par l'ajournement décidé d'une relance publicitaire ; par la disparition de *La Tarzane* des gondoles de la Fnac et de Virgin ; et par l'apparition aux mêmes lieu et place de *L'Adieu au cow-boy* ; par les mails de sa mère qui se félicite exclusivement des santés de la famille, toujours excellentes, elles ! Et puis la mine chaque jour de plus en plus renfrognée de Bruno, son incompréhension, son impuissance devant ce qu'il appelle en public un demi-succès mais qu'il considère comme un échec, dès qu'il est en tête à tête avec Vincent.

Présentement, il est carrément hargneux. Depuis l'arrivée de Lou, il ronchonne :

– Regarde-moi ça, la transformation à vue de cette greluche ! Lundi : ça pète les plombs ! Ça rugit ! Ça cogne ! Ça la joue la femme martyre ! Dimanche, ça sourit ! Ça minaude ! Ça froufroute ! Et ça la joue sainte Marie des Anges !

– Non, rectifie Vincent, Marie aux Anges ! Elle est heureuse, c'est normal. Souviens-toi de la sortie de mon dernier livre. Enfin... le premier. J'étais comme elle. Et même pire qu'elle ! Quand j'ai senti, comme elle doit le sentir maintenant, la douce odeur du succès, je ne touchais plus terre. Et pourtant, moi j'avais fait mes preuves comme avocat, je n'avais pas de complexes.

Bruno s'étonne :

– Parce qu'elle en a, elle, des complexes ?

– Oui. Vis-à-vis de sa mère.

– Ben merde ! Avec le physique qu'elle a, la psy...

– Il n'y a pas que le physique.
– Quand même, pour une femme, ça compte.
– Et pas pour un homme ?
– Ben... moins quand même.
– Macho !
– Enfin quoi, c'est vrai ! Regarde-moi, je ne suis pas un Adonis et pourtant, avec les filles, tu le sais bien : c'est quand je veux, où je veux, ce que je veux.
– Oui, ça je sais.
– Mais tu sais pourquoi ?
Vincent esquisse un geste évoquant les qualités sexuelles de Bruno. Mais l'intéressé récuse modestement cet argument et avance celui-ci :
– Je raconte aux filles que j'ai couché avec une grande vedette.
– Laquelle ?
– Celle qui est le plus « peopolisée ».
– Ça marche, ton truc ?
– Et comment ! L'idée de coucher avec le type qui s'est tapé Monica Bellucci, c'est fou ce que ça les excite, les nanas !
Le nom de la vedette italienne rappelle à Vincent qu'il n'a pas encore décommandé son dîner de ce soir avec la fausse Madonna. Il se débarrasse de cette corvée au plus vite. Après quoi, il se lève en informant Bruno qu'il va se balader sous le chapiteau de la Fête du Livre, histoire de voir comment ça se passe pour ses confrères.
– Je vais t'accompagner, dit Bruno.
– Non ! Je préfère que tu restes... Au cas où un client viendrait, tu le ferais attendre.
Vincent s'éloigne, tournicote autour de plusieurs stands, contourne celui qui accueille Lou et y entre par l'arrière, dans son dos. Il réussit à se glisser, puis à s'accroupir derrière elle, sans qu'elle s'en

aperçoive. En revanche, son voisin – un auteur plus très jeune – s'en est aperçu et s'amuse de son manège. Dans la minute qui suit, il devient son complice en remettant, sur la demande mimée de Vincent, un Post-it bleu où il a griffonné quelques mots. Lou, surprise, prend le Post-it et lit : « Le Hasard aimerait vous inviter à dîner ce soir. »

Sans se retourner, Lou lui répond dans la seconde sur l'envers de son Post-it par une phrase d'Albert Camus sans doute tapie dans sa tête depuis longtemps à la recherche d'une occasion pour en sortir : « Merci au Hasard qui trop souvent ne se dérange que provoqué. »

Vincent a subitement l'envie de la prendre dans ses bras, de lui dire dans l'oreille (c'est là où les cheveux courts sont agréables !) : « Je ne connais pas une fille ou une femme qui aurait pu me répondre cela... sauf peut-être une grand-mère ! Mais dans ce cas précis, je ne suis pas certain que j'aurais eu envie de la serrer très fort contre moi, ni de sentir son corps partager mon élan... » Vincent évite de se demander : « Rien de plus érotique ? » Il limite le besoin de contact qu'il ressent à une pression de ses deux mains sur les épaules de Lou. Ironie du sort, Lou est en train de dédicacer *L'Adieu au cow-boy* à une de ces « mécophages » qu'il dénonce dans *La Tarzane* et qui ressemble un peu à la caricature de son héroïne. La fan de Lou surprend le geste de Vincent, aggravé d'un regard concupiscent et met aussitôt en garde son idole :

– Méfiez-vous, ma pauvre petite ! Ils sont tous pareils !

– Pas sûr ! ose répondre Lou en se levant, elle, la Femme, pour saluer l'Homme !

La « Tarzane » de chair et d'os s'éloigne, écœurée.

– Je crains que vous n'ayez perdu une cliente, dit Vincent.

– Aucune importance... si j'ai gagné un ami.

Bouche cousue, l'avocat ! Embouteillage dans sa tête : est-elle sincère ? Est-elle maligne ? Faut-il croire son père quand il la dit amoureuse ? Faut-il la croire, elle, quand elle se dit frigide ?

Dans le doute, Vincent pare au plus pressé :

– D'accord pour le dîner ?

– Euh... oui... en principe, mais je dois décommander quelqu'un avant de...

– Ah bien sûr ! ironise Vincent, le sosie de George Clooney ?

– Ah... non ! Pourquoi ?

– Parce que moi, pour dîner avec vous, j'ai déjà décommandé le sosie de Madonna !

– C'est gentil... mais moi c'est George Clooney lui-même ! Pas son sosie !

Vincent, sûr qu'elle plaisante ou qu'elle emploie le même procédé que Bruno, salue d'un coup de chapeau d'artagnanesque le nom de la star. Mais voilà que Lou sort de son sac son portable et une carte de visite sur laquelle est inscrit un numéro de téléphone. Elle le compose aussitôt en précisant que c'est celui de l'hôtel où George est descendu. Dès qu'elle a obtenu la réception, elle décline son identité, puis dicte au préposé un message destiné à monsieur George Clooney. Nom qu'elle prononce à la française, dans le souci, pense Vincent, d'être mieux comprise par son interlocuteur :

« Désolée. Je suis grippée. Il est plus prudent pour nous deux que nous ne dînions pas ce soir ensemble. Mais si vous avez quelque chose d'urgent à me dire, vous pouvez me téléphoner chez moi entre 20 heures et 22 heures. Encore mille excuses. Amitiés. Signé Lou Gautier. »

Lou épelle son nom, insiste pour que le message soit transmis à son destinataire dès son arrivée, puis coupe la communication en gratifiant Vincent d'un sourire de femme insolemment heureuse.

Bien qu'habitué à naviguer parmi les people, Vincent est quand même impressionné, et surpris par la désinvolture du message de Lou. Il réussit à surmonter – non sans peine – deux sentiments envahissants : l'un d'orgueil (ce n'est pas tous les jours qu'on est préféré à George Clooney). L'autre, de satisfaction (ce n'est pas tous les soirs qu'on est curieux de savoir ce qui va se passer avec une femme). Soucieux de se ménager une pause relax, Vincent s'accroche à un simple détail matériel :

– Vous avez dit sur votre message à propos d'un éventuel coup de téléphone, que vous seriez chez vous entre 20 heures et 22 heures.

– Oui. Et alors ?

– Ça sous-entend que vous envisagez de dîner après 22 heures ?

– Non ! À 20 heures ! Chez moi !

– Mais...

– Ne craignez rien ! Je suis un trois étoiles... Micheline.

– Ah... la femme du guide, je suppose ?

– Non, la femme de mon traiteur, qui cuisine très bien. Leur magasin reste ouvert le dimanche jusqu'à 20 heures.

En même temps, Lou et Vincent regardent leur montre. La Fête du Livre va fermer ses portes dans une demi-heure. Les visiteurs chargés de livres se pressent à présent pour rentrer chez eux afin paradoxalement de regarder la télévision. Et les auteurs aussi ! Lou et Vincent encore plus que leurs confrères et consœurs !

Vincent quitte le stand maintenant presque désert des éditions Duroc où Fabienne s'est montrée discrète... ostensiblement ! Il regagne celui de son éditeur, où Bruno est, hélas pour Vincent, présent... audiblement :

– Tu n'es vraiment pas sérieux ! Il y a au moins six personnes qui sont venues pour t'acheter des livres pendant que tu jouais les jolis cœurs avec ta très chère ennemie !

– Primo, Lou Gautier n'est pas mon ennemie. Secundo, je ne jouais pas les jolis cœurs. Je jouais les « pique-assiettes ». Avec réussite d'ailleurs : elle m'a invité à dîner. Chez elle !

– Chez elle ?

– Mais oui !

Vincent laisse Bruno à sa stupeur, moitié admirative, moitié agacée, et s'en va rejoindre Lou à l'endroit où ils se sont donné rendez-vous.

Où ça ? Eh oui, vous avez deviné : à la porte H... comme Hasard !

Chapitre 12

Vincent était venu à la Fête du Livre dans la Citroën de Bruno. Il en repart dans la Smart de Lou. Il ajuste ses 183 centimètres à l'habitacle de la mini-voiture, un peu comme une femme taille 42 ajuste ses 63 kilos à une taille 40 !

– C'est la première fois que je monte dans une Smart, dit-il.

– Comme moi, l'autre soir, c'était la première fois que je montais sur une moto.

– Exact ! Je vais moi aussi pouvoir faire un vœu.

– Vous en faites à chaque « première fois » de votre vie ?

– Oui. Depuis mon enfance. Ça vient de ma mère qui tenait ce rituel de ma grand-mère, qui le tenait elle-même de... Ainsi se perpétuent parfois les traditions familiales.

– Mais... vous n'y croyez pas vraiment ?

La Smart démarre beaucoup plus vite que la réponse de Vincent. Il réfléchit plus longtemps, a priori, qu'elle ne le mérite. Alors, Lou insiste :

– C'est une superstition pour vous ? Comme toucher du bois ? Ou cueillir un trèfle à quatre feuilles ?

Vincent a une pensée météorique pour le trèfle

rose à quatre Post-it qu'il a rangé dans son portefeuille et enfin répond :

– Bien sûr, je n'y crois pas vraiment. Il s'agit d'une habitude, devenue automatique. N'empêche que pour moi, « faire un vœu » a son utilité.

– Laquelle ?

– M'obliger à formuler ce que je souhaite le plus. Quelquefois même à le découvrir. Par exemple, il peut m'arriver d'espérer des satisfactions aussi différentes que : la guérison d'un être cher ; une réussite professionnelle ; sentimentale ; l'obtention d'une faveur ; l'apaisement d'un conflit... que sais-je ? Nous avons tous des désirs inassouvis et l'intérêt de faire un vœu c'est de nous obliger spontanément à choisir et donc à nous indiquer celui qui, à ce moment-là, a priorité sur les autres.

Lou s'étonne :

– On ne le sait pas toujours ?

– On ne se l'avoue pas toujours ! Nuance.

– Vous voulez dire que...

– Par exemple moi, qui mène vous le savez une double carrière d'avocat et d'auteur, j'ignore – ou je veux ignorer – celle qui me tient le plus à cœur et si j'avais à ce sujet un vœu à formuler...

Vincent se tait, laissant à une moue dubitative le soin d'exprimer son indécision probable sur ses préférences. Alors Lou prend le risque de terminer sa phrase :

– Ce serait un vœu d'auteur !

– Non ! affirme Vincent avant d'ajouter avec franchise : Ça serait un vœu de tricheur. Je souhaiterais que les deux gagnent !

Lou hoche la tête, désarmée... et heureuse de l'être !

– Quel bonheur, s'écrie-t-elle, moi aussi je vais pouvoir faire un vœu !

– Pourquoi ?

– C'est la première fois que je rencontre un filou de votre espèce !

Vincent apprécie d'abord avec ses deux fossettes qui se creusent, ensuite avec cette phrase qui le surprend lui-même :

– Vous êtes, au sens propre du terme, i-ni-ma-gi-na-ble.

Touchée par le compliment, Lou, en plein embouteillage, répète, extasiée :

– Inimaginable ?

– Oui, mademoiselle Gautier, inimaginable *stricto sensu* : on ne peut imaginer la personne – ou peut-être les personnes – qui se cache derrière le personnage dans lequel on vous a enfermée.

Lou klaxonne de joie l'automobiliste qui stagne devant sa voiture :

– Wouah ! s'écrie-t-elle, j'ai droit à un deuxième vœu : c'est la première fois qu'on me dit une chose pareille !

– Confidence pour confidence, c'est la première fois que je dis une chose pareille !

– Alors... deux vœux à deux !

La curiosité toujours en éveil de Vincent est déjà branchée sur les vœux de Lou, quand une sonnerie particulière l'interrompt. Lou l'identifie aussitôt :

– C'est un SMS, dit-elle en prenant son portable dans une des niches de la Smart.

Elle y jette un rapide coup d'œil, puis le tend à Vincent en lui disant :

– Vous seriez gentil de lire le texto. Il est de George Clooney. Je voudrais savoir ce qu'il veut.

Vincent s'exécute avec délectation et lit :

– « Chère Lou, je viens seulement d'arriver à l'hôtel. Navré pour votre grippe, mais content pour moi. Suis complètement crevé, vais me coucher.

Vous téléphonerai demain matin avec j'espère de bonnes nouvelles. Soignez-vous bien. Amitiés. Signé George. »

– Épatant ! s'écrie Lou.

– Ah bon ? Ce n'est pourtant pas très câlin comme message. Vous n'êtes pas déçue ?

Lou s'offre un sourire intérieur avant d'ajuster son tir :

– Oh, vous savez il n'y a pas de raison pour qu'un agent littéraire soit câlin...

Après un temps d'arrêt, les neurones de Vincent démarrent à toute allure, battent un record de vitesse et décrochent la bonne réponse à l'arrivée :

– Le SMS n'est pas de l'acteur vedette mais d'un homonyme qui est agent littéraire ?

– Bravo ! C'est exact. Il est français et s'appelle en vérité Georges Counet. Ce qui lui permet parfois – m'a-t-il avoué – de se servir de cette homonymie (à une lettre près) avec les filles...

– Et qui permet à certaines filles de s'en servir pour... pour quoi au juste ?

– Pour épater un macho par exemple...

Le temps de prendre conscience qu'il vient de se laisser piéger exactement par le « truc » de Bruno, et vite Vincent relance Counet dans la conversation, mais cette fois sur le plan professionnel :

– Sans indiscrétion, commence-t-il comme d'habitude quand il s'apprête à en commettre une, vous êtes en affaire avec cet agent littéraire ?

– Grâce, je dois le reconnaître, à Fabienne qui a déjà travaillé avec lui et, chaque fois, avec de belles réussites à la clé.

– C'est rare, les livres français qui traversent l'Atlantique.

– Oui, mais lui ne s'occupe pas de les proposer à des éditeurs. Uniquement à des gens de cinéma ou de télévision pour des scenarii de films.

– Ah... et il pense que votre *Adieu au cow-boy...*

– Oui, le titre les a tout de suite accrochés, avant même que le livre ne soit fini. Il est en contact avec deux producteurs.

– C'est formidable.

– Oh vous savez... il y a six mois déjà qu'ils sont en pourparlers. Alors... tant que les contrats ne sont pas signés...

Vincent se met à établir un diagnostic sur Lou. Il note : « Sait garder la tête sur les épaules. Tête intéressante. Belles épaules. » Il se penche pour ranger le portable de Lou dans sa niche. Il note : « Jolies jambes, même de près. » Il se recale dans son siège et observe la façon dont elle se faufile dans les embouteillages. Il note : « Jamais vu une femme conduire aussi bien. Et aussi calmement. » Il s'étonne de l'itinéraire compliqué qu'elle suit et surtout de leur arrivée si proche. Il note : « Jamais vu une femme avoir un tel sens de l'orientation ! » Elle gare sa voiture dans un trou de souris devant son traiteur, sans le moindre effort. Il note : « Jamais vu une femme manœuvrer avec autant de décontraction. » Ils entrent dans la boutique. Ils jettent un coup d'œil circulaire sur l'ensemble des plats proposés. Elle sélectionne. Elle conseille. Ils choisissent. Il paye. Il prend les bouteilles. Elle prend les paquets. Va les ranger dans la voiture. Opération bouffe terminée. Redémarrage immédiat. Il note : « Jamais vu une femme aussi organisée ! »

De « jamais vu » en « jamais vu », Vincent commence à se demander si le hasard ne lui aurait pas parachuté sa moitié d'orange. Mais... avec un gros pépin : la frigidité de la susdite moitié. Enfin... ce qu'elle appelle sa frigidité. Et que lui, au seuil d'une quarantaine très expérimentée, considère comme un simple « retard à l'allumage » ou comme une panne de moteur due à l'incompétence – ou à l'indifférence – du dépanneur et non à une défaillance du moteur. Néanmoins, il estime indispensable de s'en assurer avant de s'embarquer dans une aventure qui pourrait être plus sérieuse que les autres.

Vincent suit Lou dans l'étroite impasse qui jouxte la galerie sur la droite et mène à la porte vétuste du petit bâtiment qui la surmonte : deux étages qui constituent l'« annexe » d'Édouard Gautier. Il la suit dans l'escalier de guingois jusqu'au deuxième étage. Trajet avec vue sur son « arrière-pays » qui suffit amplement à Vincent pour, d'une part, penser qu'il serait vraiment rageant que cette fille soit « bien sous tous rapports »... sauf sexuels ! et pour, d'autre part, décider que cette soirée ne s'achèvera pas sans qu'il en ait le cœur net. Le cœur... et ses environs !

Avant d'ouvrir la porte de son logement, Lou prend soin d'avertir Vincent qu'il ne s'agit pour elle que d'un point de chute très provisoire et lui explique :

– Mon père y entasse les toiles de ses poulains en attendant que leur cote monte. Sa véritable « annexe » à lui est beaucoup plus accueillante, et se trouve juste au-dessous.

Même prévenu, Vincent est surpris par la rusticité du lieu, composé d'une seule grande pièce qui lui rappelle par sa fonctionnalité la roulotte-cuisine de ses jeunes années à l'arrière du « Gosier sec » : le strict nécessaire pour manger, pour s'éclairer, pour ranger ses affaires et pour dormir. Mais pas pour pratiquer une séance de rééducation sexuelle à une handicapée de l'orgasme ! Une seule différence avec l'habitat de son enfance : les murs sont couverts de tableaux de haut en bas. Vincent essaye de cacher sa déception en plaisantant :

– Ça serait peut-être une mode à lancer : le musée-cuisine !

Pour toute réponse, Lou, avec un seul rhéostat, allume d'abord tous les projecteurs placés astucieusement de façon à mettre en valeur les peintures sous n'importe quel angle, puis l'une après l'autre les lampes très originales qui dispensent dans la pièce un éclairage chaleureux et en changent incroyablement l'ambiance.

– Et la lumière fut ! s'écrie Vincent. Miracle ! Nous voilà dans un douillet boulin.

– Boulin ? Qu'est-ce que c'est ?

– Un trou où niche un pigeon – ou une pigeonne – dans un colombier.

– C'est exactement ça ! J'adore ! Et j'adopte le mot.

– Moi j'adore l'éclairage et je l'adopterais volontiers.

– Merci beaucoup. En dehors de celui des tableaux dont, bien sûr, mon père se charge, c'est entièrement mon œuvre. Toutes les lampes viennent de mon ancien domicile.

– Je n'en ai jamais vu de semblables.

– Forcément, c'est une artisane qui les fabrique à partir d'objets ou de maquettes anciennes.

– Anciens ! corrige Vincent dans un sourire.

– Ah ! oui ! C'est vrai ! Au pluriel, le masculin l'emporte sur le féminin ! Je devrais m'en souvenir : ma mère était une militante acharnée de l'égalité du féminin et du masculin dans la grammaire !

– Et vous ?

– Je trouve que c'est une revendication logique, mais pas primordiale. Et vous ?

– Pour la caricature de macho que je m'amuse à être, c'est une revendication irrecevable ! Mais l'homme que je suis, lâche par définition, et l'avocat que je suis, louvoyeur par profession, s'en remettent au pouvoir décisionnaire de l'Académie française qui, elle, donne la suprématie au masculin.

L'œil embué d'indulgence, Lou conclut gaillardement :

– Bref, vous vous en foutez !

Vincent, déjà ailleurs, avoue :

– Ce soir... complètement !

– Et les autres soirs ?

– Disons que... ce n'est pas mon souci dominant ! Et vous ?

– Pareil !

Leurs deux regards se croisent, chargés de complicité. Celui de Vincent est le seul à descendre jusqu'à la bouche, quémandeur. Celui de Lou le rattrape juste avant de se cacher derrière ses paupières précipitamment fermées.

– Non, non, Mi-Lou Mi-Ga, murmure Vincent avec autant de douceur que de fermeté, gardez les yeux ouverts. En toute connaissance de cause.

Lou obéit. Leurs lèvres se rapprochent, comme au cinéma, s'effleurent. Se découvrent. S'explorent. Jusqu'au moment où... on sonne à la porte... comme dans un roman à suspense.

– Merde ! s'écrient Lou et Vincent d'une même voix..., comme dans la vie !

Chapitre 13

Lou voit à travers l'œilleton de la porte le visage de son père et lui ouvre immédiatement, déjà inquiète.

– Qu'est-ce qui se passe ?

Édouard Gautier esquisse un geste vague avec ses deux bras et une moue évasive qu'il sous-titre globalement par un mot :

– Des turbulences...

– Ah ! Chacun son tour ! Entre !

– Mais... je te dérange peut-être ? Tu n'es pas seule ?

– Non ! Je suis avec maître Vanneau.

– Ah... Vincent !

Le visage du père s'éclaire. Celui de la fille se détend. Celui de Vincent apparaît, affichant une prudente neutralité, présente aussi dans sa décision :

– Je vais vous laisser tous les deux.

– Pas question ! lui répond catégoriquement Édouard Gautier, je vais avoir besoin de vous.

– Ah bon ?

– Oui, comme avocat !

– Ah bon ?

– Je vais divorcer.

– Je rêve !

Ça, c'est Lou qui l'a dit. L'instant d'après, bien implantée dans la réalité, elle prend la direction des opérations. Invite les deux hommes à s'asseoir autour de la table multifonctions. La recouvre d'une nappe pimpante. Leur apporte trois verres, une bouteille et un tire-bouchon, leur recommande de s'en servir et de ne pas l'aider... exceptionnellement et... momentanément !

En un temps record, Lou dispose sur la table une pile d'assiettes disparates, un gros pot en grès contenant couverts et ustensiles de cuisine, une planche à pain avec une miche campagnarde, enfin, l'assortiment de plats froids choisis chez le traiteur et baptisés les « yaplukab », nom à la consonance russe traduisant élégamment l'expression bien française : « il n'y a plus qu'à bouffer ».

Après une dernière tournée d'inspection de son champ d'action, Lou annonce :

– Ces messieurs sont servis, mais ils peuvent dîner avec bonne conscience, car ce sont eux qui desserviront.

Vincent, tel un troufion devant un général, se raidit dans un garde-à-vous impeccable en prononçant la formule consacrée :

– À vos ordres, chef !

Édouard Gautier le reprend avec des points d'ironie plein les yeux :

– Cheffe, mon petit cow-boy ! Ordre de Mam la commandan<u>te</u> du club « En avant toutes », la défenseu<u>se</u> de l'e... muet<u>te</u>. Oui, muette, car cette pourfendeuse universelle du mâle – synonyme pour elle de mal – ne comprend pas pourquoi les voyelles sont masculines.

Vincent rigole et en remet une couche :

– Elle va finir par militer pour le remplacement du o orgueilleux des hommes, par l'e muet des femmes.

– C'est bien possible ! On va devenir des hemmes.

– Et nous, renchérit Lou, sur le même ton léger, on va devenir des fommes !

Vincent s'immobilise soudain comme un chien de chasse qui vient de flairer une proie. Lou l'interroge :

– Qu'est-ce que vous avez ?

– Une idée qui vient de passer.

Lou tente une intuition :

– À propos des fommes ?

– Oui ! Et des hemmes. Cela pourrait être le titre d'un bouquin : « Les fommes et les hemmes », un bouquin avec pour thème l'interpénétration – sociale – des deux sexes ?

Édouard Gautier s'enthousiasme :

– Un bouquin que vous écririez ensemble !

Lou est la première à reculer :

– Pourquoi pas ? Mais plus tard. J'ai commencé un autre livre qui me tient à cœur et je n'entreprendrai rien avant de l'avoir terminé.

Vincent poursuit la marche arrière :

– Et puis, je ne suis pas sûr, moi, d'être capable d'écrire en collaboration.

– Moi non plus ! C'est pourquoi, Vincent, si vous avez envie de l'écrire seul et maintenant, ne vous gênez pas : c'est vous qui en avez eu l'idée.

– Oui, mais à cause de vous.

Édouard Gautier est aux anges : l'entente est évidente entre les deux ex-ennemis. Le courant passe entre eux. Il se demande même si l'électrochoc de Lou n'aurait pas eu un effet boomerang sur Vincent. À la pensée de cette heureuse éventualité, il les invite à lever leur verre avec lui « À l'avenir ».

Vincent et Lou se joignent volontiers à ce toast consensuel, mais Lou s'en sert aussitôt pour accrocher un autre sujet de conversation :

– À propos d'avenir, dit-elle à son père, j'ai cru comprendre que le tien allait subir quelques changements... d'où « les turbulences » pour reprendre ton expression, qui t'ont propulsé jusqu'ici.

– Pardonnez-moi de ne pas les regretter ! Grâce à vous, mes turbulences se sont éloignées, mais croyez-moi, encore tout à l'heure dans l'escalier, elles étaient bien présentes et bien perturbantes.

– Provoquées par ma mère, je suppose ?

– Oui, quand j'ai débarqué ici, je sortais de chez elle.

Lou l'arrête avec autorité :

– Ah non ! Pas chez elle ! Chez toi ! C'est ton appartement. Tu l'as acheté seul. Grâce à tes premières réussites, avec tes premiers poulains. En plus, à peine installés, elle a squatté ton bureau-bibliothèque pour y recevoir, à titre prétendument amical, ses premiers clients. Ce qui lui a permis très vite d'ouvrir son cabinet, d'augmenter le nombre de ses consultations et de ses tarifs ; de se constituer un joli petit pécule, d'autant plus facilement que tu as continué à assumer les dépenses de votre cohabitation, alors que tu étais au courant de ses générosités avec ses nombreuses conquêtes.

Édouard Gautier est assommé : lui qui pour préserver Lou s'est évertué à lui cacher les amitiés particulières de sa mère ; lui qui contre rumeurs et soupçons a maintenu coûte que coûte le mythe d'un ménage uni... tant que Lou a vécu sous leur toit ; puis le mythe d'une association amicale... quand elle a volé de ses propres ailes.

– Qui t'a mise au courant ? lui demande-t-il d'une voix mal assurée.

– Une de ses dernières odalisques, par vengeance, quand elle a appris que sa psychanalyste vénérée la trompait avec la « dame aux soutifs ».

Édouard Gautier, libéré par sa fille de la discrétion qu'il s'était toujours imposée, en profite pour lui demander :

– Tu te souviens à peu près de la date de cette fâcheuse confidence ?

– Oh, oui ! Je m'en souviens ! Et pas à peu près. Exactement : le 8 janvier 2005. Une semaine plus tôt – le 1er janvier donc –, je m'étais imposé d'écrire la première ligne de mon premier livre. Symboliquement. Je voulais que ma nouvelle vie commence en même temps que la nouvelle année.

Vincent apprécie cette volonté superstitieuse. Mais en silence. À haute voix, il en revient à...

– L'odalisque ? Elle vous a contactée comment ?

– Elle m'a téléphoné, à 9 heures du matin. Bizarrement, je venais de relire mon premier chapitre. Je n'étais pas mécontente de sa virulence, très inspirée par celle de ma mère et de Fabienne. Je m'apprêtais à le leur dire par mail, quand « l'autre » m'a appelée du café d'en face. Je suis allée la rejoindre et elle m'a tout raconté de sa liaison avec ma mère... en me montrant photos, lettres et cadeaux à l'appui.

– À quoi ressemblait-elle ? demande Vincent.

– À une fonctionnaire éminente – ce qu'elle était. Elle avait une poitrine siliconée... offerte par ma mère... pour leur premier Noël !

– Comment pouvez-vous le savoir ? demande Vincent avec logique : elle devait avoir un manteau... le 8 janvier ?

– Elle m'a montré la facture de la clinique esthétique avec – la cerise sur le scalpel ! – cette dédicace de ma mère, brève mais explicite : « À toi. Pour nous. » Et c'était signé : « Ta Mam pour le meilleur de la vie. »

– Comment avez-vous réagi ?

– Sur le moment, très mal. Je l'ai traitée de « saloperie de grognasse ». Des mots que je n'avais jamais prononcés... C'est bête, surtout à notre époque, mais je ne supporte pas les grossièretés... ni les insultes. Sans doute parce que j'en ai trop entendu à un moment de ma vie.

Pour Vincent, l'allusion de Lou à son « big mec » est claire, mais comme il n'est pas censé être au courant, il dévie la conversation :

– Comme tout le monde, j'ai beaucoup d'amis homos, hommes ou femmes, et bien entendu, je me fiche éperdument de leur sexualité. Mais je suppose que lorsqu'il s'agit de ses parents...

Lou l'interrompt :

– Et surtout de sa mère ! On a du mal à être indifférent.

Vincent transpose la situation et imagine sa mère en train de « trousser » (il n'a pas poussé plus loin l'audace) une de ses serveuses derrière le comptoir du « Gosier sec », et répond à Lou :

– C'est normal : le viscéral est plus fort que le raisonnement.

Contente de cette nouvelle concordance d'idées avec Vincent, Lou à présent s'autoanalyse avec lucidité :

– En vérité, ce que je reproche à ma mère, c'est de ne pas avoir eu le courage de ses goûts. De me les avoir cachés, même quand j'ai été en âge de les comprendre et de les admettre. C'est aussi de s'être arrangée pour mener de front ses relations de salon avec mon père et ses divertissements d'alcôve. Autrement dit, pour joindre l'utile à l'agréable.

Le père de Lou, qui comme beaucoup d'hommes a la pudeur que l'on prête en général aux femmes, avoue à sa fille qu'il lui est reconnaissant de ne pas lui avoir parlé « de toutes ces choses ». Il la félicite aussi de sa force de caractère grâce à laquelle elle a assumé seule ses chagrins et ses ressentiments. Mais Lou refuse le compliment. Elle est formelle : elle a eu moins de mérite qu'on ne peut le croire. Pour elle, le silence est un meilleur remède que les mots. Toutes ses écorchures, profondes ou superficielles, se sont cicatrisées plus vite à l'air libre de sa colère que sous les pansements jetables des consolateurs. Elle s'est sentie libérée dès que la statue de la Commandeuse est tombée de son socle en miettes. Elle en donne pour preuve la décision qu'elle a prise de brûler le premier et seul chapitre de son livre, tout empreint du féminisme exacerbé de sa mère. Délivrée de son écrasante influence, elle s'est remise au travail... en pensant cette fois à son père : ni brute. Ni soumis.

– Grâce à quoi, conclut Lou, j'ai pu écrire un roman beaucoup moins sectaire que celui espéré par Fabienne et qui, peut-être à cause de cela, semble atteindre un public plus large.

– Finalement, dit Édouard Gautier, ragaillardi par les explications de sa fille, ton livre me doit beaucoup !

– Disons un peu, répond Lou, mais en revanche, le prochain devra tout à ma mère.

– Le prochain ? demande Vincent, celui qui vous tient tant à cœur ?

– Oui, elle va en être le personnage principal.

– Et vous ?

– Le trou de la serrure !

Vincent sourit. Édouard se renfrogne.

– Est-ce bien utile et bien prudent d'étaler au grand jour ce linge sale familial ?

– Rassure-toi, je réglerai mes comptes, comme beaucoup d'auteurs, sous la forme d'un roman hypocrite. Je m'y efforcerai de convaincre les lecteurs que toute ressemblance avec des personnages existant ou ayant existé serait pure coïncidence, mais...

Vincent complète la phrase de Lou :

– Sans permettre à l'intéressée de douter qu'elle est l'héroïne.

– Exactement !

Indifférent aux satisfecit que se distribuent les regards de Vincent et de Lou, Édouard Gautier continue à s'inquiéter :

– Comment crois-tu que ta mère va réagir ?

– Je n'en sais rien. Mais quelle que soit sa réaction en lisant ce livre, elle ne pourra pas m'ôter le plaisir viscéral que je vais avoir à l'écrire.

– Oui, mais moi en cas de tempête de la part de ta mère...

– Toi, à l'instant où paraîtra ce livre, tu ne seras peut-être pas encore divorcé mais, du moins, tu ne cohabiteras plus avec elle.

– Ça, c'est déjà fait !

– Ah bon ?

– Oui ! J'ai quitté le domicile conjugal tout à l'heure ! Sans intention d'y revenir... sauf avec des déménageurs pour prendre en son absence quelques meubles auxquels je tiens et quelques vêtements. D'où mes « turbulences » signalées à mon arrivée.

Vincent, avocat commis d'office par le père de Lou, s'empresse d'intervenir :

– Je comprends mais... il aurait mieux valu déménager seulement après que la séparation de corps et de biens serait officiellement enregistrée.

– Sans doute. Mais quand même... au cas où ma femme aurait le culot de m'accuser d'abandon du domicile conjugal pour divorcer à mes torts, nous aurions des arguments solides à lui opposer.

– Lesquels ?

– Ben... son infidélité notoire !

Lou rectifie :

– Notoire ? Il ne faut rien exagérer : elle ne s'est jamais affichée avec aucune de ses compagnes de jeu.

– D'accord ! Mais maintenant Vincent peut solliciter le témoignage de l'odalisque et surtout lui demander la facture dédicacée de la clinique esthétique. Comme élément à charge, on ne peut pas trouver mieux !

Lou objecte :

– Faut-il encore que cette fille accepte d'être coopérative.

– Elle le sera, affirme Vincent. Mais... moyennant finance.

Lou s'insurge :

– Pourquoi ? Toutes les femmes ne sont pas forcément vénales. En plus, celle-là me semble avoir une belle situation.

– Ah bon ? Dans quoi ?

– Dans un ministère, m'a-t-elle dit, sans me préciser lequel.

– Peu importe ! Je vais lui téléphoner. Vous avez son numéro et son nom ?

– Oui... attendez...

Lou se lève et va fouiller dans le fond d'un tiroir en annonçant :

– Son nom, je m'en souviens ! Vous, Vincent, vous allez l'adorer.

– Pourquoi ?

– On le croirait sorti d'un vaudeville !

– Ah bon ? Glandu ? Mouillette ? Moncuq ?

– Vous y êtes presque. Son nom... c'est Montroux !

Contrairement aux prévisions de Lou, ce nom n'amuse pas du tout Vincent. Il se force à en sourire, mais le répète avec, dans la voix, comme des regrets. Des regrets de quoi ? Lou est sur le point de le lui demander quand la sonnerie du portable de son père détourne son attention. Au regard soudain illuminé d'Édouard, elle devine tout de suite qui est au bout du fil et à voix basse renseigne Vincent sur le compte de cet interlocuteur... plutôt cette interlocutrice... ou encore mieux, cette « correspondante ». Car, vraiment Pénélope – c'est son nom – lui correspond totalement.

Édouard s'empresse de le confirmer à Vincent, dès la fin de sa communication :

– C'est une artiste ! annonce-t-il d'emblée, comme s'il considérait cette spécificité comme un laissez-passer. Elle est à la fois créatrice d'objets insolites, comme par exemple les lampes de Lou, et décoratrice.

Lou confirme les deux talents de Pénélope en toute objectivité et laisse son père peindre, lui, le tableau de son bonheur :

– Elle a déjà été mariée. Comme moi. Elle a juré de ne jamais se remarier. Comme moi. Ni de cohabiter. Comme moi. Elle a un garçon. Comme moi... j'ai une fille. Elle cache une sensibilité à fleur de peau...

– Aussi mal que toi ! s'empresse de dire Lou.

Édouard approuve d'un air faussement penaud cette appréciation faussement critique et poursuit son dithyrambe :

– Nous sommes, Pénélope et moi, heureux et ma foi, assez fiers de nous définir comme un couple et non comme un ménage.

– Vous avez raison, soupire Lou.

– En somme, conclut Édouard, elle est ma moitié d'orange, comme moi je suis la sienne. C'est pourquoi j'ai enfin décidé de divorcer pour que nous puissions vivre selon notre désir, forcément commun : apparemment libres et intimement liés.

– Joli programme ! s'exclame Vincent avec conviction.

Édouard le remercie de ce compliment et lui avoue sa hâte juvénile d'aller faire à Pénélope... sa non-demande en mariage !

Lou réprime un bâillement pour pouvoir articuler :

– Vincent n'a pas sa voiture. Tu pourrais peut-être le déposer chez lui. Il n'habite pas très loin de chez Pénélope.

Bien sûr, Édouard est d'accord. Vincent le serait aussi mais après un regard sur la table et l'évier débordants d'un désordre d'après fête, il émet quelques scrupules plus ou moins hypocrites :

– Nous étions convenus avant le dîner que les hommes devaient desservir. Alors moi, je vais rester pour accomplir mon devoir d'homme.

Lou l'en dispense, en réprimant un deuxième bâillement :

– Je rangerai tout demain... en chantant le chœur des Walkyries !

Vincent prend congé de Lou avec reconnaissance, mais en lui serrant la main avec regret.

Dans la voiture d'Édouard, il y pense avec perplexité. En quittant son chauffeur réjoui, il lui souhaite une bonne fin de soirée avec une certaine nostalgie.

Seul devant son immeuble, Vincent met la main dans la poche de son duffle-coat pour y prendre sa clé. Déconcerté, il y trouve une orange. Curieux, il l'examine. Attendri, il découvre d'abord une ligne noire en pointillé qui traverse le fruit en son milieu ; ensuite une étiquette où il lit : « Offert par le Hasard. »

Cette nuit-là, Vincent a eu beaucoup de mal à s'endormir.

Lou aussi.

Chapitre 14

« Un jour à jeter aux chiens. »

Tous les soirs de la semaine, entre deux gifles à son oreiller, Vincent a répété cette expression que sa mère employait pour désigner les jours où « tout allait plus mal que tout de travers ». Oui tout. Le temps. Les gens. Les nouvelles. Les affaires. La santé.

Lundi : au lendemain de son dîner avec les Gautier père et fille, après une nuit très agitée, Vincent s'est réveillé gravement embrumé. Il n'avait digéré ni les « yaplukab » ; ni le nom de Juliette Montroux, porteur d'ennuis passés et sans doute futurs ; ni les bâillements de Lou qui avaient balayé son espoir d'un rapprochement nocturne ; ni son orange parfumée aux points d'interrogation, cause d'un attendrissement qu'il a jugé encombrant dès qu'il a ouvert les yeux... précisément sur cette orange posée devant sa lampe de chevet... pas par hasard ! Il a renoncé à la jeter sous le prétexte juvénile que « ça ne serait pas gentil ». Après quoi, il l'a enveloppée dans du papier journal, enfournée dans une poche d'un imperméable qu'il ne mettait jamais et demandé un peu plus tard à Églantine en buvant un café serré, si elle savait comment on pouvait conserver une orange. Oui... entière ! Oui... avec la peau ! Oui... c'était pressé ! Églantine ne savait pas et a promis de se renseigner.

Toute la journée de Vincent s'est déroulée dans une grisaille uniforme. Il s'est montré avec ses clients exceptionnellement inefficace. Avec sa secrétaire, impatient. Il n'a cessé de consulter sa montre, de lire et de relire des dossiers sans en retenir un mot, de tracer machinalement sur des Post-it des gribouillages informels où finissaient toujours par s'infiltrer quelques points d'interrogation.

Même le mail quotidien de sa mère n'a pas eu un effet positif. Au contraire. Pourquoi l'avait-elle terminé par une exhortation au calme et au courage ? Avait-elle été alertée par un de ces bons apôtres qui ne colportent que des mauvaises nouvelles ? Ou par ses tarots ? Ou par une de ses intuitions-flash plus ou moins fiables ?

La morosité de Vincent ne s'est pas dissipée pendant son dîner éclair chez Machin, en tête à tête avec ses deux portables : « Le miauleur », réservé aux personnes agréables à entendre. « L'aboyeur », réservé... aux autres. « Le miauleur » s'est décidé à sonner juste au moment où il allait partir. La rapidité et la fébrilité de son premier « Allô » ne lui ont plus permis de douter que le silence de Lou avait pesé sur l'humeur de sa journée, beaucoup plus qu'il ne le pensait. Mais ce n'était pas Lou qui l'appelait. C'était la fausse Madonna. Sans rancune d'avoir été décommandée la veille, comme elle passait prétendument dans le quartier, elle lui proposait « un petit câlin digne d'un grand ». Successivement, la déception qu'il a eue en entendant sa voix, le peu d'enthousiasme qu'il a manifesté devant sa proposition, la brièveté, à ce point-là inhabituelle du mal nommé « câlin », l'ont forcé cette fois à regarder la vérité en face. Enfin... disons de trois quarts face : il était amoureux de Lou... « probablement ». Comment aurait-il eu une certitude ? Ça ne lui était jamais arrivé d'être amoureux.

Mardi : sur un même fond de grisaille était venu se greffer un coup de téléphone qui avait encore obscurci le paysage de Vincent. Qui était à l'appareil ? Édouard Gautier. Que voulait-il ? Apprendre à Vincent que Lou venait de s'envoler vers New York avec Georges Counet, l'agent littéraire. Pourquoi ? Rencontrer un nouveau producteur pour son film. Sérieux ? En affaires, sûrement ! Et alors ? Très accroché par le titre et le thème du livre, il était entré en contact avec elle sur Internet. Avec webcam ? Évidemment ! Et alors ? Lou lui avait tapé dans l'œil et dans l'oreille. Normal ! Et alors ? Non seulement il lui avait proposé d'acheter les droits de *L'Adieu au cow-boy* pour en tirer un film, mais aussi d'en jouer l'héroïne. Quoi ! Et alors ? Proposition séduisante pour Lou qui avait naguère envisagé une carrière de comédienne et par ailleurs parlait couramment l'anglais. Et alors ? Elle était partie là-bas pour tourner un bout d'essai et selon le résultat prendrait une décision dans un sens... ou dans un autre.

Vincent a pensé : « Merde ! » Il a dit : « C'est merveilleux ! » Il a ajouté : « Et à part ça ? » Une broutille à côté du projet américain. Mais quoi ? Le livre de Lou *L'Adieu au cow-boy* figure sur toutes les listes de best-sellers. À une place enviable. Ah, oui ! Ça c'est le mot : enviable ! Vincent a repensé : « Merde ! » Il a redit : « C'est merveilleux ! » Il a de nouveau ajouté : « Et à part ça ? » Édouard Gautier a changé de cap. Direction ? Son divorce. Du nouveau ? Oui, son épouse, la psy, s'est débrouillée pour obtenir déjà le constat d'abandon du domicile conjugal par son mari. Alors, lui, Vincent, n'a plus qu'à se débrouiller pour obtenir le témoignage de Juliette Montroux sur ses relations avec la mère de Lou afin d'annuler les effets du constat. Pour la troisième fois Vincent a pensé : « Merde ! » Il a dit : « Je téléphonerai demain à cette... cette personne. » Il a ajouté : « Excusez-moi. Je suis obligé de vous quitter. On m'appelle sur une autre ligne. »

Mercredi : depuis sa conversation téléphonique de la veille avec Édouard Gautier, Vincent est perturbé par un ancien « colle-aux-côtes ». Expression de sa mère (encore elle !) pour désigner un souci ou un problème plus ou moins important qu'on rechigne à aborder ou à rejeter et qui, de ce fait, ne vous lâche jamais complètement. En l'occurrence, il s'agissait pour Vincent d'un « colle-aux-côtes » qui remontait au jour même de ses vingt ans. Pour fêter virilement ce bel anniversaire, il avait parié avec un copain de se « taper la première nana baisable qu'il rencontrerait ». Ce fut Juliette Montroux. En partie grâce à elle, il avait gagné son pari avec brio. D'abord parce qu'elle était mieux que baisable : une simili nymphe ! Ensuite parce qu'il se l'était vraiment « tapée » avec tout ce que ça sous-entend de muflerie, en l'absence totale d'appogiature galante. Cela n'avait pas empêché Juliette – au contraire – de succomber gravement au charme et à la fougue de Vincent, avec l'ardeur de ses seize ans. Alors lui, bon prince, il avait continué à se la « taper » dans l'indifférence totale. Jusqu'au jour où... elle était tombée enceinte. Elle voulut garder l'enfant. Il paniqua. Il réussit à lui imposer une IVG. Sa mère (toujours elle !) refila en douce à son fils l'argent nécessaire à l'intervention et... un paquet de préservatifs en guise de cadeau d'adieu !

Juliette Montroux n'a jamais oublié : ni Vincent, ni le reste.

Vincent, lui, s'était empressé de classer cet épisode malencontreux dans les accidents de parcours... utiles à l'expérience de l'homme ! Mais peu à peu, des confidences de femmes, marquées à vie par un premier amour semblable à celui que Juliette lui devait, l'avaient culpabilisé à retardement. Pas douloureusement. Pas continûment. Non ! Mais enfin par intermittence, ce peu glorieux souvenir venait le titiller comme une écharde et méritait son titre de « colle-aux-côtes ».

Voilà pourquoi Vincent avait tiqué en apprenant que la « saloperie de grognasse » évoquée dimanche soir par Lou n'était autre que Juliette Montroux ; et pourquoi aussi il était mal à l'aise à l'idée de reprendre contact avec elle... surtout pour lui demander un service ! Mais, conscient qu'il ne pourrait échapper à ces retrouvailles délicates, il décida de s'en débarrasser. Vers 10 heures, il lui a téléphoné sur sa ligne directe, le seul numéro que Lou lui avait donné. Avec surprise, il a entendu au bout du fil une voix impersonnelle lui débiter cette phrase éminemment fonctionnelle :

– Ici le ministère des Finances. Que puis-je pour votre service ?

Vincent crut s'être trompé, raccrocha. Recomposa le numéro. Retomba sur la même voix. Avec la même phrase. Alors, il se décida à dire avec un excès de politesse qu'il souhaiterait parler à madame Montroux. Ce fut le départ d'un dialogue qu'il n'est pas près d'oublier :

La préposée : De la part de qui ?

Lui : Je suis un de ses anciens amis. Mon nom est Vincent Vanneau.

La préposée : Vous appelez à quel sujet ?

Lui : C'est personnel.

La préposée : Madame Montroux est en rendez-vous.

Lui : Quand puis-je la rappeler ?

La préposée : Quand vous aurez reçu la lettre concernant votre contrôle fiscal.

Lui : Quoi ? Il doit y avoir une erreur.

La préposée : Impossible ! J'ai le double de la lettre que nous vous avons envoyée. Sous les yeux.

Lui : Écoutez, mademoiselle, je travaille dans un cabinet d'avocats, l'une de mes consœurs y est conseillère financière...

La préposée : Conseillère... oui. Et alors ?

Lui : Elle s'occupe de mes impôts et jamais elle n'a évoqué l'éventualité d'un contrôle fiscal.

La préposée (changeant de ton et reprenant sa voix normale) : Eh bien, elle a eu tort, mon grand, tu verras quand tu recevras la lettre de ton contrôleur !

Lui : Mais... Juliette !... Juliette...

Pour seule réponse, le bruit sec d'une communication qu'on coupe. Toutes les tentatives de Vincent pour joindre Juliette Montroux avec sa vraie voix ont été vaines. Son « colle-aux-côtes », promu « gros emmerde », lui a tenu compagnie tout au long de la journée et une bonne partie de la nuit, enfin... bonne... façon de parler !

Jeudi : confirmation de la loi des séries. L'envie de dire : « On lirait ça dans un livre, on ne le croirait pas ! » Ou de se poser cette question idiote : « Mais qu'est-ce que j'ai bien pu faire au bon

Dieu ? » Bref, les deux frères de Vincent ont été conduits en ambulance à l'hôpital à quelques heures d'intervalle. Tous les deux blessés aux jambes. Victor à la jambe droite. Valentin à la jambe gauche. Le premier, victime d'un agresseur armé d'un cutter dans le parking de la résidence de Chatou où il partage un appartement avec son jumeau. Le second, victime d'un chauffard. Plus précisément d'une chaufarde : féminin non revendiqué et de plus en plus mérité cependant par les dames au volant. Elle l'avait fauché alors qu'il rentrait en moto chez lui, c'est-à-dire chez eux.

Une secrétaire médicale a prévenu Vincent de l'admission récente de son frère Victor au service des urgences et de l'admission prochaine de son frère Valentin dans le même service, annoncée par la gendarmerie locale.

Vincent a expédié sa consultation en cours ; prié la secrétaire d'annuler tous ses rendez-vous de la journée ; puis est parti en claquant la porte. Dans la cour de son immeuble, il a hésité entre sa moto plus rapide ou sa voiture, plus sûre. Il a opté pour la voiture et en a aussitôt verrouillé les portes, contrairement à ses habitudes : ce n'était pas le jour à prendre des risques !

Au premier embouteillage, il s'est branché sur Radio Guidage, a entendu des commentaires inquiétants sur l'accident survenu à « un auteur de bande dessinée très connu » ; s'est imposé quelques respirations yoga ; enfin il est arrivé aux abords de l'hôpital, s'est garé n'importe où, est sorti de sa voiture en courant, a monté quatre à quatre l'escalier qui mène à la réception et... s'est étalé sur l'avant-dernière marche... Plus, ça serait trop ! Ouf ! Il n'a rien de cassé. Juste le menton fendu... Mais quand même assez profondément. Il saigne au point qu'une infirmière croit qu'il est l'accidenté attendu, étant donné que c'est, lui aussi, un Vanneau. Quiproquo horripilant. Explications laborieuses. Éclaircissement de la situation. Récapitulation des faits : Victor, sous calmant, somnolait dans une chambre au troisième étage. Il a eu la cuisse droite perforée à plusieurs endroits dont un très près de l'artère fémorale. Le médecin qui l'a recousu, joyeux drille, a estimé qu'il avait eu de la veine... avec son artère ! Vincent, pourtant défenseur convaincu de la légèreté d'être, n'a même pas souri. Il est redescendu au rez-de-chaussée. Le menton toujours sanguinolent. Valentin venait d'y être déposé par les ambulanciers et transporté aux urgences par deux joyeux aides-soignants.

Vincent, en attendant d'être fixé définitivement sur le sort de ses frères, a demandé à une infirmière juste un petit bout de sparadrap pour cacher son bobo au menton pas très ragoûtant. Zélée et débutante, l'infirmière lui en passa un énorme qui lui valut dans le service le surnom de « Barbe rose ».

En fin d'après-midi, les jumeaux sérieusement éclopés mais lucides rendirent grâce à leur aîné. C'était lui qui s'était démené pour qu'ils soient regroupés dans la même chambre ; lui qui s'était chargé de toutes les corvées administratives – avec l'hôpital, la gendarmerie, les assurances, la police. Lui qui avait trouvé un garage pour accueillir, examiner et le cas échéant réparer la moto de Valentin. Lui qui refusa d'être considéré par ses frères comme une fée, non pas par modestie, mais parce qu'il ne voulait pas être comparé à une femme, même mythique ! Alors, leur gaieté foncière récupérée, après avoir éliminé le magicien, le génie, le sorcier, ils optèrent tous les trois pour « le farfadet »... un mot de leur mère (bien entendu !).

Ouf ! Enfin la détente ! Enfin le calme ! Hélas ! Juste une trêve : dès sa sortie de l'hôpital, le visage de Vincent s'est figé. D'abord incrédule, puis furieux, puis désespéré : sa voiture avait été embarquée à la fourrière... Il se coucha très tard, exténué, démoralisé... et le menton en feu !

Vendredi : ça démarre en fanfare ! Églantine donne le coup d'envoi dans la cuisine pendant le sacro-saint petit déjeuner de Vincent : elle débite comme une litanie :

– Vous êtes nerveux en ce moment : je vois ça à votre lit ! Vous travaillez trop : je vois ça à votre tête ! Vous ne tournez pas rond : je vois ça à vos bizarreries ! Entre autres, j'ai trouvé une orange, au fond d'une poche de votre vieil imperméable. Ne vous inquiétez pas, elle commençait à pourrir : je l'ai jetée. Comment ça « Merde » ? Attention ! Vous avez renversé votre tasse ! Vous êtes tout taché. Ce n'est pas grave ! J'ai un nouveau détachant. Je l'ai acheté hier... on aurait dit que je le sentais... Ah ben, oui, justement il sent... la benzine à la violette... ça me rappelle... ah oui, les toilettes de ma grand-mère... Fernande, vous ne l'avez pas connue ? Mais attendez... attendez... vous n'allez pas partir comme ça... Il n'est vraiment pas bien... Tout ça pour une orange !

Bruno a pris la relève à l'heure du déjeuner :

– Je n'ai pas faim. J'ai les boules. Je ne décolère pas. Évidemment à cause de ton bouquin : il ne décolle pas en librairie et il rebute ailleurs. J'ai essayé toutes les issues de secours. Toutes fermées. Rameuté tous mes réseaux. Tous impuissants. Ou aux abonnés absents. Ta « Tarzane » – je peux même dire notre « Tarzane » : je m'en suis tellement occupé –, aucun espoir de la voir un jour dans un film, un téléfilm, un feuilleton ou une bande dessinée. Rejetée à l'unanimité. Au motif que l'antiféminisme n'est plus tendance. À la rigueur, que les bonnes femmes te mettent des bâtons dans les roues, je les comprends, c'est logique : elles défendent leur os... en bonnes chiennes de garde ! Mais les mecs, ils devraient te soutenir. Eh ben, non ! Ils préfèrent fourbir le bâton qui va les battre ! Pactiser avec l'ennemi-e ! Ce sont des collabos ! Parfaitement, des collabos de la guerre des sexes ! Ils le sont, soit par intérêt, en espérant que l'ennemi-e leur revaudra ça ; soit par connerie, parce qu'ils ne voient pas le danger ; ou encore pour jouer les saint Martin de la parité ! Autrefois – et même naguère – ils baissaient leur pantalon pour la bonne cause. Maintenant c'est pour la mauvaise ! En face des bonnes femmes missionnaires, il n'y aura bientôt plus que des bonshommes démissionnaires ! Comme notre éditeur ! Comme Édouard Gautier et les autres : de moins en moins brutes, et de plus en plus soumis. Tandis que ces dames, plus que jamais, elles vont « en avant toutes ! » Non, je ne m'égare pas. Je t'explique : nous – toi et moi – et quelques courageux, on est les résistants. Les derniers. Alors forcément, les collabos, dès qu'ils peuvent, ils nous barrent la route. C'est eux qui ont flingué ton bouquin. Tu es victime d'un tir de barrage !

Cette explication, bien que Vincent n'en ait pas été vraiment dupe, l'a un peu détendu. Il en avait besoin. L'échec de Bruno dans ses démarches pour donner une deuxième chance à sa « Tarzane » était avant tout son échec à lui. Il avait encaissé le coup avec fatalisme... apparemment. Mais, en profondeur, il avait été doublement atteint. En tant qu'homme d'abord, vis-à-vis de Lou, il supportait mal sa contre-performance. En tant qu'auteur ensuite. Même s'il prétendait – comme beaucoup – que l'échec stimule, il fonctionnait – comme tous – beaucoup plus à la louange qu'au coup de pied aux fesses. En conséquence, la levée de boucliers dont il était victime lui avait ôté en même temps son envie d'écrire, sa confiance en soi et l'espoir de pouvoir reléguer son métier d'avocat au second plan, derrière son ambition d'écrivain. Espoir évanoui, selon lui, pour longtemps. Sinon pour toujours. Seule bonne nouvelle de la journée : les jumeaux avaient quitté l'hôpital en ambulance au début de l'après-midi.

Samedi : grâce à un maximum de volonté et un minimum de Lexomil, Vincent ne s'est réveillé qu'à 8 heures. Décision immédiate : consacrer ce samedi à sa seule remise en forme.

8 h 30. Top chrono. C'est parti ! Bien parti ! Descente allègre de ses cinq étages à pied. Petit déjeuner préparé par Églantine et savouré en son absence : le rêve !

Départ en voiture pour le bois de Boulogne au son revigorant des trompettes d'*Aïda*. Arrivée sur le circuit de son jogging hebdomadaire. Fermeture des portables au cri de : « En arrière toutes ! » Démarrage au petit trot. Rencontres successives avec quelques habitués. Le premier lui a dit : « Désolé ! Je n'ai pas eu encore le temps de lire votre livre. » Le deuxième : « Il est mal distribué, votre livre. Je ne le vois nulle part ! » Le troisième : « J'ai offert votre livre à ma femme. Elle est furieuse contre vous. Elle a juré de vous casser la figure. Ha ! Ha ! Ha ! Méfiez-vous, elle s'est mise à la boxe !... Ah ben, tiens ! La voilà ! Courage... fuyons ! »

Vincent a sûrement battu son record de vitesse. Il transpirait à grosses gouttes en remontant dans sa voiture. Toutes vitres baissées, il a foncé vers la piscine. Dans le bassin, le couloir voisin du sien était occupé par une fille. Elle nageait si vite qu'il l'a crue équipée de palmes ! Il a redoublé d'efforts. Il n'a jamais pu la rattraper. Il y a vraiment quelque chose de changé dans le domaine du sport ! Et pas que là ! Il a pensé : « J'espère que le fiancé de Laure Manaudou nage plus vite qu'elle ! »

Vestiaire. Sauna. Douche. Rhabillage. Lassitude. Question insidieuse : est-ce un signe de la quarantaine ? Haussement d'épaules. N'empêche que Vincent a été content de s'asseoir dans sa voiture. Il a mis le chauffage. Rouvert ses portables. Installé ses écouteurs dans ses oreilles. Démarré. Téléphoné à ses frères pour les prévenir de son arrivée chez eux et de son intention de les inviter à déjeuner dans ce nouveau restaurant qui... Changement de programme : les jumeaux se sont rendu compte qu'avec leur handicap aux jambes et leur femme de ménage minimaliste, leur vie à Chatou était devenue très difficile. La solution ? S'installer dans une maison en bon ordre de marche. Elle. Laquelle ? Celle de leurs parents, bien entendu. Trop heureux de les accueillir et de les chouchouter. Le trajet ? En voilà une question ! Dans la voiture de Vincent. Quand le départ ? Maintenant ! Les gens vont bientôt s'arrêter pour déjeuner : c'est le moment idéal pour rouler. Dans le fond... pourquoi pas ?

Une demi-heure plus tard, les trois frères, sur la route d'Angers chantent à tue-tête : « Y a d'la joie ! »

Le portable miauleur de Vincent se manifeste à mi-parcours. Son interlocuteur ? Édouard

Gautier. À peine audible. Pourquoi ? Tout bêtement une extinction de voix. Il s'ensuit un dialogue horripilant :

– Lou est rentrée de New York.

– Seule ?

– Oui.

– Contente ?

– Très fatiguée. Pour le moment, elle...

– Elle quoi ?

– ... dort.

– Très bien.

– Elle m'a dit qu'elle vous...

– Qu'elle me quoi ?

– ... appellerait ce soir.

– Précisez-lui, sur mon portable. Je ne serai pas chez moi.

– D'accord.

– Écoutez, je ne veux pas vous fatiguer plus longtemps : je vais raccrocher.

– Attendez ! Attendez ! Je n'ai pas fini.

– Ah bon. Je vous écoute.

Édouard Gautier a mis dix minutes pour demander à Vincent s'il avait déjà rencontré Juliette Montroux et obtenu d'elle le témoignage espéré. Vincent a mis beaucoup moins de temps pour lui apprendre que l'affaire Montroux se révélait plus compliquée que prévu. Et qu'il préférait la lui raconter plus tard... de vive voix ! Édouard Gautier a tenté de lui expliquer que seule sa voix était fatiguée, mais que le reste... Vincent a raccroché précipitamment sous le prétexte que le réseau s'était brouillé et qu'il n'entendait plus rien.

Fin de la conversation entre le demi-muet et le faux sourd.

Arrivée à Angers. Direction « Le Gosier sec ». Rappel de joyeux souvenirs d'enfance. Bonne humeur générale dans la voiture. Et puis tout à coup... catastrophe ! L'ambulance du Samu est en double file devant le bistrot. Charles Vanneau vient de s'écrouler derrière son comptoir, victime d'un malaise cardiaque. Panique des trois frères. Sérénité apparente de la mère. Optimisme soutenu par des arguments où elle mêle le bon sens du paysan et la foi du charbonnier : Charles est vivant. Ce n'est qu'un signal d'alarme. Une alerte sûrement salutaire. Un mal pour un bien. Un mal voulu par « qui vous savez ». Pour elle, les voies du Seigneur ne sont pas du tout impénétrables. Elle est sûre qu'« Il » a envoyé cet avertissement au clan Vanneau pour permettre à Vincent de replacer ses soucis dans le bon ordre. Lui permettre de ne pas classer l'essentiel après le secondaire. Traduction immédiate de Vincent : il faut relativiser l'importance de ses ennuis. Approbation silencieuse. La vision de son père sur la civière du Samu, inerte et bardé de tuyaux, a complètement effacé Juliette Montroux, la menace du contrôle fiscal, le succès de *L'Adieu au cow-boy*, l'échec de *La Tarzane*, le retour de Lou.

Non ! Pas effacé ! Estompé seulement.

Tout lui est revenu le lendemain à son réveil, aussitôt après avoir appris par sa mère que sainte Madeleine avait fait du bon boulot cette nuit : son père était hors de danger ! Vincent a été sincèrement soulagé. Heureux... jusqu'au moment où son portable – le miauleur – a sonné. Vincent s'est précipité, croyant que c'était l'appel de Lou annoncé par son père la veille. Mais non ! C'était lui, Édouard Gautier. Vincent a vu son numéro s'afficher. Il n'a pas pris la communication. Sa mère tout de suite l'a senti ailleurs. Et un ailleurs pas vraiment rose. Elle n'a pas eu beaucoup à insister pour qu'il lui déballe son assortiment de contrariétés... qu'il lui avoue en prime ses frissons et ses éternuements... et pour qu'il se décide, sur ses conseils, à rejoindre Paris afin de s'y débarrasser au plus vite de ses « colle-aux-côtes ». Elle a répété avec conviction « au plus vite ».

Après quoi... elle lui a rappelé d'aller voir son père à l'hôpital... recommandé d'être prudent sur la route... promis de ne pas trop gâter ses frères... préparé un en-cas pour son voyage, à croire qu'il partait en expédition dans le désert... demandé d'embrasser Églantine de sa part... glissé une médaille de saint Christophe dans sa poche... et affirmé que ses tarots étaient optimistes...

Enfin, à bout d'arguments pour retenir son fiston, elle s'est inquiétée :

– Tes pneus sont bien gonflés, mon chéri ?

Vincent a souri. Serré sa mère dans ses bras et... pensé à Lou !

Chapitre 15

Vincent roule vers Paris. Les restoroutes sont pleins. La route est déserte. Le ciel sans nuages... à ne pas mettre une madame Météo dehors !

Sa visite à l'hôpital l'a rassuré sur la santé de son père. Paradoxalement, parce que Charles n'a pas joué les euphoriques. Les « Tout va bien ! Pas de problèmes ! ». Il s'est montré lucide, simplement. Il a résumé la situation :

– C'était pas l'heure ! Mais c'était moins cinq ! Il va falloir freiner un peu... mettre « Le Gosier sec » en gérance. Ou alors le vendre. Je vais en parler avec ta mère. Elle me dira : « C'est toi qui décides » et on fera ce qu'elle voudra. Pour nous, la retraite, ça n'est pas un problème : moi, j'ai la pêche et mon atelier avec mes modèles réduits. Ta mère, elle, a son ordinateur et ses roses ! Et puis surtout je l'ai. Elle m'a. On vous a.

Il a conclu avec une de ses formules favorites où se côtoyaient les mots de trois générations : « Ça va être cool-au poil-peinard. »

Dommage qu'en disant cela, Charles ait eu « les yeux à la pluie ».

C'est Vincent qui les a maintenant en s'en souvenant. Alors, il prend la radio... et reconnaît la voix de Tapsy. Elle anime « Mes rencontres du dimanche », une émission où elle se balade dans Paris et, micro à la main, bavarde avec des personnes connues ou inconnues qui croisent son chemin plus ou moins par hasard. Quand il s'agit d'inconnus, la rencontre est vraiment fortuite. Dans le cas de gens connus, elle est dûment prévue. Vincent le sait par Bruno qui avait contacté Tapsy pour organiser une fausse rencontre entre elle et son poulain. Projet promotionnel qui comme beaucoup d'autres est tombé à l'eau. Vincent, agacé par le souvenir de cette rebuffade, est sur le point de chercher une autre station de radio, quand soudain il entend :

Tapsy : Ah non ! Ce n'est pas possible ! Lou Gautier ! Qu'est-ce que vous faites là ?

Lou : Je rentre chez moi, après avoir accompli mon programme dominical : jogging et piscine.

Vincent passe de 130 à 90 kilomètres à l'heure.

Tapsy : Pour vous le sport, c'est corvée ou plaisir ?

Lou : C'est... détente indispensable. Surtout pour le moment.

Tapsy : Ça, j'imagine... avec tout ce qui vous arrive.

Lou (méfiante) : Ce qui m'arrive ?

Tapsy : Ah ! Vous n'allez quand même pas jouer les étonnées, alors que le petit monde de l'édition et les médias parlent du « phénomène Lou Gautier » ?

Lou (sincère) : Vraiment ?

Tapsy (ironique) : Vous n'êtes pas au courant peut-être ?

Lou : Très peu... Vous savez, je viens de passer une semaine à New York, alors...

Tapsy : Ah ! Justement, New York... parlons-en ! On raconte que vous y avez signé un contrat avec un producteur et que votre livre *L'Adieu au cowboy* va devenir un film.

Lou : Oui, c'est exact.

Tapsy : On chuchote même, de source sûre, que vous allez en jouer l'héroïne.

Lou : Non ! Ça, c'est faux.

Tapsy (surprise) : Ah bon ? Mais... on vous l'a proposé ?

Lou : Oui, mais j'ai refusé... après réflexion.

Vincent roule à 60 à l'heure.

Tapsy : C'est bizarre ! Vous n'êtes pas tentée par une carrière cinématographique ?

Lou : Plus maintenant. Je préfère écrire.

Tapsy : Pourtant, l'aventure américaine, ça ne se refuse pas.

Lou : Preuve que si !

Tapsy (insidieuse) : Vous aimez tant que ça votre métier d'écrivain ?

Lou : Oui, je lui dois beaucoup. Et j'espère lui devoir encore davantage.

Vincent roule à 30 à l'heure.

Tapsy : C'est vraiment la seule raison que vous aviez de refuser cette nouvelle gloire ?

Lou : Non. Il y en a une autre.

Tapsy : Vous imaginez bien que je vais vous demander laquelle ?

Lou : Vous imaginez bien que je ne vais pas vous répondre ?

Tapsy : Il s'agit donc d'une raison d'ordre privé ?

Lou : Oui.

Tapsy : En clair, c'est quelqu'un qui vous retient en France ?

Lou : Bien pire ! C'est un point d'interrogation.

Tapsy : Il a un nom quand même ?

Lou : Sans doute, mais moi je ne le connais que sous son pseudonyme.

Tapsy : Qui est ?
Lou : Le Hasard !

Vincent a garé sa voiture dans le couloir des urgences !

Il s'est penché pour se regarder dans son rétroviseur et s'est avoué, les yeux dans les yeux : « Tu l'aimes, connard ! » Il s'en est donné une preuve supplémentaire en voulant traduire à Lou son exaltation dans un texto à la fois romantique, subtil, spirituel, original dont elle garderait un souvenir impérissable... et lui aussi ! Et en lui écrivant au bout d'une demi-heure : « Suis à 100 kilomètres de Paris. Je passerai chez vous... à tout hasard ! sauf contre-ordre. »

Il y a eu contre-ordre. Immédiat. Par coup de fil chuchoté : la mère de Lou était dans l'escalier qui montait chez sa fille. Au programme de sa visite : explication et grande lessive familiale. Durée : imprévisible. Conclusion : Lou rejoindrait Vincent à sa « succursale », dès que possible. D'accord ? D'accord !

Ce n'était évidemment pas là l'échange romantique dont Vincent avait rêvé, mais tout compte fait, il n'était pas mécontent de rentrer chez lui pour tenter d'enrayer l'offensive rhino-pharyngée, voire grippale, qu'il sentait se déployer entre nez, gorge et bronches !

À peine un pied dans son appartement douillet, il a les deux mains dans son armoire à pharmacie pléthorique. Il en sort un arsenal de médicaments préventifs et curatifs qu'il va prendre dans sa cuisine avec un de ces bons vins chauds citronnés et sucrés au miel qui ont noyé tous les rhumes de son enfance ! À l'âge adulte, celui-là le plonge dans un sommeil de plomb, dont les coups frappés à sa porte le sortent avec difficulté et mauvaise humeur, quelque temps plus tard :

– Qui est là ?

– C'est moi, Lou.

Silence de récupération.

– Lou Gautier !

Silence de consternation.

– Ça ne va pas ?

Réponse affolée de Vincent après avoir entrouvert la porte en restant invisible :

– Entrez. Installez-vous. Fermez la porte. Je prends une douche. Je reviens. Je me dépêche. Je m'occupe de vous.

Dix minutes plus tard, Vincent apparaît, trop décontracté pour l'être vraiment. À l'extérieur : un lac de montagne. À l'intérieur : un volcan. Lou, assise dans un fauteuil, sursaute et range précipitamment dans son sac-cabas le paquet de Post-it et le stylo-feutre qu'elle avait à la main. Après quoi, s'engage entre eux deux un dialogue d'une indigence... très riche d'enseignement :

Vincent : Excusez-moi, je m'étais endormi.

Lou : Ah... vous étiez fatigué ?

Vincent : Euh... pas seulement...

Lou : En tout cas, votre petit somme vous a réussi.

Vincent : Vous trouvez ?

Lou : Ah oui... vous avez bonne mine.

Vincent : Pourtant...

Lou : Ça ne va pas ?

Vincent : Si !... mais... Vous aussi, vous avez bonne mine...

Lou : Pourtant...

Vincent : Ça ne va pas ?

Lou : Si !... mais...

Leurs deux regards se passent si je puis dire, la parole. Celui de Lou est hésitant. Celui de Vincent encourageant. Puis quémandeur. Elle n'y résiste pas. Elle sort de son sac son paquet de Post-it roses et le place devant ses yeux. Il y lit : « Suis prête à donner une forte récompense à celui qui trouvera une nouvelle formule pour dire : “ Je vous aime. ” »

Vincent murmure : « Ça alors !... » puis ordonne : « Regardez-moi ! »

Lou descend légèrement son couvre-regard. Elle voit alors Vincent, avec sur les yeux, comme elle à l'instant, un paquet de Post-it, mais bleus. Elle lit : « Je m'étais promis de ne jamais dire : “ Je vous aime. ” Je tiens ma promesse : je l'écris ! »

Lou émet un son non identifié, entre extase et incrédulité. Elle débusque les yeux de Vincent derrière leur cachette. Elle y voit exactement ce qu'elle souhaitait y voir. Une seconde. Pas plus ! Et elle ne voit plus rien : il l'embrasse. Fougueusement. Comme... comme... À quoi bon chercher une comparaison ? Il l'embrasse comme un homme amoureux embrasse une femme amoureuse. Comme au cinéma en quelque sorte. Mais pour de vrai. Voilà pourquoi, pour de vrai, il arrive ce qui n'arrive pas au cinéma. Le héros – Vincent en l'occurrence – se met à penser subitement, sans préavis : « Le plus dur reste à faire ! » Il chasse à grands coups de langue cette pensée inopportune. Mais très vite, une autre la remplace : pire ! Elle cerne un problème d'une actualité primordiale pour lui, pour eux, et qui diaboliquement se rapproche dans son esprit futile des problèmes de robinet de son enfance : « Comment s'y prendre pour qu'une femme frigide, miraculeusement en ébullition, garde une effervescence constante en passant, primo, d'un fauteuil à un lit, compte tenu que ces deux éléments sont séparés par un couloir de dix mètres quarante ? Secundo, d'un ensemble hermétique “ pull-jean-bottes ” à une nudité intégrale ? Ou, à la rigueur... partielle ? »

Tout en continuant à s'affairer sur les lèvres, puis sur les oreilles de Lou, Vincent cherche les bonnes réponses à ses mauvaises questions. Ce qui le met malencontreusement face à un nouveau problème qui lui rappelle lui aussi ceux des robinets : « Combien faudra-t-il de temps à la virilité d'un macho, victime d'un affaissement soudain, pour retrouver ses dimensions habituelles ? » Question subsidiaire : « Par quel moyen ? » Horreur ! Il entend, au comble de l'angoisse, la voix d'un animateur de jeux télévisés : « Plus que deux secondes... plus qu'une seconde... Trop tard ! Désolé ! Vous avez perdu ! »

Non ! Pas encore ! Lou lui offre une occasion de repêchage : elle prend l'initiative. Elle glisse de son fauteuil sur la moquette et passe de la position agenouillée en prière à la position allongée en offrande. Il la recouvre aussitôt de son corps et s'exhorte mentalement à la performance : « Bon sang ! Pas de complexes ! Pense à la réputation dont tu jouis ! » Allons bon ! Juste le mot qu'il ne fallait pas dire... mais dans l'état où il est, il ne peut choisir son vocabulaire ! Pas plus d'ailleurs que Lou qui dit étourdiment : « C'est un peu dur ! » puis qui, gênée, précise aussitôt : « Je parle du sol ! » Elle se mord les lèvres, comme une petite fille consciente d'avoir lâché une bêtise. Elle s'attend de la part de Vincent à un mot cinglant ou à un haussement d'épaule méprisant. Eh bien, non ! Elle reçoit ce qu'elle considère comme une récompense : un aveu dépouillé d'artifices :

– C'est la première fois que ça m'arrive !

Soulagée, Lou s'écrie avec une franchise désarmante :

– Quelle merveille ! Vous allez pouvoir faire un vœu !

– Dans une circonstance pareille, vous ne devriez pas avoir trop de mal à le deviner !

– Ben... je suppose que vous souhaitez que ça ne se reproduise pas.

Vincent approuve de la tête et commente :

– Vous n'imaginez pas ce que ça peut être humiliant pour un homme.

– Si ! À l'époque où je couchais à tout-va – ou plutôt à « rien ne va » – ça m'arrivait continuellement.

– Quoi ?

– De rencontrer des partenaires qui avaient des défaillances... momentanées.

– Vraiment ?

– Presque chaque fois ! Mais c'était sûrement ma faute. Comme avec vous.

– Avec moi, vous n'y êtes pour rien. Au contraire. Je vous sentais merveilleusement en attente de... de...

– « L'inaccessible étoile »...

– C'est exactement ça ! Et moi, je voulais tellement la décrocher pour vous... tellement être Superman... que j'ai été un sous-homme complexé !

– Quelle chance pour moi ! Vos complexes m'ont ôté les miens.

– Tant mieux ! Mais une fois suffit. Et j'espère bien l'oublier.

– Vous avez tort ! Les mauvais moments deviennent souvent nos meilleurs souvenirs.

– Avec le temps peut-être, mais présentement... j'aimerais mieux qu'on parle d'autre chose !

– D'accord ! Mais ailleurs que par terre !

Après une très courte délibération, ils votent pour le coin-cuisine, pour du thé vert... et pour une revue de presse de leurs actualités respectives pendant la semaine qui vient de s'écouler.

Lou prend la parole la première et commence son compte rendu par la fin : le tête-à-tête qu'elle vient d'avoir avec sa mère. En tant que fille, elle le résume en un mot : affligeant. En tant qu'auteur, elle est beaucoup plus bavarde, comme si sa mère n'était plus pour elle que le personnage principal de son prochain roman. Elle en offre le titre en primeur à Vincent : « La Correctrice ». Puis l'explicite : son héroïne travaillera dans une maison d'édition à corriger les fautes des écrivains. Et occupera le reste de son temps à corriger celles de tous ceux qui l'approchent. Du moins ce qu'elle considère, elle, comme des fautes. La principale consistant à ne pas partager ses idées et à oser lui résister. Faute appelée par Lou un crime de « lèse-Parfaite », compte tenu que son héroïne se prénommera Parfaite.

– Ça existe vraiment comme prénom ? demande Vincent.

– En tout cas, le calendrier mentionne un saint Parfait à la date du 18 avril. Alors pourquoi ne pas baptiser Parfaite une femme qui se prend pour une sainte ?

– Vous pensez que votre mère se reconnaîtra dans votre pseudo-roman ?

– Forcément ! Puisque – entre autres – j'y relaterai la scène qui vient de m'opposer à elle à propos de mon père.

– Je dois dire qu'elle se conduit avec lui d'une façon...

– Indigne ! Sordide ! S'approprier l'appartement de mon père sous prétexte que dans un mouvement de colère, hélas tardif, il a abandonné le domicile qui n'a jamais été conjugal...

Lou vient de hausser le ton pour la première fois : preuve de sa blessure. La main que Vincent pose sur la sienne agit aussitôt comme un baume apaisant : preuve de son amour. Elle reprend le procès de sa mère, mais dans la dérision :

– Elle est quand même gonflée ! Jouer les épouses abandonnées... c'est stupéfiant... Surtout pour moi, après tout ce que son ex m'a raconté et montré !

– Évidemment !

– À propos, Papa qui, entre parenthèses, est toujours enroué, voudrait bien savoir comment s'est passée votre entrevue avec Juliette Montroux.

Arrêt-explication incontournable. Vincent le réduit à l'essentiel : sa relation particulière avec mademoiselle Montroux. Sa tentative d'approche. La déplorable conséquence : un contrôle fiscal en perspective.

Lou a écouté Vincent avec une attention particulièrement soutenue. À croire qu'elle prenait mentalement des notes pour son futur livre. Mais l'affaire étant close, pour elle du moins, elle surprend Vincent en changeant brusquement de sujet et de ton :

– Et à part ça, quoi de neuf dans votre vie, pendant que j'étais à New York ?

– Je vous ai attendue. Ça m'a pris beaucoup de temps.

Cillement de Lou qui se traduit par :

– Il y a vraiment des moments où on regrette de ne pas pouvoir rougir !

Fossettes de Vincent, suivies de :

– Il y a vraiment des moments où on regrette de ne pas être Victor Hugo !

Cillement de Lou, précédant ce glissement de terrain :

– Il y a vraiment des moments où on regrette de ne pas être une bombe sexuelle !

Fossettes de Vincent, suivies d'une simple exclamation :

– Quelle erreur ! Pour un homme, il est beaucoup plus confortable d'être confronté à une femme frigide – ou prétendue telle – qu'à une bombe sexuelle.

– C'est de la galanterie à l'état pur !

– Non ! Réfléchissez ! Avec une femme frigide, le mâle court la chance d'être le premier à découvrir une terre inconnue et devenir le Christophe Colomb de l'orgasme. Tandis qu'avec une bombe sexuelle, le même mâle entre en compétition et peut tout craindre des comparaisons qu'il va susciter.

– Vous le croyez vraiment ?

– Enfin Lou, imaginez que vous soyez une bombe sexuelle...

– Difficile pour moi !

– Non ! Vous écrivez, donc vous avez forcément de l'imagination...

– Soit ! Je suis une bombe sexuelle ! Et alors ?

– Tout à l'heure, le macho que je suis aurait été tellement vexé qu'il ne s'en serait jamais relevé.

– Tandis que là ?...

– Eh bien, là... je crois être capable de... disons... de rêver...

– Rêver quoi au juste ?

– Eh bien, par exemple, que le macho et l'impuissante...

– L'impuissante ? Ça ne se dit pas, ça.

– Non, mais ça devrait : la frigidité est une forme d'impuissance.

– Exact ! Excusez-moi de vous avoir coupé.

– Ne craignez rien. Mon rêve est intact. Je vois, comme si j'y étais, le macho et l'impuissante se lever et se prendre par le bras.

– Comme ça ? En se serrant l'un contre l'autre ?

– Exactement comme ça. Après quoi, par jeu, le macho demande à l'impuissante de fermer les yeux.

– Ils sont fermés.

– Bravo ! Vous jouez très bien !

– Et maintenant, vous rêvez quoi ?

– Que le macho, mine de rien, conduit l'impuissante jusqu'à sa chambre de célibataire endurci...

– Qui a néanmoins un grand lit, je pense ?

– Vous allez pouvoir en juger par vous-même, car, toujours dans mon rêve, le couple est arrivé à destination et tout d'un coup, lui la soulève dans ses bras et l'allonge sur le lit.

– J'espère qu'elle a toujours les yeux fermés ?

– Plus que jamais, car figurez-vous qu'il lui suggère de se déshabiller.

– Et elle lui obéit ?

– Ah... dans mon rêve, oui !

– Alors...

Lou commence à s'exécuter pendant que Vincent s'empresse d'enchaîner :

– L'impuissante entreprend son effeuillage avec une pudeur beaucoup plus érotique que l'impudeur provocante d'un sex symbol.

– Et lui, le macho, pendant ce temps-là, qu'est-ce qu'il fait ?

– En vérité, comme sous ses grands airs, il n'est pas très à son aise, il en profite pour se déshabiller lui aussi. Mais lui, beaucoup plus vite qu'elle. Rendez-vous compte, elle n'a encore ôté que son pull !

– Il n'a toujours pas les yeux fermés, lui ?

– Elle devrait s'en réjouir. Elle sait bien qu'elle n'a rien à craindre de ses regards. On a déjà dû lui dire souvent qu'elle aurait pu servir de modèle à Praxitèle.

– Ah ça, non ! Jamais !
– Alors on a pu lui dire qu'elle avait des seins... à décourager les soutiens-gorge.
– Non plus !
– Et qu'elle avait une taille... à donner immédiatement envie de voir le reste ?
– Pas davantage !
– Quelle chance pour le macho ! Devant lui, elle va...
– Garder les yeux fermés ?
– Bien sûr ! Elle n'a vraiment pas besoin de les ouvrir pour descendre une fermeture Éclair qu'elle connaît par cœur, n'est-ce pas ?
Lou acquiesce. Vincent souligne à présent ses mots avec des gestes :
– Il ne lui reste plus maintenant qu'à libérer ses hanches, exactement à la mesure de ses mains à lui... ses jambes longues, nerveuses, qui résistent aux caresses du macho... et puis qui peu à peu, peu à peu lui cèdent... l'acceptent... s'ouvrent... le réclament...
Vincent n'a pas pu aller plus loin dans le jeu. Lou non plus. Ils se sont trouvés sans se chercher. Le macho et l'impuissante se sont dissous dans des soupirs. Lou et Vincent les ont remplacés. Elle : incrédule. Éblouie. Reconnaissante. Lui : heureux. Apaisé. Émerveillé.
Ils ont fait l'amour les yeux grands ouverts.
Ils avaient joué à rêver. Ils ont gagné tous les deux. La réalité a dépassé leur fiction.

Chapitre 16

Après avoir atteint les plus hauts sommets, il faut redescendre.

Après avoir versé les plus belles larmes, il faut se moucher.

Après avoir connu le divin oubli, il faut affronter la réalité. Laquelle, en amour, peut se traduire par : « Merde ! déjà cette heure-là ! » ou par : « T'as pas un petit creux, toi ? » ou encore par : « Allons bon ! y a plus d'eau chaude ! »

Vincent, qui n'a toujours eu avec ses partenaires féminines que des relations fonctionnelles, a jusque-là ignoré les problèmes des « après ». Il les découvre avec Lou : son rythme cardiaque rétabli, il cherche auprès d'elle, bienheureusement attardée dans les limbes, un terrain d'atterrissage digne du haut vol dont ils reviennent. Mais avant qu'il l'ait trouvé, la nature lui en impose un : soudain, dans un fracas irrépressible, il éternue une fois, deux fois... sept fois ! Il se lève dans le noir et dans l'urgence, en quête d'un Kleenex salvateur, bien entendu n'en trouve pas et finit par libérer ses fosses nasales dans sa chemise Lacoste ! Soulagé, mais grelottant, il enfile son pull, retourne à tâtons se coucher, se cogne douloureusement le plus petit de ses orteils dans la table de chevet, s'allonge avec précaution dans le lit et cherche pour pallier le ridicule de sa situation une phrase d'anthologie qui allierait la tendresse à l'humour. Bien entendu, il ne la trouve pas. Alors il décide de remplacer le mot par le geste et envoie sa main du côté de Lou « en reconnaissance » sans même apprécier le double sens de l'expression. Il tâtonne, se rapproche, allonge son bras jusqu'à toucher l'autre bord du lit : rien ! Il retourne à sa place, allume et constate que Lou et ses affaires ont disparu. Avant qu'il ne se pose la moindre question, il entend en provenance de la salle de bains la voix de Sinatra lui chanter : « Strangers in the night ». Il sourit aux anges. Ou plutôt à l'ange qui a branché la radio... et qui a eu la chance de tomber sur une de ses chansons préférées. Mais, à la dernière note porteuse de rêve, succède la sonnerie de son portable, porteuse d'angoisse. Vincent pense à son père, se précipite et... le rêve se prolonge :

– Allô, maître Vanneau, je ne sais pas si vous vous souvenez encore de moi. Je m'appelais Lou Gautier quand vous m'avez connue. Mais, grâce à vous, j'ai obtenu mon visa pour le nirvana et j'en ai profité pour changer de nom. Désormais, je m'appelle Yseult.

– C'est très joli. Mais si vous n'y voyez pas d'inconvénient, je continuerai à vous appeler « mon amour ». Ou en abrégé, devant les autres, pour qu'ils ne comprennent pas : « mon A... » Ah oui ! Mona... comme la Joconde !

– C'est peut-être un peu beaucoup !

– Non ! Non ! À un certain moment, vous aviez son sourire.

– Quelle coïncidence ! En vous entendant, j'ai l'impression de l'avoir encore, mais j'aimerais que vous me le confirmiez.

– Volontiers.
– Alors... je vous attends dans le coin-cuisine... dès que vous serez habillé.

Vincent se lève, frissonne, enfile son jean et une grosse veste de laine sur son pull. Puis, après une nouvelle série d'éternuements, passe par la salle de bains, met quelques gouttes dans son nez, un soupçon d'eau de toilette dans son cou, un coup de brosse sur sa mèche savamment indisciplinée, et une once de gomina sur l'épi rebelle de sa nuque. Enfin, il rejoint Lou dans le coin-cuisine. Elle s'y est installée devant le comptoir-bar avec un pain Poilâne, du beurre et du chocolat noir. Il la regarde mordre à belles dents dans la tartine qu'elle s'est déjà préparée. C'est lui finalement qui a le sourire de la Joconde... en plus béat !

– Il va encore falloir que je fasse un vœu, dit-il. C'est la première fois qu'on me fait ce coup-là.
– Quel coup ?
– Celui du portable !
– Au cas où cela vous intéresserait : c'est aussi la première fois que je le pratique. Mais il y a longtemps que j'y pensais. Je voulais vous éviter la déception des après... dont j'ai moi-même beaucoup souffert !

Vincent fronce les sourcils, surpris par le vouvoiement beaucoup plus que par son explication.

– Pourquoi ce « vous » ? demande-t-il.
– Parce que mon corps m'a chuchoté qu'il voulait être le seul à vous tutoyer.
– Pour quelle raison ?
– Euh... par souci d'érotisme, si j'ai bien compris.
– Il est bizarre, votre corps : il a joué « Le beau au bois dormant » pendant des années, et à peine réveillé, le voilà qui part gaillardement dans le maquis de la volupté, à la recherche de raffinements subtils.

– Au contraire ! C'est normal ! Il a du temps à rattraper !

– Très juste ! Dans ces conditions, vous pourrez lui transmettre mon acceptation de vouvoiement en société, mais mon refus dans l'intimité.

– Je suis d'accord, mais je préférais que vous le lui disiez vous-même... à l'occasion.

Après avoir prononcé cette phrase avec des intonations et des regards de coquette quasi professionnelle, Lou enfourne une nouvelle bouchée de sa tartine avec une gourmandise enfantine, sans la moindre équivoque. Vincent en échange son sourire de Joconde contre un bref éclat de rire, incompréhensible pour Lou.

– Pourquoi tu ris ?

– Parce que... parce que... je suis heureux et que ces derniers temps, contrairement à mes habitudes, je n'ai pas eu tellement l'occasion de l'être...

Lou n'a pas besoin de beaucoup insister pour que Vincent lui résume ses préoccupations : l'infarctus de son père et ses conséquences. Les accidents des jumeaux et leur éloignement. Les « colle-aux-côtes » de Juliette Montroux. Lou ne minimise pas ses soucis. Mais... elle s'étonne qu'un homme de sa trempe, avec sa force de caractère, sa maîtrise de soi, sa pugnacité, et disons-le, son intelligence, soit déstabilisé par ce genre d'ennuis qui sont, peu ou prou, le lot de chacun... et de chacune. Elle s'étonne que, du haut de sa masculinité, il ne domine pas ces problèmes que sa mère qui en est plus proche – en tout cas pour deux d'entre eux – prend à bras-le-corps et surmonte... elle ! Mais Lou, pas folle, reconnaît qu'il a une excuse. Et même deux : d'abord son manque de sommeil qui a entraîné une fatigue latente... dont, Dieu soit loué, elle n'a pas eu à pâtir. Ensuite, son état prégrippal, qui le prive d'une partie de ses forces vives. L'autre partie – Dieu soit re-loué – ayant gardé une forme olympique !

La pommade de la flatterie – spécialité féminine, valable toutes générations confondues – produit son habituel effet revigorant. Lou en profite pour pousser Vincent dans ses retranchements.

– À part ça, tu n'as pas d'autres soucis ? D'autres « colle-aux-côtes » ?

– Ben... non...

– Pardon d'insister, mais j'ai envie de te poser une question. Pas par indiscrétion. Uniquement pour t'aider.

– Je t'écoute.

– J'ai peur que tu ne m'en veuilles.

L'embarras de Lou met immédiatement Vincent sur la voie :

– Ah ! J'y suis ! Tu voudrais savoir si l'échec de ma *Tarzane*...

– Échec relatif. Beaucoup s'en contenteraient et appelleraient même ça un succès.

– Pas moi ! Et pour répondre à la question que tu ne m'as pas posée, je t'avouerai – à toi seule – que cet échec me touche beaucoup... mais que je le nierai devant tout le monde.

– Je considère cet aveu comme le plus beau des cadeaux.

– J'y comptais bien !

– En remerciement, je voudrais t'offrir, moi, un conseil.

– Vas-y ! Inutile de l'envelopper !

– Alors... commence un nouveau livre, au plus vite !

– Merci. Ce conseil-là, je me le suis déjà donné et sauf le respect que je me dois, je me suis envoyé paître ! Je n'ai plus envie d'écrire.

– Force-toi ! L'écriture est un anesthésique irremplaçable ! Même moi qui ai écrit mon bouquin « sous tutelle », dès que je me retrouvais seule, face à ma page blanche, j'oubliais tout : mes ratages professionnels, familiaux, sexuels, relationnels... et la marée de complexes qu'ils engendraient.

– Tu n'avais jamais écrit avant ?

– Oui et non...

– C'est-à-dire ?

– Comme beaucoup d'adolescents et encore plus, je crois, d'adolescentes, je tenais un journal. Mais je l'appelais mon « vide-cœur » ; j'avais l'impression de parler à un confident muet. Jamais il ne m'est venu à l'idée que j'écrivais. Que je pouvais devenir écrivain. D'autant moins que l'opinion de ma mère sur mes facultés intellectuelles ne m'y encourageait pas...

– Elle connaissait l'existence de ton « vide-cœur » ?

– Je n'en sais rien. Je pense que non. Comme je m'y plaignais souvent de son autoritarisme, de ses absences, de ses mensonges, je pense... je veux croire que si elle avait lu, noir sur blanc, le mal qu'elle me faisait, elle aurait essayé de me consoler, comme une mère, au lieu de m'expliquer mon cas, comme une psychanalyste.

– Faute de quoi, si j'ai bien compris, c'est toi dans ton prochain livre qui vas te charger des explications.

– Oui, je vais y utiliser carrément de nombreux passages de mon « vide-cœur ». Ça sonnera vrai... et ça me fera gagner du temps.

– Tu es pressée ?

– Oui ! Je dois remettre mon manuscrit fin juin, pour paraître fin septembre.

– C'est ta maison d'édition qui t'a imposé cette date ?

– Non ! C'est moi qui ai hâte de régler mes comptes avec ma mère : à propos notamment de l'influence qu'elle a exercée sur moi.

– Concernant le féminisme ?

– Non ! Le sectarisme ! L'apartheid entre les hommes et les femmes.

– Sectarisme dont – entre nous – nous nous sommes rendus coupables tous les deux : toi dans *L'Adieu au cow-boy*, moi dans *La Tarzane*.

– Oui, mais toi, dans un esprit caricatural. Et moi, à contrecœur.

– Tu as raison. Honnêtement, je crois qu'au fin fond de nous-mêmes, nous sommes pour la fusion des sexes... même en dehors des lits ! En tout cas, plus que pour la ségrégation.

– Et comment ! La preuve : cette idée que tu as eue l'autre soir quand on a dîné avec Papa...

– Les fommes et les hemmes !

Lou a l'impression que la mémoire de Vincent a explosé comme si les deux mots qu'il vient de prononcer, en embuscade dans sa tête, ne cherchaient que l'occasion d'en sortir. Elle jubile et en profite pour revenir à la charge :

– Voilà ! « Les fommes et les hemmes » ! C'est ça le sujet du livre que tu vas écrire.

Le visage de Vincent ruisselle d'indulgence amusée. Sa voix aussi :

– Tu as vraiment de la suite dans les idées !

– Dans *tes* idées... Souviens-toi...

– Je me souviens : ton père avait même suggéré que nous écrivions ce livre ensemble et c'est toi qui n'étais pas d'accord.

– Exact ! Mais maintenant je le serai. Tu le commences et dès que j'ai fini « La Correctrice », je te rejoins. Ça te va ?

Vincent renâcle sans conviction :

– Oui... sauf qu'entre mon métier d'avocat qui m'accapare de plus en plus et toi à qui je vais consacrer, je l'espère, bien davantage de temps qu'à l'ensemble de mon ancienne vie privée, je ne vois pas quand je pourrais écrire.

Lou aussitôt désintègre les arguments de Vincent : son métier d'avocat ? Il n'a qu'à le rendre moins envahissant en refusant quelques clients. Quant à elle... avec son travail d'écriture, ses devoirs filiaux, ses obligations professionnelles (il faut bien assumer sa notoriété), relationnelles (il faut bien penser à l'avenir), sportives (il faut bien se maintenir en forme), avec ses projets en instance, les réponses au courrier de ses lecteurs, la lecture des livres de ses confrères et consœurs... elle ne risque pas de l'empêcher d'écrire... plus d'une fois par semaine...

Vincent proteste. Elle concède : deux fois par semaine... peut-être... Il négocie : au moins trois fois... Elle refuse... fustige les relations trop fréquentes, les habitudes qui s'installent... le spectre du quotidien. Pouah ! Vive l'attente... l'éloignement... les douces déchirures. Elle en appelle à La Rochefoucauld : « L'absence diminue les médiocres passions et augmente les grandes, comme le vent éteint les bougies et allume le feu »... Vincent lâche prise : on pourra toujours se téléphoner... Elle acquiesce, mais... elle préfère les mails ou les SMS... moins perturbants quand on écrit. Il soupire. Il a la tête lourde. Les paupières lourdes. Et le cœur pas très léger. Elle pose la main sur son poignet... Une trêve tendresse ? Non ! Elle prend son pouls tout simplement. Il a de la fièvre... Elle l'envoie se coucher... lui apporte sur un plateau : tisane brûlante, eau minérale, antigrippe et thermomètre... Elle l'empêche de parler... Elle sait ce qu'il veut dire : qu'elle lui rappelle sa mère... Mais aussi qu'il est navré de ne pas la raccompagner. Inquiet de l'imaginer seule, la nuit, dans son escalier mal éclairé. Honteux de savoir que demain dès l'aube, elle, elle va se mettre à travailler... comme un homme !

– Non, mon amour, comme une « fomme » !

Chapitre 17

38,6 °C !

La tête en coton. La gorge en râpe. La poitrine en feu.

Allô, Maman bobo ? Non ! La pauvre... pas avec son mari sous perfusion et ses jumeaux sous pansements. Que diable, Vincent ! Tu es un homme ! Donc...

– Allô, Lou. 39,5 °C ! Ah oui ! Tant que ça ! La tête lourde. La gorge râpeuse. La poitrine encombrée. Mais les oreilles : ça va ! Le moral aussi ! Et toi ? Tu travailles ? Déjà ! Moi ? Pas encore ! Mais dès que j'aurai raccroché, je descendrai à mon cabinet. J'ai des rendez-vous. Importants. Je ne peux pas décommander. Ah si ! Toi, tu peux m'appeler... quand tu veux. Dis-moi, tu as bien dormi ? Tu n'as pas rêvé ? C'était bien hier, non ? Hein ? Ah oui ! Pardon ! Tu es en train d'écrire... Oui, je sais, l'inspiration... c'est capricieux : ça va ça vient... et quelquefois, ça s'en va et ça ne revient pas ! Pardon Mona, Mona, Mon Amour... Je t'embrasse... À tout le temps !

– Allô, Églantine ? 39,9 °C ! La grippe... Alors vous savez... Oui... C'est ça... C'est ça... C'est ça... Non ! Rien d'autre ! À tout de suite !

Ah ! Celle-là... dommage qu'elle ne ressemble pas à Sharon Stone !

Une demi-heure plus tard, Églantine est au chevet de Vincent. Elle lui apporte un nouvel antibiotique hyperefficace que le pharmacien lui a recommandé. Elle sort de son panier en osier « made in cambrouse » deux Thermos : l'une contenant du thé-citron-miel ; l'autre, un bouillon de légumes, qu'elle a pris dans le casier du congélateur étiqueté par ses soins : les « au cas où ».

À l'utile, succède l'agréable – ou le prétendu tel. À savoir : les quotidiens habituels de Vincent ; des magazines people, où il va peut-être voir des gens qu'il connaît, et peut-être se voir lui-même, ce veinard ! Enfin son courrier et son agenda de bureau où Églantine a déjà vérifié dans l'ascenseur qu'il n'avait que deux rendez-vous en fin d'après-midi et son carnet d'adresses pour les décommander.

Et à part ça ? Comme d'habitude, la secrétaire qu'Églantine a surnommée « la fourmi » est arrivée en avance et les deux collègues de Vincent qu'elle a surnommées « les deux sauterelles », sont arrivées en retard, l'une et l'autre avec des « extensions » ondulées au bout de leurs cheveux raides. Et elles ne se sont même pas excusées auprès de leurs clients qui les attendaient et qui ont baissé pavillon devant la désinvolture de ces nouvelles amazones.

Comme d'habitude aussi, Églantine informe Vincent de la météo du jour. Sûr qu'il pleuvra ce soir : elle a son rhumatisme au genou. Elle l'aurait eu dans le bras : la pluie serait tombée dans l'après-midi. Et s'il avait attaqué l'épaule, les averses auraient été pour le matin. En général cette météo rhumatismale amuse plutôt Vincent, mais là...

– Je me sens fatigué, Églantine. Je vais essayer de me rendormir. Alors...

– Je vous laisse. Mais si vous avez besoin de quelque chose ou simplement envie de bavasser...

– Oui, oui... je vous appellerai... sur votre portable.

Vincent s'enfonce dans les draps, ferme les yeux. Il entend Églantine s'en aller sur la pointe des pieds, puis au bout de trois pas tonitruer :

– Ah ! J'oubliais !

Vincent sursaute. Rouvre les yeux et voit dans la main d'Églantine... une orange... avec, en son milieu, un trait noir en pointillé et, à son sommet, une étiquette couverte de quelques mots : la réplique exacte de l'orange que Lou avait glissée en douce dans la poche de son duffle-coat. Églantine la lui tend et s'explique :

– Vous aviez l'air tellement contrarié l'autre jour quand j'ai jeté votre orange, que je vous en ai acheté une autre !

– Mais le trait ? C'est vous qui...

– Oui ! L'étiquette aussi. Ça m'avait bien plu : « Offert par le Hasard ».

– À moi aussi !

– Ah... autre chose : je me suis renseignée : pour conserver l'orange, il faudrait la plonger dans l'alcool, mais l'étiquette va se décoller. C'est dommage !

– On verra ça plus tard. Pour le moment, je vais la garder.

– Dans votre lit ?

– Oui...

– Ça va vous empêcher de dormir.

– Peut-être... mais pas de rêver.

Églantine est partie très vite, pressée qu'elle était de téléphoner à la mère de Vincent que son coureur de fiston, cette fois, s'était bel et bien fait chopper... Eh non... pas par la grippe !

Pendant toute la matinée, Vincent « tue le temps » : une expression qu'il déteste. Qu'il ne comprend pas : comment des gens peuvent-ils chercher à tuer le temps, alors que lui n'en a jamais assez et cherche au contraire à l'étirer en se privant de sommeil... d'habitude... Mais là, tout le contraire : il voudrait dormir et n'y arrive pas. Alors, il essaye de rentabiliser l'insomnie avec les moyens du bord : il réfléchit. D'abord au moyen d'enrayer une certaine stagnation – voire un certain ralentissement – dans ses affaires. Ensuite il s'oblige à penser à son éventuel projet de collaboration avec Lou ; à l'histoire qui pourrait illustrer le thème des Fommes et des Hemmes. En panne d'inspiration littéraire, il sollicite l'inspiration juridique : comment régler au mieux – ou « au moins pire » – le divorce d'Édouard Gautier. Mais... aucune idée à signaler sous l'ensemble de son front ! Alors, il attend 10 heures pour appeler ses frères à « La Parenthèse ». Exceptionnellement, ils n'ont pas le moral : l'hospitalisation du père, leur semi-immobilisme... surtout à côté de l'hyperactivité de leur mère : un tourbillon, qui plus est, souriant ! Hier, elle a rameuté son réseau d'esseulées oisives et organisé avec elles des relais entre l'hôpital, « Le Gosier sec » et « La Parenthèse ». Aujourd'hui tout fonctionne avec une efficacité qui force l'admiration des jumeaux et leur arrache cette conclusion : « On a beau dire, les femmes... c'est quelque chose ! »

Et encore... à l'heure de cet hommage, ils ne savent pas que leur mère, alertée par Églantine, a trouvé le temps de téléphoner à Vincent pour s'inquiéter de sa santé... et de ses amours... Oh !

pardon ! de son amour. Du jour où il comptait amener l'élue à « La Parenthèse » (pour que la pelouse soit tondue de la veille !)... Et puis aussi de son nom, c'est secondaire mais quand même... Pardon ? Lou Gautier ?

Il y eut une seconde de silence, puis cette question : « Il ne s'agit pas de cette jeune romancière qui a failli te gifler à la télévision ? » Enfin cette constatation enthousiaste : « Les femmes sont vraiment étonnantes ! »

Après ce cri du cœur, Vincent résiste à la tentation d'appeler Lou en se plongeant dans diverses lectures. Il commence par celle de son courrier. Juste un coup d'œil pour les factures et les demandes de fonds habituelles. En revanche, une curiosité étonnée sur deux enveloppes écrites à la main : deux pièces de musée ! Il ouvre la première. Elle est d'une de ses vieilles clientes qu'il devait recevoir à 17 heures et qui décommande son rendez-vous avec excuses mais sans explication.

La seconde lettre est la copie conforme de la première mis à part ce post-scriptum : « Je tenais à vous avertir que votre consœur fiscaliste va désormais inscrire vos notes d'honoraires dans mes frais professionnels ! »

Vincent a une poussée de fièvre et de misandrie ! Il marmonne le cri de guerre des machos : « Toutes des salopes... sauf ma mère ! » Il ajoute : « Et sauf Lou, j'espère ! »

Vincent attend d'être calmé pour entreprendre la lecture des journaux. Il a raison parce que, à toutes les pages – politiques, économiques, sociales, sportives – il n'est question que des femmes. Hélas aussi dans la rubrique des faits divers. On y mentionne un nombre croissant d'adolescentes de plus en plus jeunes qui prêtent main-forte aux garçons dans des opérations commando, ou qui deviennent elles-mêmes cheffes de bande. Truandes. Agresseuses. Bandites. Un journaliste, pince-sans-rire espérons-le, écrit qu'on peut considérer la parité atteinte maintenant que des fillettes manient le cutter aussi bien que des garçonnets !

Vincent démoralisé se réfugie dans les eaux émollientes de la presse people. Le premier magazine consacre deux pages à un grand gala de bienfaisance où il est allé avec une ravissante comtesse, pur Gotha ! Dans le deuxième : trois pages sur le mariage d'un comédien people, dont il était le témoin, avec une comédienne people, dont il avait été l'amant, coiffée par un Figaro people, habillée par un couturier people. Eh bien, dans aucun des deux magazines il n'est photographié, même de dos. Il n'est pas cité non plus, même dans un groupe. Ce n'est pas la première fois qu'on oublie fortuitement son nom. Mais c'est la première fois que ça l'agace. Par chance, dans le troisième magazine, il tombe sur un reportage qui accroche toute son attention ; il est titré : « La reine du soutien-gorge règne sur l'île de Sein ! » Il s'agit bien sûr de Gloria, P-DG de la marque de lingerie féminine du même nom. Par ailleurs, amie de la mère de Lou, responsable de la rupture de celle-ci avec Juliette Montroux ; responsable aussi, sans le vouloir, du futur contrôle fiscal de Vincent. Il s'amuse à regarder les photos et surtout les légendes de ce reportage où l'on voit passer le temps :

« La jeune et sculpturale Gloria en bikini, à l'époque où, sans moyens financiers, elle était obligée de poser elle-même pour les publicités de la marque qu'elle venait de lancer. »

« La toujours jeune Gloria, affichant un somptueux décolleté dont elle avoue crânement être autant redevable au nouveau balconnet de ses soutiens-gorge qu'au talent d'une des championnes de la chirurgie esthétique. Domaine occupé en majorité par les hommes... pour le moment ! »

« L'incroyable Gloria dans sa maison de l'île de Sein, son “ pied-à-mer ”, comme elle l'appelle. Elle nous a confié l'avoir acquise récemment pour des raisons qu'elle dévoilera, en même temps que d'autres secrets de la première importance dans “ Strip-tease du cœur ”, l'émission la plus indiscrète de la télévision, animée par Gradzo, une émule de Tapsy ! »

Cette fois, Vincent succombe à la tentation de téléphoner à Lou pour lui communiquer la nouvelle. Déception ! Elle est absente. Déception renouvelée tous les quarts d'heure – ô rage ! ô désespoir ! – jusqu'à l'arrivée de Lou à la « succursale » à 19 h 30 – ô toi ! ô moi ! ô nous ! – À part ça ?...

– Tu as bien travaillé ?

– Pas mal, mais pas assez.

– Je ne t'ai pourtant pas dérangée.

– Non... personnellement, mais par personne interposée.

– C'est-à-dire ?

– Mon père est monté me voir vers midi, très mécontent de ton silence, pour lui incompréhensible ; et décidé à prendre un autre avocat !

– De préférence une avocate, je suppose ?

– Effectivement. Il pensait que...

– Inutile ! Je devine ce qu'il pense. Et pour un des fondateurs – même fugitif – du club « Ni brutes. Ni soumis », je n'apprécie pas beaucoup.

Lou soupire, se mord les lèvres, ferme les yeux, prend une grande respiration et entend la voix d'un écolier penaud qui récite :

– Je t'aime. Tu m'aimes. On s'aime. J'oublie. Tu oublies. On oublie. Tu enchaînes. Tu m'enchaînes. On s'enchaîne. Alors ?

Avec un gramme de mélancolie et des kilos de tendresse, Lou répond très naturellement :

– Alors, dès que mon père est parti, j'ai téléphoné à Juliette Montroux. Je lui ai expliqué ma situation par rapport à toi et la situation de mon père, et le rôle déterminant qu'elle pourrait y jouer.

– Et alors ?

– Elle m'a donné rendez-vous à 17 heures chez elle.

– C'était loin ?

– En pensant à toi, non. Et compte tenu du résultat, je ne regrette pas le trajet... pour deux raisons.

– La première ?

– Elle n'a jamais déclenché le moindre contrôle fiscal contre toi.

– Elle te l'a dit ?

– Elle m'a même juré qu'elle n'en avait jamais eu l'intention. Qu'elle avait simplement voulu t'emmerder.

– De ce côté-là, elle a gagné !

– Je ne le lui ai pas caché. Elle était toute contente.

Vincent sait gré à Lou de ne pas attendre ses remerciements pour lui apprendre le second profit qu'elle a tiré de sa visite à Juliette Montroux :

– Elle m'a donné les photocopies des papiers compromettants pour ma mère et qui vont te permettre à toi de téléphoner immédiatement à mon père pour lui dire...

– Qu'il a une fille merveilleuse !

– Non ! Qu'il a un avocat grippé, néanmoins efficace, un avocat qui a entre les mains tout ce qu'il faut pour lui obtenir le meilleur des divorces.

Ce disant, Lou passe à Vincent son portable, compose le numéro de son père et met l'amplificateur de son afin de pouvoir suivre leur conversation et au besoin s'y mêler. Vincent joue si bien sa partition de fiévreux performant à Édouard Gautier que le galeriste, pour le remercier du mal qu'il s'est donné... dans le piteux état où il est, lui offre la primeur d'une nouvelle qui va peut-être valoir son pesant d'or pour les jumeaux :

– Figurez-vous que j'ai montré deux des tableaux que vos frères m'avaient confiés, à tout hasard, à un de mes bons clients qui depuis longtemps déplore que depuis Berthe Morisot, peu de femmes aient pénétré l'univers pictural.

– C'est juste. Et alors ?

– Il était persuadé depuis longtemps qu'un jour Berthe Morisot aurait une héritière.

– C'est plausible, surtout à notre époque.

– Eh oui ! C'est pourquoi, comme il s'intéressait de très près aux tableaux de Valentin et Victor, j'ai eu l'idée de lui dire qu'il s'agissait en réalité de Valentine et Victoria ! Des jumelles !

– Quoi ? s'écrie Vincent qui tout d'un coup a retrouvé son tonus vocal.

– Attendez ! Ce n'est pas tout ! Mon client était tellement heureux et admiratif qu'il veut à tout prix les rencontrer. Et « à tout prix » en la circonstance, ce n'est pas une image en l'air...

– Mais... tu as rétabli la vérité quand même ? demande Lou.

– Ben non, pris de court, j'ai prétendu que les jumelles habitaient un hameau perdu dans les Hautes-Alpes. Un coin pratiquement inaccessible. Mais ça n'a pas eu l'air de décourager mon client.

– Il faut lui dire la vérité, en tout cas.
– Je me demande...
De nouveau Vincent aboie :
– Quoi !
– Je vais téléphoner à vos frères pour avoir leur avis, c'est quand même eux les premiers intéressés.
Lou approuve et lui demande de rappeler aussitôt.
– Si je peux me permettre, ajoute Vincent, ne vous attardez pas trop avec mes frères : il y a ce soir à la télé une émission qui peut...
Édouard Gautier ne le laisse pas aller plus loin. Il est au courant. Il va la regarder. Il s'attend au pire, mais heureusement, Pénélope est près de lui. Heureusement aussi, Lou est près de Vincent. Tout près. Allongée à ses côtés, la télécommande en main, la télé déjà branchée sur la chaîne concernée.
Elle s'inquiète de savoir si Vincent a pris tous ses médicaments, si ses oreillers sont placés à la bonne hauteur.
Elle sort de son sac une boîte de pastilles anti-toux pour lui. Un sandwich au pain suédois pour elle. Un paquet de Post-it et son stylo, au cas où l'émission lui donnerait des idées pour « La Correctrice ».
Elle frotte sa tête contre l'épaule de Vincent, comme un chat.
Elle lui murmure : « Je t'aime », comme une femme.
Elle lui dit : « Finalement l'histoire de tes frères transformés en femmes, ça pourrait être un sujet de bande dessinée... pour eux ! »
Vincent transpose cette idée en littérature. Imagine une Pierrette Corneille. Une Alexandrine Dumas. Une Julia Verne.

Elle l'informe : « J'ai reçu des nouvelles de New York. Ils ont choisi une nouvelle équipe de scénaristes pour *L'Adieu au cow-boy.*

Elle dit : « France Télévisions voudrait me confier une rubrique hebdomadaire dans une émission littéraire. Sur un thème de mon choix. Je leur ai proposé une idée à contre-courant. Avec comme titre : " Et si l'on était gentils ? " ou : " Chiche qu'on ne démolit personne ! " Mais ils ont trouvé ça trop révolutionnaire. Alors, je cherche autre chose. »

Elle dit encore : « C'est dommage que tu sois dans cet état, j'aurais bien fait un petit câlin. Pas un gros. Un petit. »

Elle dit enfin : « J'espère que tu as profité de ton congé maladie pour penser à l'histoire des " Fommes ". »

Vincent répond :

– Ça oui ! Je n'arrête pas d'y penser !

Chapitre 18

Première image de l'émission « Strip-tease du cœur » : deux panneaux en bois juxtaposés. Sur l'un, une vue aérienne de l'île de Sein. Sur l'autre : deux seins émergeant d'un décolleté, au ras de leur pointe.

Gradzo est au milieu des deux panneaux, en bottes de pêcheur et suroît de marin : que diable ! On est en Bretagne ! Mais... il ne pleut pas et on ne peut même pas espérer le moindre petit crachin si couleur locale : personne n'est parfait !

L'animatrice, papiers en main, situe les lieux très brièvement pendant que la caméra les balaie : l'habitation de Gloria, les deux maisons de pêcheur qui la composent ; la longue véranda garnie de plantes vertes qui les relie ; devant, le jardin broussailleux avec ce soir, exceptionnellement, d'un côté une estrade rudimentaire, cernée de projecteurs et de caméras ; en face des spectateurs locaux, venus avec les moyens du bord... c'est le cas de le dire !

Après avoir expédié l'environnement de Gloria, Gradzo s'attarde sur sa personnalité, en insistant, pour intriguer le public sur ses origines « insoupçonnables », son parcours « ahurissant », sa personnalité « incroyablement complexe ».

Lou grince sur un ton faussement compatissant :

– Pauvre chérie ! Je la plains ! Elle va avoir du mal à justifier tous ces adjectifs !

Vincent, moins concerné, reste dans la neutralité :

– Tu la connais ?

– De vue ! Ça suffit pour comprendre : tout dans les fesses. Rien dans la tête !

Malencontreusement pour Lou, à son jugement expéditif succède sur l'écran de la télé la première image de Gloria : elle apparaît à la sortie d'un hélicoptère, grave, immobile, impressionnée par la mer. Elle descend en s'accrochant sans minaudage à la main de Gradzo. Elle porte une combinaison d'aviateur blanche, ouverte sur un pull montant bleu myosotis qu'on pourrait croire teint à l'échantillon de ses yeux. Son sourire est tellement franc qu'on oublie que ses dents mentent un peu ; et comme elle a quelques ridules autour des lèvres et sur les tempes, on oublie que son lifting est invisible.

– Tu sais l'âge qu'elle a ? demande Vincent.

– Soixante-quatre ans.

– L'âge n'est vraiment plus ce qu'il était !

– Ça dépend : ma mère a cinq ans de moins qu'elle et en fait dix de plus !

Comme en écho aux quelques répliques que Lou et Vincent viennent d'échanger, Gloria devant le panneau de l'île de Sein interroge Gradzo :

– Savez-vous le nom du phare que je viens de survoler et qui est indiqué sur cette carte ?

– Non !

– Eh bien, regardez ! Là où j'ai mon doigt.

Gradzo regarde. Lit le nom, légèrement gênée. Elle hésite à le prononcer. C'est alors Gloria qui s'en charge en claironnant :

– Le phare de la Vieille ! C'est merveilleux, non ? À mon âge, être éclairée par « le phare de la Vieille ! »

Gradzo, peu habituée à cette décontraction devant le tabou de l'âge, lui rend hommage avec sincérité :

– Ce qui est merveilleux de votre part, c'est d'en rire !

– Ce n'est pas merveilleux, c'est vital. Le rire est mon élixir. Ma vitamine. Mon calmant. Quand il m'arrive, comme à tout le monde, d'avoir le moral dans les chaussettes, je sors immédiatement ma potion miracle : la jouvence de l'abbé... Sourire !

– D'accord, mais où la trouve-t-on ?

– Ça dépend des êtres. Ça dépend des jours. Moi, en général, je la trouve dans ma tête. Dans mon cœur. Ou chez les autres. Dans Musset ou dans Cauet.

– Vous êtes éclectique.

– Disons dans les médias en général.

– Par exemple ?

– Ce matin, j'ai pris ma dose dans un journal en lisant une plaisanterie qui n'est peut-être pas du meilleur goût mais qui m'a décoincé les zygomatiques.

– On peut savoir ?

– Je vous préviens qu'il s'agit d'une simple plaisanterie qui m'a amusée parce qu'elle touche à mon métier mais qui peut très bien vous laisser, vous, complètement indifférente.

– Dites toujours !

– Eh bien, voilà : autrefois on écartait les dessous des femmes pour voir leurs fesses. Maintenant, on écarte leurs fesses pour voir leurs dessous !

Dans la chambre de la « succursale », le rire de Vincent fuse. La réprobation de Lou reste sous-jacente.

À l'île de Sein, Gradzo pense à l'audimat fortement influencé pour cette émission-là par les seniors et cache son adhésion personnelle sous cette question impersonnelle :

– Mais vous, Gloria, vous n'êtes pas choquée par ce genre de plaisanterie... disons égrillarde ?

– Honnêtement pas du tout ! Preuve, pour moi, que je suis « encore » jeune, ce qui signifie – pour les autres – que je ne le suis déjà plus tout à fait !

De nouveau admirative, Gradzo salue cette souriante clairvoyance :

– Bravo ! Vous, au moins, vous ne craignez pas la vérité.

– C'est relativement nouveau ! Privilège de l'âge : on ne craint plus la vérité. Ni pour l'entendre. Ni pour la dire. Sans quoi, évidemment, je ne serais pas venue dans une émission où il s'agit de mettre son cœur à nu.

Gradzo profite de l'occasion pour annoncer à la fois un changement de décor et... une très courte pause publicitaire.

À la reprise de l'émission, l'animatrice attaque par le vif du sujet :

– Dans notre strip-tease du cœur, comme dans tous les autres strip-tease, on procède de façon progressive. Nos strip-teaseurs et nos strip-teaseuses commencent par se dépouiller des petites égratignures, des petites...

Gloria la coupe sèchement :

– Non ! Pas moi ! Je vais commencer par me dépouiller de l'essentiel : une bonne grosse plaie, à présent cicatrisée mais non sans mal !

Gradzo désarçonnée par le ton de Gloria, à la limite du dramatique, essaie de la ramener à la légèreté :

– Vous n'y pensez pas, ma belle amie, après la grosse plaie, les bobos vont paraître bien fades...

– Ils n'existent, les bobos, qu'à cause de la plaie. Ils sont indissociables. C'est un tout. À prendre ou à laisser.

Gradzo capitule aussitôt devant la détermination visible et audible de Gloria. Elle commence à chercher dans ses notes les questions qui pourraient correspondre à ce fameux essentiel si déterminant, mais Gloria l'arrête net :

– Inutile ! Au confessionnal, je préfère être seule.

Sur ce, sans laisser à l'animatrice le temps de réagir, Gloria se tourne face à la caméra et, impressionnante de calme, commence, à proprement parler, sa confession :

– À ma naissance, je m'appelais Pierre. Pierre Gloriat. J'étais un nouveau-né plein de grâce.

Gradzo reste bouche bée. Le public est statufié. Le chauffeur de salle a les bras ballants. Lou a agrippé la main droite de Vincent. Vincent retient de la main gauche un éternuement inopportun. Gloria, imperturbable, continue :

– Je suis devenue un petit garçon qui ne jouait qu'à la poupée. Puis un adolescent qui profitait des absences de sa mère pour voler son maquillage et ses robes. Puis ce qu'on appelait : « un pédé honteux ».

Quelques applaudissements hésitants s'élèvent dans l'assistance, mais Gloria les arrête d'un geste impératif et enchaîne :

– Puis, je suis devenue à Montmartre un travesti... obsédé par l'idée d'être une erreur de la nature. Puis, au Brésil, une transsexuelle, ravie mais perturbée. Enfin, en Angleterre, une jeune femme. Plus vraie que nature. Libérée. Provocante. Ravageuse. Puis, l'épouse amoureuse, honnête et franche, d'un Anglais riche, facétieux, misanthrope. Enfin, très vite, trop vite, une veuve déstabilisée, incapable de supporter son oisiveté dorée.

Spontanément, le public se lève et applaudit à tout rompre. Gradzo aussi. Et le chauffeur de salle. Et les cameramen.

Lou, elle, reste éloquemment silencieuse.

Vincent ne retient pas une quinte de toux.

Gloria, visiblement émue par l'accueil qu'elle vient de recevoir, serre les poings, se redresse et raccroche le fil de son discours :

– C'est alors que...

Le fil se casse... Gloria prend une longue respiration. Gradzo s'inquiète :

– Ça va aller ?

Gloria la rassure et remobilise son énergie :

– Quand il faut, il faut.

Lou, comme si elle pressentait le pire, grimace et se recroqueville. Vincent mastique une pastille antitoux comme du chewing-gum. Gloria reprend, de nouveau maîtresse d'elle-même :

– C'est alors que... mal dans ma tête, mal dans ma peau, je suis rentrée en France pour consulter une psychanalyste que j'avais rencontrée à Londres après l'une de ses conférences. C'est cette dame, cette grande dame, qui m'a sauvée. C'est sur ses conseils que j'ai créé une marque de froufrous, hyperfroufroutante, hyperféminine, au nom de Gloria. C'est avant tout à cause d'elle que je suis là, pour lui rendre hommage, mais aussi...

À cet instant, Gradzo, soucieuse du rythme de l'émission, s'empare brusquement de la parole : un vrai hold-up verbal !

– Mais aussi pour la présenter à tous ceux qui la connaissent, à travers son livre *Madame Freud*, à travers ses éditoriaux et ses conférences, à travers son combat pour les femmes, à travers le club qu'elle vient de créer et dont, entre autres, elle va vous parler. Je vous demande de l'applaudir très fort. Voici le docteur Marie-Anne Maurin-Gautier.

Dans la chambre de Vincent, Lou cache sa tête dans son oreiller, comme une enfant apeurée.

– Tu veux que j'éteigne la télé ou que je prenne une autre chaîne ? demande Vincent.

Lou refuse. Sort de son refuge, affronte l'image de sa mère, la découvre différente de celle qu'elle attendait : intimidée par la caméra ou la présence écrasante de Gloria, elle perd son autorité et son élocution brillante. Il lui faut le soutien de Gradzo pour qu'elle se rappelle les informations qu'elle savait pourtant par cœur : la domiciliation officielle du club « En avant toutes » dans l'île de Sein ; le nombre croissant des adhérents à ce club. Là, c'est Gloria qui kidnappe la parole :

– Grâce, dit-elle, en partie au livre passionnant de Lou Gautier, *L'Adieu au cow-boy*, plébiscité par toutes les femmes et que personnellement je recommande à tous les messieurs.

Gradzo qui veut éviter que l'émission s'égare dans la publicité passe sans préambule à la troisième information :

– Le club « En avant toutes » bénéficiera d'une permanence à Paris.

Gloria s'infiltre à nouveau pour en donner l'adresse. Vincent, éberlué, entend la sienne, celle de son immeuble, suivie de cette précision « dans la cour ».

– Merde ! s'écrie-t-il, le rez-de-chaussée que je lorgnais pour y ranger mes archives... avec vue sur ma voiture et ma moto ! C'est gai ! Je vais être envahi par les greluches !

– Tais-toi ! lui commande Lou, ce n'est pas fini !

En effet, pour Vincent le pire reste à venir : l'arrivée sur le plateau de l'émission des deux avocates qui travaillent à son cabinet. Les deux « sauterelles » pour Églantine : celles qui grâce à leurs « extensions » ont ce soir des mèches, brunes pour l'une, rousses pour l'autre, tire-bouchonnées autour de leur visage de belette et soulevées délicatement par la brise bretonne... qui pendant qu'elle y est, cette satanée brise, soulève aussi leur jupe de mousseline, loin de leurs cuisses de joggeuses.

Question de Vincent, furieux :

– Qu'est-ce qu'elles foutent là, ces connasses ?

Réponse, à distance, de Gloria rayonnante :

– Ces deux jeunes femmes, ravissantes et bardées de diplômes – l'un n'empêche plus l'autre – répondront soit par lettre, par fax ou par mail à toutes les questions que nos adhérentes leur poseront et, s'il s'agit de problèmes juridiques, les recevront à leurs bureaux qui se trouvent dans le même immeuble que la permanence, mais au deuxième étage sur rue.

– Ah non ! hurle Vincent. Elles ne vont pas transformer leur cabinet d'avocats en salle de consultation pour féministes déchaînées ! Et puis quoi encore ? Des tentes dans le couloir pour qu'elles puissent ronfler comme des hommes, en attendant leur tour ?

Moins concernée, donc plus réaliste, Lou lui pose la bonne question :

– Quand finit leur bail ?

– Ben comme le mien : dans trois ans !

– Trois ans ?

– Jamais je ne tiendrai ce temps-là !

– Alors, tu n'as plus qu'à chercher un autre local.

– C'est ça ! Avec dans le même immeuble une exquise « succursale » bénéficiant d'une vue imprenable sur Paris ?

Pendant leur aparté, la mère de Lou semble s'être décoincée. Elle est en train de raconter les derniers progrès de la féminisation : notamment à Vienne (hélas en Autriche, pas dans l'Isère !) sur les pictogrammes indiquant les sorties de secours, bientôt ça ne sera plus un homme qu'on verra prendre la fuite... mais une femme !

– D'accord, s'écrie Vincent, mais alors, en cas de naufrage, moi je vais exiger que les sauveteurs crient : « Les hommes et les petits garçons d'abord ! »

– En revanche, continue sur l'écran la mère de Lou, pour indiquer les espaces où l'on peut langer les bébés, on voit désormais un père aux prises avec une couche-culotte. Et non plus une mère.

– Dans ce cas, fulmine Vincent, nous, les hommes, nous n'écrirons plus sur nos maisons : « Chien méchant », mais « Chienne méchante » ! Dans la chanson de Brassens nous ne chanterons plus « Gare au gorille », mais « Gare aux guenons ! » et au nom de la sacro-sainte parité, nous fêterons la Sainte-Cochonne le même jour que la Saint-Cochon !

Lou s'amuse du sectarisme de Vincent qu'elle a appris à ne plus prendre au sérieux.

– Je constate avec plaisir que tu vas mieux.

Lou est étonnée de l'entendre répondre le plus sérieusement et surtout le plus tendrement du monde :

– Et toi ? Tu vas mieux ?

Elle hésite avant de répondre :

– Non... mais...

– Quoi ?

– J'ai envie de rencontrer Gloria !

Chapitre 19

Le moins qu'on puisse en dire, c'est que Lou imaginait pour sa première rencontre avec Gloria un autre lieu que celui où elle s'est déroulée. D'autres circonstances aussi.

Le lieu ? La gare de Quimper !

Les circonstances ? Dramatiques et imprévisibles !

Les faits ? De longue date, la mère de Lou avait prévenu Gloria qu'elle profiterait de sa halte dans l'île de Sein pour aller à la pointe du Raz, toute proche. Elle avait huit ans quand elle découvrit ce cap escarpé – le plus sauvage de la côte bretonne – lors d'une excursion familiale. Un demi-siècle plus tard, elle se rappelait encore sa terreur d'alors, paralysante, et souhaitait confronter ce souvenir d'enfant à son impression d'adulte. Elle savait que Gloria ne l'accompagnerait pas puisque celle-ci, où qu'elle soit, passait ses matinées entre téléphone et ordinateur, à s'occuper de ses affaires ou de ses relations plus ou moins amicales. Elle s'était donc résignée à s'embarquer dans l'hélicoptère de son amie, piloté par Laurent, son dévoué « multifonctionneur » qu'elle avait surnommé « l'indispensable ». Il était convenu qu'ils rentreraient déjeuner à l'île de Sein et repartiraient pour Paris aussitôt après, avec Gloria. Mais...

Laurent revint seul, déboussolé : la psy avait refusé catégoriquement qu'il la suive dans son pèlerinage autour de la pointe du Raz... et de sa mémoire ! Peu après l'heure prévue de son retour, il avait alerté les garde-côtes et la gendarmerie. Les recherches étaient actuellement en cours.

Gloria repartit séance tenante avec Laurent sur le continent, y remua ciel et terre avec son autorité coutumière, mais quand il s'agit de la mer... l'autorité, c'est la mer qui la détient.

Gloria a attendu 22 heures pour téléphoner à Lou... qui venait de terminer le quatrième chapitre de « La Correctrice » ! Elle s'est présentée avec un maximum de tact et a exposé la situation avec autant de précision que de sobriété.

Lou a pris le choc de plein fouet et, désemparée, s'est adressée spontanément à Gloria comme à une mère, pour lui demander des conseils sur la conduite à adopter.

– Dois-je prévenir mon père ?

– Oui, bien sûr. Mais il est peut-être déjà au courant par la radio... ou par la gendarmerie.

– Je crains que non : il n'est pas chez lui.

– Dans ce cas... vous ne savez pas où le joindre ?

– Si... je vais essayer. Mais moi ?

– Quoi vous ?

– Est-il vraiment utile que je vienne tout de suite... alors que l'on n'est sûr de rien... que ma mère s'est peut-être simplement égarée... ou qu'elle a fait une fugue ?

– Il est certain que tout est envisageable et que vous pouvez attendre d'avoir une certitude pour vous décider dans un sens ou dans un autre. Mais, pour ma part, je vous avoue que je souhaite beaucoup votre présence... Par la même occasion, je vous signale à tout hasard, qu'il y a le matin un train qui met à peu près trois heures de Paris-Montparnasse à Quimper ; que je viendrais vous chercher à la gare ; que je vous conduirais jusque dans l'île de Sein ; que je vous ouvrirais ma maison qui est assez grande pour que nous puissions nous y saluer de loin si vous le désirez et assez chaleureuse pour faciliter notre rencontre que, personnellement, je souhaite depuis longtemps.

Lou ne résista pas à la tentation de connaître ce personnage qu'elle avait découvert, hier à la télé, tellement différent de ce qu'elle avait imaginé. Elle accepta l'invitation de Gloria sans la moindre hésitation, réserva sa place par Internet dans le train du lendemain matin, laissa un message sur le portable de son père – qu'elle savait chez Pénélope – pour lui résumer la situation et lui apprendre son départ. Enfin, elle téléphona à Vincent, impatient de parler avec lui des surprises de sa soirée, en particulier, et des impondérables de la vie en général. Malheureusement, Lou a arraché Vincent à un sommeil abyssal, provoqué par un sirop antitoux et un grog antitout, qui se révéla très vite antidiscussion et antiroucoulades.

Décevant ! Affligeant ! Horripilant ! L'amour de votre vie qui ne comprend rien... qui tente de vous expliquer que... qui bâille... qui bredouille... qui toussote... qui n'a qu'un objectif : se rendormir... qui vous dit : « Bonne nuit ! » Pis ! « À demain », preuve qu'il ne vous a pas écoutée... et qui raccroche sans une excuse, sans un regret.

Le premier orage passé, Lou s'efforce au calme. À la compréhension. À l'indulgence : pauvre Vincent ! Il n'est vraiment pas bien... Il se sent en état d'infériorité... Il n'aime pas ça... Il n'a pas l'habitude... Il n'entend que des compliments d'habitude... Tout le monde l'adore : les hommes qu'il cocufie... comme les femmes qu'il trompe ! Il est tellement séduisant... Avec son air de l'ignorer ! Tellement fort... tellement tendre... tellement insouciant... tellement euphorisant... tellement apaisant... Apaisant... apaisant... apai...

Lou s'endort avec ce mot. À son tour, apaisée !

Elle se réveille avec le bulletin météo de 7 heures moins 3 : tempête sur la Bretagne. Vent force 120. Mer très agitée. Les infos suivent : « Les recherches pour retrouver le corps du docteur Maurin-Gautier, interrompues pendant la nuit, ont repris à l'aube. Mais les sauveteurs se montrent pessimistes. »

Lou ferme la radio et – réflexe égocentrique de l'écrivain – pense non pas à sa mère, mais au livre qu'elle écrivait sur elle !

Elle s'en veut et... pense qu'elle va renoncer à l'écrire.

Elle passe devant sa table-bureau où repose – définitivement – la pile des quarante-deux pages qu'elle a déjà rédigées : elle s'en veut de déjà les regretter mais... pense aussitôt à un éventuel moyen de les infiltrer dans un autre roman !

Elle s'en veut et pense qu'elle ne doit plus penser à la littérature... au moins pour le moment !

Elle peut suivre cette résolution, grâce à une série d'agacements qui mobilisent toute son attention :

Le premier : le tuyau d'écoulement de sa douche étant encore bouché, elle doit se contenter, par crainte d'une inondation, d'un jet parcimonieux qui est peut-être bon pour la planète mais pas bon pour Lou qui pèle de froid !

Le deuxième : une mini-lettre de son père glissée sous sa porte. Il y regrette de ne pouvoir l'accompagner dans son voyage en Bretagne... qui lui aurait permis de revoir cette inoubliable pointe du Raz. Par ailleurs, il lui donne carte blanche pour agir à sa place, quelles que soient les circonstances – sans doute délicates – qu'elle va devoir affronter.

Le troisième : elle se le provoque elle-même en répondant à son père qu'il sera mieux informé des nouvelles de Bretagne par Télé Breizh que par elle-même et en le priant d'appeler son plombier miracle, entre deux coups de téléphone à ses nouvelles « peintresses » : Valentine et Victoria.

Le quatrième agacement a dégénéré en exaspération, puis en angoisse. Responsables ? Les voix suaves des différentes standardistes des différents centres « SOS Taxi » lui susurrant qu'il n'y avait aucune voiture libre pour le moment dans son secteur et qui lui conseillaient de renouveler son appel un peu plus tard... de préférence pendant les heures creuses !

Quant à son cinquième et dernier agacement, Lou le doit au chauffeur de taxi, arrivé *in extremis*, qui, partant du principe machiste qu'aucune femme n'a le sens de l'orientation, a rallongé son parcours d'au moins dix minutes en lui affirmant qu'il prenait un raccourci !

Enfin, après une course effrénée sur le quai de la gare, Lou est tombée sur son siège et peu après dans une somnolence où, influencée par l'environnement, elle installa Vincent entre les coussins du fantasmatique Orient-Express...

À la gare de Quimper, Lou et Gloria se reconnaissent de loin, bien qu'elles ne se soient jamais vues, si ce n'est sur des écrans de télévision. Elles remarquent toutes les deux qu'elles sont habillées de la même façon : bottes. Jean. Pull. Caban. Lou, dans une harmonie de beige, Gloria, de bleu. Ni l'une ni l'autre ne font allusion à cette coïncidence vestimentaire. Après une poignée de main qui se veut des deux côtés franche et cordiale, Gloria entame son bulletin d'informations, sur le ton neutre des spécialistes de l'actualité à la radio.

– On a retrouvé le corps de votre mère...

Elle marque un temps d'arrêt avant de préciser avec une moue fataliste :

– Dans la baie des Trépassés. Il y avait été entraîné par les courants, après avoir été déchiqueté par les parois rocailleuses de la pointe du Raz, au cours d'une chute.

– Accidentelle ? Ou volontaire ?

– Pourquoi posez-vous cette question ? demande Gloria sans aucun étonnement.

– Vous ne vous l'êtes pas posée ?

– Si !

– Et qu'est-ce que vous vous êtes répondu ?

– Que sauf avis contraire de la gendarmerie – preuves à l'appui – je croirai à la chute accidentelle.

– Sans en être persuadée ?

– Pas plus que du contraire. Alors, dans le doute, je préfère choisir l'accident. Et si je peux me permettre...

– Vous me conseillez le même choix ?

Gloria acquiesce de la tête et explicite sa décision :

– Pour Marie-Anne, ça ne change rien. Et pour nous, beaucoup.

Gloria ne laisse pas à Lou le temps de s'étonner – ou de se choquer – de ce « nous » unificateur. Elle l'invite à la suivre jusqu'à sa voiture où Laurent les attend en lui expliquant que...

– Laurent est mon âme frère. Mon âme adoptive. Il a quarante-deux ans. Il pourrait être mon fils. Mais, Dieu soit loué, il ne l'est pas. Pour schématiser il est « mes bras et mes jambes » et moi, je suis « sa tête et sa sécurité ». C'est un bon attelage. D'autant que... Vous le voyez ?

– Où ça ?

– Devant ma voiture, la Mercedes noire.

De loin, Lou repère un homme en... bottes. Jean. Pull. Caban, comme Gloria et elle. Mais lui, dans une harmonie de gris. De près... elle voit la tête d'un Robert Redford 1980 et la stature d'un George Clooney 2002. Elle exprime dans une exclamation son étonnement ravi. Gloria y répond de façon quasi amicale :

– C'est vrai ! J'avais oublié de vous dire : Laurent est beau.

– Ça saute aux yeux.

– Et impuissant !

– Ah...

– Tout pour plaire ! conclut Gloria.

Tilt ! Les plots de la curiosité s'allument dans les yeux de Lou. Ils n'échappent pas à Gloria qui s'empresse de les éteindre :

– Je vous expliquerai, promet-elle tout bas, avant de présenter d'une voix normale : Laurent... dont je viens de vous parler. Lou Gautier... dont je t'ai souvent parlé.

– Et dont j'ai beaucoup apprécié le livre, dit Laurent, en serrant le plus naturellement du monde la main que Lou lui a tendue avec autant de naturel.

Gloria, pressée d'en finir avec les désagréables démarches qui les attendent, donne le signal du départ. Laurent a balisé le parcours. Lou n'a plus qu'à suivre, compte tenu de la position sociale des intéressées en cause : une psy, une P-DG, une romancière qui appartiennent toutes les trois à la dynastie, régnante à notre époque, des « qu'on a vu à la télé », les formalités administratives sont réduites au maximum. Elles aboutissent à ces trois conclusions :

1. La noyée de la baie des Trépassés était bien madame Marie-Anne Gautier née Maurin, psychothérapeute.

2. Il s'agissait d'une noyade par accident.

3. Le corps serait transporté au domicile parisien de la défunte, à une date non encore arrêtée.

Il est à peine 16 heures quand Lou et Gloria rejoignent Laurent qui les attendait en lisant...

– Quoi ? demande Lou, questionneuse pluridirectionnelle.

– Un livre de citations, comme d'habitude.

– Comme d'habitude ?

– Oui, grâce à Gloria. Avant, je prenais toujours des romans pour meubler mes attentes. Mais comme elles étaient souvent courtes et répétées, j'étais obligé d'en interrompre la lecture et je n'arrivais pas à suivre le cours de l'histoire, tandis que les citations, je peux les abandonner et les reprendre quand je veux, sans inconvénients.

– C'est juste.

– En plus, c'est jouissif, quand on tombe sur la phrase d'un auteur qu'on aurait bien voulu écrire !

– Ça vous est déjà arrivé ?

– Pas plus tard que tout à l'heure en vous attendant.

– Avec une phrase de qui ?

– Un certain Lacan.

– Ah ! s'écrie Gloria, cette pauvre Marie-Anne m'en a rebattu les oreilles. C'était un psy comme elle.

Lou empêche le souvenir de sa mère de s'installer entre eux en demandant très vite à Laurent :

– C'était quoi la phrase ?

– « Toutes les hommes aiment le femme. »

Réaction de Gloria :

– C'est amusant !

Réaction de Lou :

– J'ai un ami qui a justement l'idée d'écrire un roman sur ce thème de l'osmose entre les deux sexes.

Réaction de Laurent :

– S'il a besoin de doc, je pourrai toujours lui en fournir et...

Gloria ne le laisse pas aller plus loin et s'adresse à Lou :

– Je vous expliquerai plus tard. Ça, et le reste... si toutefois vous acceptez de venir dans mon îlot au sein de l'île de Sein.

– C'est-à-dire que...

– Je me permets d'insister car sincèrement, je crois que nous avons des choses à nous dire.

– J'en suis sûre, mais...

– Quoi ?

– Je ne suis déjà pas très à l'aise en avion... alors, je crains de ne pas supporter l'hélicoptère.

– Laurent est hyperprudent, hyperexpérimenté et vous... hypercurieuse ! Alors, à vous de décider qui va l'emporter : votre « peur au ventre » ? ou votre « oreille aux aguets » ?

Lou mobilise sa volonté. Cache sa panique. Pense à épater Vincent. Se branche sur Radio Rêves et répond d'une voix ferme :

– On y va !

Chapitre 20

Jeudi matin. 9 heures. Île de Sein.

Après avoir pris un petit déjeuner de rêve, dans une chambre de rêve, dans la maison de rêve de Gloria, Lou ne pense d'abord qu'à Vincent. Puis pense... qu'elle ne pense pas à sa mère. S'efforce de penser qu'elle lui doit la vie – même si ce fut contre son gré. Culpabilise. Pense à tout ce qu'elle ne lui doit pas. Déculpabilise et... téléphone à Vincent.

Lou : Allô, mon amour ?

Vincent : Ça dépend... qui est à l'appareil ?

Lou : À la bonne heure ! Je vois que tu vas mieux !

Vincent : Heureusement ! J'ai un boulot fou à rattraper ! Plus le courrier, les mails, les fax, les factures, je suis submergé !

Lou : Ça ne m'étonne pas ! Je vais te laisser. Je voulais juste avoir de tes nouvelles.

Vincent : À part que je m'ennuie de toi... ça va. Et toi ?

Lou : Pas trop...

Vincent : Fatiguée ?

Lou : Oui ! Après notre coup de téléphone d'hier soir j'ai eu du mal à m'endormir.

Vincent : À cause de moi ?

Lou : Non ! Pour une fois ! À cause de l'histoire de Gloria et de Laurent que je venais de te raconter et qui continuait à tournicoter dans ma tête.

Vincent : Ah bon ? Pas dans la mienne !

Lou : Pourtant... un homme, devenu femme, qui rencontre une femme devenue homme... par la volonté du chirurgien qui les a opérés tous les deux, à vingt ans d'intervalle et qui compte sur la première pour sauver le second, moralement... ce n'est pas banal !

Vincent : Encore heureux ! Tu imagines le tableau, si tout le monde changeait de sexe...

Lou : Mais, mon chéri... c'est ce qui est en train de se passer.

Vincent : Quoi ?

Lou : Pas physiquement. Mais socialement. Ce ne sont pas les corps qui se transforment, ce sont les têtes, les mentalités.

Vincent : Ouais...

Lou : Enfin, Vincent, ne joue pas les amnésiques ! C'est cette transformation entre les sexes qui t'a donné l'idée des « fommes » et des « hemmes ».

Vincent : En somme, c'est à cause de ça que tu t'es mise à penser à nous hier soir ?

Lou : Oui.

Vincent : Quel dommage !

Lou : Pourquoi « quel dommage » ?

Vincent : Parce que j'aurais préféré hanter tes rêveries avant sommeil sous la forme d'un amant inoubliable plutôt que sous la forme d'un collaborateur illusoire.

Lou : Pourquoi illusoire ?

Vincent : Parce que je n'écrirai pas ce livre avec toi. D'abord, tu traiteras beaucoup mieux le sujet toute seule. Ensuite, j'ai envie d'écrire de mon côté une fausse biographie dont la transformation des jumeaux en jumelles m'a donné l'idée. Personnellement l'idée m'amuse beaucoup.

Lou : Tu sous-entends par là qu'elle ne m'amusera pas, moi ?

Vincent : Effectivement, je le crains. Mais ce n'est pas grave, on peut s'aimer et faire livre à part.

Lou : J'espère !

Vincent : Tu n'en es pas sûre ?

Lou : Je peux te téléphoner ma réponse ce soir ?

Vincent : Plutôt demain matin. Ce soir j'ai peur de rentrer tard. Je dois dîner avec Bruno et un producteur de film, très intéressé, paraît-il, par mon livre... le premier, bien entendu ! Celui sur ma mère.

Lou : Celui qui m'a encore un peu plus éloignée de la mienne... et m'a attirée vers toi, inexorablement.

Vincent : Chère Maman ! Qui, en plus de tout le reste, m'a apporté ton amour !

Lou : Et peut-être la fortune, grâce à ton producteur de film...

Vincent : Ça... je n'y crois pas beaucoup.

Lou : Pourquoi ?

Vincent : Parce que tu me manques et que je n'ai pas le moral.

Lou : Mon amour... tu parles comme un gamin !

Vincent : C'est ta faute : tu m'as trop lifté le cœur !

Lou : Pourvu que ça dure ! Je touche du bois. Une chance : Vincent ne voit pas que le bois touché par Lou est celui de la Tarzane miniature du club « Ni brutes. Ni soumis »... aujourd'hui dissous.

Vendredi matin. 9 heures.

Conversation téléphonique entre Lou et Vincent illustrant le degré d'égoïsme auquel peuvent atteindre deux amoureux, doublés de deux auteurs !

Lou : Je ne te réveille pas ?

Vincent : Non ! Maman s'en est chargée, il y a une heure, pour m'annoncer que Papa sortait de l'hôpital aujourd'hui.

Lou : Ah ! C'est bien !

Vincent : Tu parles ! Je suis vraiment content ! Je vais aller là-bas en fin de journée. C'est dommage que tu ne sois pas là, je t'aurais emmenée. Ça t'aurait changé les idées.

Lou : Hélas... Je n'ai pas vraiment besoin de me changer les idées : il y a longtemps que j'ai « perdu » ma mère et que j'ai fait son deuil. Tout au plus, suis-je triste... de ne pas l'être !

Vincent : J'aime bien !

Lou : Quoi ?

Vincent : Ta phrase ! Et ta franchise... aussi rare que toi !

Lou : Alors... Je continue. Cette fois sur le plan pratique.

Vincent : Peu importe. Je t'écoute... de tout mon cœur !

Lou : Je vais quitter dans un quart d'heure l'île de Sein avec Gloria et Laurent. Nous devons aller à Quimper, et raccompagner le corps de ma mère, dans un fourgon spécial, jusqu'à son domicile parisien. Papa nous y attendra et nous déciderons ensemble les dispositions à prendre pour l'enterrement.

Vincent : Oui, je comprends... mais demain, tu ne pourrais pas me rejoindre chez mes parents ?

Silence de Lou.

Vincent : Ne crains rien ! Personne à « La Parenthèse » ne te parlerait de... de quoi que ce soit.

Lou : J'en suis sûre, mais...

Vincent : Mais quoi ?

Lou : Ben... Demain, j'ai prévu de travailler toute la journée avec Gloria.

Vincent : Travailler ? À quoi ?

Lou : Au livre que je vais lui consacrer, puisque tu t'en doutes, après le décès de ma mère, j'ai renoncé à écrire « La Correctrice ».

Vincent : Ça, tu as eu raison. Je m'incline. Gloria, c'est une bonne idée. Elle est vachement people et pour la promotion à vous deux, vous allez tout casser !

Lou : On ne sait jamais, mais a priori, oui...

Vincent : Tu prévois quelle date pour la sortie de ton livre ?

Lou : La même que celle qui était prévue pour l'autre : fin septembre.

Vincent : Et si je publiais le mien en même temps ?

Lou : Ta biographie imaginaire des deux fausses femmes ?

Vincent : Oui. En face de ta vraie biographie d'un faux homme. Ça peut être rigolo.

Lou : Pourquoi pas ? En tout cas, ça nous permettrait d'écrire, chacun de son côté, sans complexes, sans avoir honte de tromper l'Amour avec une feuille blanche.

Vincent : C'est vrai ce que tu dis, mais pour le moment, je voudrais bien savoir quand on va tromper la feuille blanche avec l'Amour.

Lou : Dimanche ? Si tu es revenu de chez tes parents.

Vincent : Parfait ! Midi ! Ouverture de la love-party. Buffet campagnard assuré par le macho. Sourire assuré par la Tarzane. Tenue déshabillée de rigueur. D'accord ?

Lou : D'accord !
Vincent : Mot de passe : « Je t'aime. »
On retrouverait un jour ce genre de dialogue dans un de leurs livres que ça ne m'étonnerait pas tellement !

Chapitre 21

Dimanche 11 heures.

Hier soir, Vincent a quitté « La Parenthèse » et ses habitants : son père, le naufragé de l'infarctus redevenu l'Homme, niant fatigue et appréhension. Sa mère : reine et fourmi. Commandant en chef et troufion. Ses deux frères, rebaptisés Valentine et Victoria, qui s'amusent à jouer les joyeuses luronnes... comme deux folles... Et Rosalie Brive dite bien entendu « la gaillarde », la sœur et l'homologue d'Églantine.

Vincent a emporté dans le coffre de sa voiture un des paniers en osier de sa mère, rempli par ses soins de tous les produits nécessaires – et superflus – pour le « buffet campagnard » prévu par son « grand », amoureux... enfin ! Elle n'avait pas été vraiment étonnée – ni contrariée – d'apprendre que l'heureuse élue était cette Tarzane déchaînée vue à l'émission « Poings... d'exclamation ». D'abord, physiquement, elle l'estimait digne de son séduisant fiston... beaucoup plus en tout cas que ces habituelles « intermittentes du polochon ». Ensuite, ses tarots lui avaient laissé prévoir une rencontre choc avec une créature explosive... et après mûre réflexion, elle avait pensé que les explosions d'une « rabat-caquet », comme cette Lou Gautier, seraient plus profitables à Vincent que l'admiration béate de ses « bénies-oui-oui ». Elle n'avait pas caché à Vincent son opinion, tout juste allégée de son récurrent sourire madré.

Il a le même. Aujourd'hui dimanche, il le constate une fois de plus devant la glace de sa salle de bains où il se rase de près... de très près... après avoir effectué quelques mouvements de remise en forme ; après s'être douché, désodorisé, pommadé, parfumé, avec un soin particulier, quasi insoupçonnable ; après avoir retendu ses draps en prévision d'un nouveau froissage ; après avoir déposé dans plats et raviers les éléments de leurs futures agapes champêtro-urbaines ; après s'être longuement interrogé sur la tenue qu'il allait adopter et avoir opté pour un peignoir de bain réversible : d'un côté éponge blanche, de l'autre, soie bleue (une folie qu'une pétasse lui avait offerte... en acompte ! Pas en remerciement !). Il va l'étrenner avec Lou. Il hésite sur le côté qui sera le plus seyant. Après plusieurs essais, il choisit l'éponge : sa blancheur met mieux en valeur son léger bronzage obtenu à « La Parenthèse », grâce à la crème autobronzante de ses frères. Autre sujet de réflexion : slip ? Boxer ? Ou rien ? Il décide : rien ! Pas d'hypocrisie.

Dernier coup d'œil dans la glace. Ajustement du décolleté : un peu plus ouvert, peut-être ? Oui... mais pas trop ! Ça semblerait étudié, voulu, à la limite féminin... Quelle horreur !

Coup de sonnette. Vincent sursaute. Son cœur aussi. Il prend une grande respiration, se dirige le plus lentement possible vers la porte et demande d'une voix bêtifiante :

– Qui est là ?

– C'est Églantine, monsieur Vincent.

Il ouvre précipitamment. Ne voit pas sa dévouée intendante mais la devine et surtout l'entend derrière une superbe composition florale, à base de myosotis.

– J'ai trouvé ça en revenant de la messe, devant la porte du deuxième. Et comme il y avait une enveloppe à votre nom...

La suite se perd dans le bruit de l'enveloppe que Vincent arrache à la Cellophane puis ouvre. Ahuri et gêné, il en sort une carte en forme de cœur, signée... par le producteur avec lequel Bruno et lui ont partagé vendredi soir un dîner libidino-aviné, sorti d'un mauvais film. Incrédule, il lit : « Ces fleurs – artificielles donc résistantes – ont la couleur de vos yeux. En plus, leur nom anglais – *forget me not* – se traduit en français par “ ne m'oubliez pas ”. Quelle chance ! C'est justement ce que je voulais vous dire : ne m'oubliez pas, moi qui vais penser à vous dès demain, comme promis. »

Vincent enfourne carte et enveloppe dans une poche de son joli peignoir réversible. Puis libère Églantine de ce présent, lourd sans doute de soucis futurs. Désabusée, elle opine :

– Encore une bonne femme, évidemment !

– Eh bien, non ! C'est un homme !

Vincent est trop visiblement agacé pour mentir ou plaisanter. Églantine, trop étonnée, elle, pour lui cacher le fond de sa pensée à résonance réprobatrice :

– Ce n'est pas à votre père que ça serait arrivé !

– Mais je n'y suis pour rien ! répond Vincent déjà sur la défensive.

Églantine jette un regard dubitatif sur le teint abusivement doré de son patron ; sur son peignoir qu'il n'a jamais mis, sur ses cheveux subtilement décoiffés, et lui lance avant de s'en aller :

– J'espère !

Vincent referme la porte, cherche un endroit où déposer ces fleurettes encombrantes à plus d'un titre. Sa chambre ? Non ! Elles risqueraient de le distraire à un mauvais moment, c'est-à-dire un bon. Le bar-comptoir du coin cuisine ? Non ! Elles attireraient l'attention de Lou et donc ses questions. La chambre des jumeaux ? Oui ! Avec un peu de chance, Lou n'ira pas.

À peine Vincent a-t-il pris sa décision qu'il entend de nouveau la sonnette de la porte. Méfiant, il demande :

– Qui est là ?

Réponse transmise par la voix suave de Lou :

– Mot de passe : « Je t'aime. »

Vincent ouvre avec la vasque de myosotis dans les bras. Lou dégouline de reconnaissance et de tendresse :

– Ah... Ah... Mon amour... C'est bien la première fois qu'un homme m'accueille avec des fleurs ! Et quel homme ! Un macho ! Et quelles fleurs ! Des « *forget me not* » ! Ça, elles peuvent être tranquilles, je ne les oublierai jamais ! Elles n'ont qu'un défaut : elles m'empêchent de t'embrasser.

– Ne t'inquiète pas ! Je vais m'en débarrasser.

– Mets-les tout de suite dans la chambre.

Vincent temporise :

– Dans la chambre ?

– Oui ! Je sens qu'elles vont m'inspirer.

– Alors...

Arrivés à destination, Vincent s'apprête à déposer la vasque au pied du lit mais Lou l'en empêche :

– Ah non ! Pas là : on ne va rien voir ! En face, sur le haut du secrétaire. C'est là qu'on en profitera le mieux.

Vincent s'exécute. Elle s'allonge sur la couette pour juger de l'effet, se relève aussitôt pour enlever le papier cellophane qui entoure toujours le bouquet. Elle y aperçoit alors les deux reliquats du geste impatient de Vincent : une déchirure et une épingle. Elle s'en étonne :

– Il y avait une carte, là ?

– Oui.

– Pour moi ?

– Non. Pour moi.

Vincent ne laisse pas à Lou le temps d'exprimer sa déception. Ni sa curiosité. Il sort de sa poche le billet doux en forme de cœur écrit par le producteur. Il s'attend à ses soupçons. Ses moqueries. Ses persiflages. Erreur ! Il a droit à une bouche et des yeux pareillement ouverts, traduisant une incrédulité qui frôle l'hébétude. Vincent juge la réaction exagérée. D'autant que, à présent, elle se prolonge par une alternance de « Ce n'est pas vrai ! », « Ce n'est pas possible ! » qui s'achève par cette explication :

– Ton soupirant... c'est l'horrible macho qui a été le grand responsable de mes complexes sexuels !

– Ton « big mec » ?

C'est au tour de Vincent d'être hébété et de prendre le relais des « Ce n'est pas vrai ! », « Ce n'est pas possible ! ». Vincent et Lou, aussi visiblement perturbés l'un que l'autre par les souvenirs que le même homme leur a laissés à treize ans d'intervalle, se mettent à les égrener parallèlement dans un duo monocorde.

<u>Lou</u> : J'avais vingt-deux ans. Je l'appelais « le big mec ». Il était le mâle dans toute sa splendeur. Et dans toute son horreur : le beau guerrier et l'ignoble bourreau.

<u>Vincent</u> : Avant notre dîner de vendredi, Bruno me l'a annoncé comme un macho pur et dur. Ten-

dance brute et pas du tout soumis. Mais par ailleurs très sensible. Très généreux.

Lou : Toutes mes copines étaient amoureuses de lui. Les plus jolies ont eu droit à ses faveurs ! Les plus patientes ou les plus masos ont tenu le coup un mois. La plus idiote – moi –, ou peut-être la plus orgueilleuse, a résisté presque un an.

Vincent : Il nous a parlé de sa mère avec une émotion qui ne pouvait pas être feinte. Mon livre la lui avait rappelée. Il voulait en tirer un film qu'il considérait comme un cadeau posthume au « seul amour de sa vie ».

Lou : Moi, il m'a laissé trois cadeaux d'adieu : une méfiance viscérale pour les hommes, un dégoût de l'amour et la conviction que j'étais irrémédiablement frigide.

Vincent : Je me souviens qu'il s'est avoué écœuré par la poitrine rebondie de notre serveuse et, sur sa lancée, par toutes « les bonnes femmes nues de Rubens » qui lui donnaient l'envie d'être pédé ! Comme il était éméché... et moi aussi... j'ai rigolé !

Lou : Je me souviens qu'il me reprochait d'être trop grosse. Pas assez musclée, et qu'il m'obligeait à me bander les seins, très serré, pour ne plus voir ces « mamelles dévirilisantes » !

Vincent prend ce dernier détail comme une offense personnelle, déshabille Lou du regard, devine son corps, pour lui parfait, et s'écrie :

– Mais quel con, ce mec !

Après quoi, il déshabille Lou, cette fois avec ses mains impatientes, ses mains maladroites, ses mains fébriles ; puis la soulève dans ses bras, plonge avec elle sur le lit et la caresse avec ses mains flâneuses, ses mains curieuses, ses mains impatientes, relayées par ses lèvres gourmandes, sa bouche audacieuse, sa langue indiscrète, relayées à son tour par ce que Lou a appelé d'une voix quémandeuse, puis accueilli avec des mots impudiques, avec un souffle haletant, avec des gémissements... enfin avec un cri !

Lou et Vincent en sont maintenant à ce fameux moment – funeste ou divin – du calme après la tempête. De la phrase parachute qui va amortir votre retour sur terre ou au contraire le rendre plus rude. Le moment du geste flèche qui va vous indiquer sur la carte du Tendre la direction à suivre. Lou prend l'initiative en mélangeant les genres : la phrase choc et le geste tendre. Elle dessine du bout des doigts des cœurs sur la poitrine de Vincent, puis déclare à pleine voix : « J'ai faim ! »

Ce contraste entre la douceur du geste et la rudesse du ton enchante Vincent. Il regrette qu'une bienheureuse lassitude l'empêche d'exprimer ce contentement, autrement que par un banal « Je t'aime ». Mais Lou s'en déclare comblée et donne rendez-vous à Vincent au bar de la cuisine dans neuf minutes, estimant qu'il va lui falloir à elle trois minutes pour être à nouveau présentable et à lui... six minutes !

– Bien calculé ! s'exclame Vincent en arrivant exactement à l'heure prévue par Lou devant le comptoir où elle a déjà disposé les couverts et une partie des victuailles en provenance de « La Parenthèse ». Vincent apprécie autant la célérité de Lou que la diversité des mets préparés par sa mère.

– Par quoi va-t-on commencer ? demande Vincent.

– Le « big mec » !

Vincent regarde Lou, surpris d'avoir à lui expliquer :

– Mais... je pensais au déjeuner, pas à la conversation !

– L'un n'empêche pas l'autre. On peut envisager : un big mec aux radis roses, par exemple, non ?

– Si tu y tiens ! Mais je te préviens : la conversation risque d'être très courte. En ce qui me concerne, elle se résume à ceci. Je vais renvoyer ses myosotis pourris à ce « monsieur-dame » avec une carte lui indiquant que « je ne mange pas de ces fleurs-là » et que les droits de mon livre sont très au-dessus de ses moyens. Point barre.

Lou force sur le sourire et freine sur la désapprobation :

– À ta place, je serais peut-être un peu plus diplomate.

– Pourquoi ? Pourquoi ménager ce type ? Parce qu'il est producteur et que si Paris vaut bien une messe, mon livre vaut bien ses fesses ?

Cette fois, Lou ne freine pas :

– Ah ! Je t'en prie ! Ça ne te va pas d'être vulgaire !

– Et ça me va d'être intéressé ? Ça me va de me prostituer pour un film ? Pour du fric ?

– Tu exagères ! Je t'ai simplement suggéré de ne pas insulter quelqu'un qui peut t'être utile.

– Quelqu'un, je te le rappelle, qui s'est conduit avec toi comme un gougnafier ! Quelqu'un qui t'a fait du mal !

Lou, touchée par la virulence soudaine que Vincent met, non plus à attaquer le « big mec », mais à la défendre, allume aussitôt le calumet de la paix avec ses yeux et avec sa voix :

– Quelqu'un qui t'a permis de me faire du bien, de me donner enfin la clé d'un paradis jusque-là verrouillé pour moi ! Ça mérite un petit peu d'indulgence, non ?

La colère de Vincent fond sous la chaleur des mots de Lou.

– D’accord pour l’indulgence, dit-il, mais à une condition.

– Laquelle ?

– Que la clé... désormais tu ne t’en serves qu’avec moi. Exclusivement.

– Serais-tu jaloux par hasard ?

– Je n’en sais rien... puisque je n’ai jamais aimé personne avant toi. Mais maintenant, j’ai l’impression que je le serais... sérieusement !

– Tu n’en auras pas l’occasion.

– Tu me le jurerais ?

– Je te le jure.

– Sur quoi ?

Lou feint de réfléchir alors qu’elle a su tout de suite qu’elle allait lui répondre :

– Sur mon boudin-purée !

Vincent d’abord surpris, puis incrédule, vire carrément à l’ébahissement en voyant Lou sortir de son sac besace une boîte en plastique contenant leur plat préféré. Vincent le contemple comme un objet d’art. L’art d’étonner. C’en est un. Pas très répandu. Mais volontiers pratiqué par Lou, comme elle le lui prouve à nouveau en décollant dans un sourire un de ses récents « colle-aux-côtes » :

– Ah ! J’ai oublié de te dire : ce sont les deux « sauterelles » qui vont déménager ! Pas toi !

Chapitre 22

Vincent savoure en même temps le boudin-purée et l'annonce du départ des deux sauterelles. Il est béat. Il se souvient d'une vieille histoire qui réjouissait son père et les piliers du « Gosier sec ». L'histoire de deux amis qui se rencontrent par hasard deux ans après leur double mariage. Ils échangent leurs impressions sur leurs épouses. Le premier s'enthousiasme : « Ma femme ? Une merveille ! À la cuisine : une cuisinière. Au salon : une femme du monde. Et au lit : une salope ! » L'autre, dépité, avoue : « Eh bien, ma femme à moi ? À la cuisine : une salope. Au salon : une cuisinière. Et au lit : une femme du monde ! »

Pour Vincent, Lou correspond bien sûr à la première définition. Il y ajoute même : « Dans le travail : un bulldozer. Dans le relationnel : un Talleyrand ! » En résumé : une perle ! Comment un autre homme ne s'en est-il pas aperçu avant lui ? Comment d'autres hommes ont-ils pu la croiser sans avoir envie de la conquérir ? D'abattre les barrières de sa frigidité ? De la garder ? Il ne peut s'empêcher de lui poser ces questions.

– La chance, répond-elle. Ou peut-être la malchance. Disons, une fois de plus : le Hasard. (Elle a répondu cela en personne qui s'est déjà posé cette question.) Le Hasard qui a joué contre moi, dans tous les domaines jusqu'à notre rencontre. Et qui depuis, se rattrape en m'ouvrant systématiquement les portes qu'il faut au moment où il faut.

– Par exemple celles de Gloria ?

– Évidemment ! Rends-toi compte : je la détestais. Je la fuyais en tant qu'amie de ma mère. Je la découvre dans les circonstances imprévisibles que tu sais et elle se révèle imprévisiblement bénéfique pour moi.

– Et pour moi, par la même occasion, je suppose ?

– Oui... En toute honnêteté : sans elle, sans son intervention déterminante auprès des deux « sauterelles », les affiliées de plus en plus nombreuses au club « En avant toutes » auraient encerclé ton bureau et t'auraient obligé à plus ou moins brève échéance à déménager.

– À propos, quand vont-elles partir, elles ?

– Quand elles auront trouvé, l'une et l'autre d'une part, un repreneur pour leur bail ; d'autre part, un nouveau lieu où s'installer.

– Ça peut durer longtemps.

– Pas forcément : le lieu, elles l'ont déjà trouvé.

– Dans le quartier ?

– Dans l'arrondissement ! Grâce à l'agent immobilier qui est le compagnon de la brune et grâce à Gloria aussi qui a su les convaincre... de la main à la main, que ce lieu serait parfait pour le club.

– Bonne avocate, la marchande de soutifs...

– Moi aussi ! Dans la mesure où c'est moi qui ai convaincu Gloria de les convaincre... les mains vides, tu t'en doutes.

Vincent apprécie d'un sourire mi-figue mi-raisin. Logique ! Côté figue (saveur subtile), il pense :

« Quel ange, ma Lou, avec son habileté mise à mon service... » Côté raisin (pépins sournois), il pense : « Quelle diablesse ! Pourvu qu'elle ne retourne pas son habileté contre moi ! » Entre les deux, Vincent prend la tangente :

– Et le repreneur pour leurs deux bureaux, ces dames en ont-elles un en vue ?

– Oui ! Je lui ai même pris un rendez-vous avec toi.

– Où ça ?

– Ici !

– À la « succursale » ?

– Oui, c'est plus sympa qu'en bas pour discuter.

– Mais quand ?

– Aujourd'hui.

– À quelle heure ?

Lou regarde sa montre et annonce :

– 15 h 48. Autant dire maintenant.

Sur le visage de Vincent s'inscrivent successivement l'incompréhension. Le doute. L'effarement. Puis, le bonheur... quasiment extasié. À cette extase succède aussitôt une envie impérieuse de se ruer sur Lou, de lui arracher ses vêtements, de lui imposer son désir, ses exigences, sa virilité. Autrement dit, de la baiser comme une pute (sauf le respect qu'il a de moins en moins l'envie de lui devoir !).

Plus tard, il s'interrogera sur cette pulsion dominatrice, inédite chez lui, qui a succédé à une pulsion admirative. Y aurait-il relation de cause à effet ? Vincent ne se répond pas. Il juge plus pressé de maîtriser ses mâles instincts et de les remplacer par une tendresse sans équivoque. Il vient juste d'y parvenir quand Lou, ignorant tout des turpitudes auxquelles elle vient d'échapper, renoue imperturbable le fil de son histoire. Celle qui commence, en fait, par l'orange coupée symboliquement en deux, traduisant son espérance d'une vie avec Vincent commune et séparée. D'où sa volonté de quitter au plus vite le logement-refuge au-dessus de la galerie paternelle. De chercher une niche bien à elle, une « succursale » aussi secrète que celle de Vincent, à usage exclusivement privé, comme celle de Vincent; située à proximité de son lieu de travail, toujours comme celle de Vincent; en plus dans son quartier à lui; mieux! Dans sa rue. Idéalement : dans son immeuble! Renseignements pris, il n'y avait rien à espérer de ce côté-là. C'est néanmoins en suivant cette piste que Lou a eu l'idée de remplacer les « sauterelles ».

– Mais elles occupent deux bureaux, objecte Vincent.

– Eh bien... c'est ce qu'il me faut : un bureau, le plus éloigné du tien, pour écrire. L'autre, pour ranger les paperasses de tous genres et y recevoir des visites, uniquement professionnelles.

– Donc pas les miennes?

– C'est évident... sauf cas grave.

– D'accord! Mais considères-tu comme cas grave l'envie subite de t'embrasser... avec les conséquences inhérentes?

– Tu ne peux pas être sérieux, non?

– Mais je le suis en l'occurrence. C'est grave de ne pas avoir le droit de toucher ce que l'on aime... de mourir de soif auprès de la fontaine.

Le joli visage de Lou s'assombrit.

– Ce qui est beaucoup plus grave, dit-elle, crois-moi, c'est d'ignorer la soif.

– Tu sais, boire à toutes les fontaines, ce n'est pas drôle non plus.

Lou tend sa main ouverte à Vincent. Il dépose un baiser dans sa paume en précisant que son geste a valeur de « tope-là »!

– Donc, conclut Lou, tu m'acceptes comme colocataire ?

– Attention : tant que nous serons coéquipiers dans la vie. Ce sera stipulé dans le contrat. D'accord ?

– D'accord !

– Dans ce cas...

Cette fois, c'est Vincent qui tend la main à Lou. Mais la seconde d'après, il la referme sur le vide et sur cette phrase de Lou :

– Dans ce cas, il n'y a plus qu'à préciser nos conditions de vie.

Vincent prend cette exigence à la légère :

– Ah bon ? Tu voudrais qu'on établisse un contrat de non-mariage, avec des règles. Des devoirs. Des interdits.

– Exactement ! Une espèce de Pacs moral, excluant routine et contingences d'ordre matériel.

Vincent, à la fois étonné et un peu inquiet de l'idée de Lou, accepte de jouer le jeu. Du moins ce qu'il veut considérer comme un jeu. Au contraire, apparemment, de Lou qui, avec le sérieux d'un notaire, sort son « note en ville » pour y jeter les bases de leur alliance... sans anneaux. Comme première clause, elle suggère :

– « Liberté totale en ce qui concerne le travail. Les horaires, les déplacements, les rencontres, seront décidés par les intéressés, sans préavis obligatoire mais avec de part et d'autre la possibilité d'objection. »

Vincent se lève, hilare, et interpelle Lou en vieil avocat tordu de l'épaule et grelottant de la voix :

– Ça tombe bien, Votre Honneur, des objections j'en ai plein ! Je vais vous les énumérer au nom de mon client le plus cher : l'Amour ! Adepte comme moi de l'adage : « ma liberté commence où la tienne finit », il ne peut admettre qu'un des deux coéquipiers décommande un rendez-vous auquel l'autre s'est préparé comme à une fête, sous prétexte qu'il n'arrive pas à terminer un chapitre ou une plaidoirie ! Deuxième objection : mon client n'admet pas davantage que monsieur – ou madame – téléphone de... Trou-sur-Loire ou de New York (suivez mon regard) alors qu'ensemble, à la même date et depuis longtemps, ils ont décidé de passer un week-end divin à Loveland avec visites de toutes les attractions inédites et ascension guidée du septième ciel. Troisième objection : mon client admettra encore moins que monsieur – ou madame – sous prétexte d'une fatigue incommensurable, d'une fièvre inexplicable ou d'une entéro-gastrite incontrôlable, plante là son coéquipier – ou sa coéquipière – dans un bâillement, alors que celui-ci – ou celle-là – tombera par un mauvais hasard sur la photo du déserteur ou de la déserteuse en galante compagnie dans un magazine hypervendu !

Lou, sinon convaincue, du moins ébranlée, arrête là l'improvisation de Vincent.

– Tu as raison, reconnaît-elle. Ni lois. Ni règles. Je suis sûre que toi comme moi, nous ferons tout pour rester une équipe gagnante et pour la protéger contre les ennemis que nous connaissons.

– Eh oui... les classiques ennemis : l'habitude, la fatigue, la jalousie, l'égoïsme, « les autres ».

– Oui, mais aussi les ennemis que nous ignorons : les impondérables.

Du même geste réflexe, Lou et Vincent se précipitent pour toucher du bois. Elle dans son sac. Lui dans sa poche. Ils se montrent leurs talismans respectifs : non identifiables à première vue, ils s'en expliquent mutuellement l'origine. Lou, la première :

– C'est mon père qui me l'a donné.
– Tiens ! Le mien aussi vient de mon père.
– J'aime bien ces coïncidences entre nous.
– Et moi donc ! Qu'est-ce que c'est, ton porte-bonheur ?
– Une simple rondelle de bois, promue bouée de sauvetage par mon père qui y a gravé ses initiales.
– Quelle chance ! Mon porte-bonheur se veut également symbolique. Comme le tien.
– Qu'est-ce que c'est ?
– Une minuscule branche d'un chêne de « La Parenthèse »...
– C'est-à-dire aussi quelque chose à quoi se raccrocher.
– En cas de vents violents.
– Ou en cas d'impondérables.

Lou et Vincent à nouveau serrent leurs gris-gris dans leur main en affirmant comme tout le monde qu'ils n'y croient pas, quoique...

Le regard de Vincent s'allume. Celui de Lou se tamise de mystère. Elle avoue avoir remarqué, depuis leur rencontre, de sérieux clins d'œil de la chance.

– Le dernier date d'hier, annonce-t-elle, exagérément extasiée.
– Je peux savoir ?
– Avec joie : c'est l'un de tes amis qui est à l'origine de cette chance.
– Lequel ?
– Machin !

Lou n'abuse pas de la surprise qu'elle a provoquée. Elle éprouve une espèce de langueur diffuse à laquelle participent pour un tiers le saumur-champigny des Vanneau et, pour les deux tiers restants, un cocktail érotique à base de mémoire et d'imagination.

Elle réduit son histoire avec Machin à l'essentiel : le restaurateur, joignant l'utile à l'agréable, s'est mis à « fréquenter » assidûment une certaine Nina, devenue fort à propos veuve joyeuse et fortunée. Après mâle réflexion il a décidé d'aller vivre chez elle, de vendre son appartement et, avec l'argent de cette vente, d'offrir à son troquet les embellissements de ses rêves.

Lou, venue déjeuner chez lui « en pèlerinage » avec son père, l'avait entendu parler à ses copains de comptoir de ses projets... et de sa recherche d'un acquéreur pour son appart'.

– Et voilà, conclut hâtivement Lou, en proie à sa langueur galopante.

– Voilà quoi ? demande Vincent, dans le seul but de prolonger la douce torture de l'attente.

Oui, le seul. Car franchement, les questions qu'il pose n'ont pas plus d'intérêt que leur réponse : oui, Machin a été étonné d'apprendre que Lou cherchait un appartement. Oui, elle a attendu l'heure de fermeture du restaurant pour aller visiter celui de Machin. Non, l'appartement ne se trouve pas dans l'immeuble du bistrot, mais dans celui qui est derrière et donne sur un jardin. Il est au quatrième avec un vieil ascenseur sans plafond. Non ! Ce n'est pas un appartement traditionnel. C'est un appartement bizarre... pour lequel elle a eu un coup de foudre.

Vincent, parti en patrouille sous le pull de Lou depuis le début de son questionnaire insipide, ralentit ses investigations pour demander avec nettement plus d'intérêt :

– Pourquoi bizarre ?

– Parce que... parce que... c'est un lieu... indescriptible... sauf...

Lou s'agrippe à la main de Vincent avant de finir sa phrase :

– Sauf dans un lit !

Chapitre 23

Bien entendu, dans le lit, il ne fut plus question de l'appartement de Machin. Pas davantage au cours du « juste après » où Vincent et Lou furent entièrement occupés à récupérer leur souffle et leurs esprits. Ni pendant leur atterrissage où ils regrettèrent de ne pas être les premiers à avoir découvert la magie de l'amour, puis s'amusèrent à imaginer le dialogue – entre l'art et le cochon – des deux supposés Christophe Colomb de l'extase.

Ce fut quand Lou s'éclipsa vers la salle de bains avec d'hypocrites pudeurs de jeune fille que Vincent repensa à leur conversation du « juste avant » et ce fut quand elle en sortit, lumineuse, dans le peignoir réversible de Vincent – côté bleu – qu'il reprit leur conversation interrompue :

– Tu me disais donc que l'appartement de Machin était bizarre ?

Comme si leurs pensées avaient suivi le même cours, Lou répondit sans la moindre hésitation :

– Surtout inattendu... pour un homme comme lui.

– Mais... inattendu de quelle façon ?

– C'est difficile à expliquer. Il vaudrait mieux

que tu le voies. Je vais appeler Machin pour savoir si nous pourrions y aller maintenant.

Vincent profite du coup de téléphone pour disparaître dans la salle de bains. Quand il en sort, Lou l'informe que Machin était en train de préparer le buffet froid du dimanche soir, réservé à ses potes célibataires, mais que la clé de son appartement était dans le quinquet et qu'ils n'avaient qu'à la prendre pour le visiter.

– Qu'est-ce que c'est que le quinquet ?

Lou le renseigne sur un ton exagérément docte :

– Un quinquet est une lampe à double courant d'air et à réservoir supérieur, inventée par le physicien Argand et perfectionnée par le pharmacien Quinquet.

– Oui, ça va, merci, madame Internet ! Et à part ça ? Le quinquet de Machin ?

– Habille-toi et tu le sauras !

Vincent comprend que Lou ne lui dira rien de plus, bien qu'elle ait autant envie de parler que lui de savoir. Alors... à une vitesse record, il se transforme d'amant déliquescent en curieux survolté.

Un œil sur le chrono, l'autre sur les talons de Lou, Vincent, arrivé à destination, constate avec satisfaction qu'ils ont mis deux minutes trente-cinq secondes à aller de son immeuble à celui de Machin. En se pressant, ils pourraient atteindre les deux minutes tout juste. Enchanté par la courte durée du trajet, il l'est tout autant par le jardin simple et tranquille qui précède le bâtiment B (B comme *bis*, pense-t-il... à tort), par ses fenêtres entourées de naïades, par la porte en bois sculpté tellement anachronique à côté du digicode et de la caméra, pas vraiment cachée.

À l'intérieur, Vincent s'étonne de l'ascenseur vitré et sans plafond qui doit sa non-conformité à l'influence occulte du propriétaire du troisième étage, surnommé « l'homme important ». Vincent s'étonne aussi de la fameuse lampe à quinquet suspendue au bout d'une triple chaînette en cuivre devant la porte d'entrée de Machin, juste à la portée de la main levée de Lou. Elle y prend la clé, ouvre et laisse passer Vincent. Elle attend avec délectation sa réaction. Elle n'est pas déçue : il est ahuri ! Forcément, il s'attendait à découvrir l'antre d'un solide et joyeux luron, meublé fonctionnel, avec sur les murs des affiches cochono-érotiques et des photos dédicacées des sportifs passés par son bistrot. Et le voilà, bouche bée, dans un lieu... insolite ! Elle avait raison, Lou. Insolite surtout quand on imagine dedans Machin avec ses tatouages de marin, sa silhouette de débardeur et son teint d'aquaphobe !

– Mais qu'est-ce que c'est que ce bordel ? finit par demander Vincent.

– Justement ! lui répond Lou aux anges, c'en est un !

– Quoi ?

– D'où le « B » que tu as vu au fronton du bâtiment, et qui est aussi l'initiale du nom du premier propriétaire de l'établissement : un aristo authentique qui s'était réservé le dernier étage pour ses frasques et qui l'a laissé en héritage à sa dernière « croqueuse », après avoir vendu le reste pour l'entretenir. Dernière information... et pas la moindre : Nina – la nouvelle égérie de Machin – est l'arrière-arrière-petite-fille de cette gourgandine et sa dernière héritière ! Elle a vécu dans ce qu'elle appelait son « nid de pigeon » jusqu'au jour où elle a épousé un vieux monsieur du quartier dont elle était jusque-là l'aide-soignante. Elle a alors déménagé. Peu après elle est tombée follement amoureuse de Machin et lui a vendu son appartement pour une bouchée de pain. Quant au mari de Nina, il vient de s'éteindre en laissant à sa veuve – joyeuse – sa fortune et son appartement.

– Bravo ! s'écrie Vincent, c'était un gentleman : à partir d'un certain âge, le savoir-vivre consiste à savoir mourir !

– C'est hélas vrai.

– Ne sois pas hypocrite ! Grâce au veuvage de Nina, tu vas avoir ta « succursale » à deux minutes trente-cinq de la mienne !

– Mais question décoration, à des années lumière !

– Ça, effectivement !

Le regard de Vincent balaie les velours, les porcelaines et les boiseries du salon, puis s'attarde sur la décoration de la chambre, celle d'une cocotte Napoléon III pur jus. Il s'interroge tout haut :

– Comment Machin a-t-il pu vivre là pendant trois ans ?

– Il n'y vit pas. Il s'y offre, le soir « après le turbin », le fantasme de l'Homme, seigneur et maître, avec sa Nina qui, elle, s'offre le fantasme de la Femme esclave et reine.

– Qu'est-ce que tu me racontes ?

– Ce qu'elle m'a raconté elle-même.

– Tu plaisantes ?

– Pas plus qu'elle ! Et en plus...

– Quoi ?

Lou ouvre le tiroir d'une commode et en sort un corset, des bas noirs, et tout un assortiment de bijoux clinquants.

– C'est elle qui me les a montrés, en me prévenant qu'elle les embarquerait. Ainsi que le reste de la décoration... qu'elle va reproduire à l'identique dans leur nid d'amour.

– Nid d'amour... il ne faut rien exagérer.

– Mais je n'exagère pas ! Ils s'aiment. Rends-toi compte : ils ont des fantasmes complémentaires et ils peuvent les assouvir sans être obligés lui, de payer, elle, de se forcer ! C'est merveilleux !

Vincent approuve en rigolant :

– Eh oui, le cow-boy triomphant a trouvé sa petite cow-girl soumise !

– Tu l'envies, hein ?

– Attends ! Pour te répondre en mon âme et conscience, il faudrait que tu enfiles la tenue adéquate.

Vincent se baisse pour prendre, dans le tiroir, bas, corsets et bijoux. Mais Lou l'arrête avant qu'il ne les atteigne.

– Non ! dit-elle tendrement, je ne suis pas, à la rigueur, ennemie, surtout avec toi, de ce genre de jeux, mais pas ici !

– À la « succursale » alors ?

– Pourquoi pas ? Mais pas ce soir. Demain, je dois me lever tôt pour aller au crématorium.

Vincent a un mouvement de recul :

– Oh... excuse-moi. Je ne le savais pas.

– J'ai préféré ne pas en parler... pour le moment. Et ne pas y penser.

Vincent ne répond pas. Il se revoit il y a juste une semaine, avec ses frères, déboussolés comme lui, devant leur père quittant « Le Gosier sec » sur un brancard, entre la vie et la mort. Il regarde Lou... droite dans ses baskets ! Il entend sa voix... ferme et définitive ! Sa première réaction est admirative : « Décidément, elles sont plus fortes que nous ! »

Sa deuxième réaction est restrictive : « Décidément, elles sont moins sensibles que nous ! »

Moyennant quoi, arrivés dans la rue, Vincent demande à Lou :

– Demain soir, on pourrait peut-être dîner ensemble ?

– Non, demain je vais chez Gloria compléter ma documentation pour mon livre.

– Tu ne peux pas décommander ?

– Non ! Elle s'en va en voyage d'affaires pour au moins une ou deux semaines.

– Mardi soir, alors ?

Lou soupire, navrée, et, agenda en main, passe en revue son emploi du temps pour tous les soirs de la semaine :

Mardi : elle va au Zénith avec son père assister au premier concert du fils d'un de ses bons amis.

Mercredi : elle va avec Georges Counet à la projection privée d'un film américain, produit par le producteur de *L'Adieu au cow-boy*.

Jeudi : elle dîne avec son éditrice et Fabienne pour parler de leurs intérêts communs.

Vendredi : elle a un dîner qui l'ennuie d'avance, mais qui est très important sur le plan relationnel.

Samedi ? Miracle ! Elle est libre !

Vincent qui, jusque-là a rongé son frein, saute sur l'occasion :

– C'est merveilleux ! Tu vas pouvoir venir avec moi à « La Parenthèse » voir ma famille au grand complet.

Silence. Soupir. Pavé dans la mare.

– Je suis désolée... j'aurais été ravie... mais honnêtement... je préférerais profiter de ton absence pour écrire non-stop. Tu me comprends ?

– Honnêtement... non !

Silence. Soupir. Pansement :

– Si tu reviens dimanche, on pourrait se voir...

– Certes !

– À quelle heure ?

– Celle qui t'arrangera.

– Vers 3 heures. Comme ça, je pourrai encore travailler toute la matinée.

Silence. Soupir. Nouveau pansement de Lou :

– Mais d'ici là, on va pouvoir se téléphoner, s'envoyer des SMS. Et des mails.

– Volontiers... si tu as un petit moment de libre...

Silence. Soupir. Question idiote :

– Tu es fâché ?

– Non ! Malheureux seulement !

– Il n'y a pas de raison. Je t'aime. Tu m'aimes. Le reste est sans importance.

– Tu crois ?

– Écoute... nous sommes fatigués tous les deux... nous risquons d'être maladroits... Je pense qu'il serait plus raisonnable que nous allions dormir.

– C'est ça ! Après nous être raconté un conte de fées pour adulte !

Après un sourire à l'élastique, Vincent tourne le dos à Lou. Quelques pas seulement le séparent de son immeuble. Il les franchit en sifflant un air que, dans son désarroi, Lou ne réussit pas à identifier. Pourtant elle le connaît bien. Il s'agit de « Il n'y a pas d'amour heureux ». Elle s'en souvient trois minutes plus tard dans sa voiture. À un feu rouge.

Elle ne fait pas demi-tour.

Chapitre 24

Dans la « succursale » vide, Lou est partout. Son odeur. Son ordre. Ses désordres. À elle. Vincent aère. Range. Retend les draps. Et puis bloque son portable, désactive son ordinateur. Enfile un vieux jogging. Referme les fenêtres. Va prendre son DVD-culte : *L'Homme tranquille*. Le virilissime John Wayne, à l'heure des cow-boys triomphants, y ramène à la maison – et à la raison – sa mégère enfin apprivoisée en la tirant par les cheveux. Cette scène est pour lui jubilatoire : l'illustration d'un fantasme, à l'état pur. Il en imagine l'adaptation au féminin. Horreur ! Il imagine l'inimaginable : une femme tirant par les cheveux, jusque chez elle, un macho musclé qu'elle a réduit quasiment à l'esclavage. Vision d'horreur ! Vincent s'interroge : « Créera-t-on un jour une association “ Hommes battus ” ? N'existe-t-elle pas déjà ? Ou une SPH – Société Protectrice des Hommes ? Ou encore une émission de télévision consacrée à “ Nos amis, les hommes ”. Et cette mode nouvelle des crânes chauves ? N'a-t-elle pas été lancée par des mâles chevelus, soucieux de soustraire leurs trésors capillaires aux vengeances féminines ? Après tout, Dalila a ouvert la voie avec Samson ! »

À cette idée, Vincent se surprend à rigoler. Oui, se surprend : quand il est rentré tout à l'heure dans la « succursale », il ne s'en serait jamais cru capable. Il est content de lui. Morbleu ! L'homme sera toujours l'homme ! Comme pour se le confirmer, Vincent va se servir derrière le bar « la petite rincette du Père Vanneau » ; la boit cul sec ; claque sa langue dans sa bouche ; s'étire en rugissant comme un lion ; va dans sa chambre ; retend les draps du lit ; prend le deuxième oreiller – celui de Lou – avec l'idée de le jeter par terre mais... des souvenirs s'en échappent et... Le voici devant son ordinateur réactivé, en train de lire : « Je viens de rentrer chez moi. J'ai choisi de t'écrire plutôt que de te téléphoner, de peur d'entendre dans ta voix ce que dans ma voiture, après t'avoir quitté, j'ai baptisé tes “ grincements ”. Rassure-toi : je suis consciente d'avoir les miens. C'est normal. Comme presque tous les couples, nous sommes les deux pièces détachées d'un tout qu'on voudrait compact et lisse. Mais nous, en plus, nous avons été fabriqués dans deux “ usines ” familiales très différentes. Ce qui nous oblige, toi comme moi, à des ajustements, forcément générateurs de grincements. Moi, je suis prête à m'“ ajuster ”... dans la mesure de mes moyens, convaincue contre nos vents et nos marées spécifiques, que nous sommes bien deux moitiés de la même orange.

« Je t'aime... Évidemment ! »

Lou, à propos de leur couple, évoque dans son message deux pièces détachées. Elle est loin du compte. Pour le moment, Vincent, lui, en aligne beaucoup plus : un cœur qui fond. Une tête qui se rebiffe. Un corps qui se souvient. Deux mains qui se tendent vers l'ordinateur. Et des yeux où danse l'image séduisante de John Wayne, le misogyne, le dompteur.

Au terme d'un affrontement assez bien équilibré entre ses composantes, Vincent finit par offrir la victoire à John Wayne : il va se coucher, branche sa télé sur Eurosport, tombe sur un extrait d'un match de rugby féminin, imagine Lou en demi de mêlée, zappe, zappe, zappe. S'arrête sur *Autant en emporte le vent* et s'endort... en s'imaginant, lui, en Rhett Butler.

Il se réveille le lendemain avec, comme d'habitude, les informations de 7 heures sur la radio. Le petit poste le suit dans la salle de douche. C'est là, qu'en se rasant, il entend une chroniqueuse évoquer « le parcours exemplaire du docteur Marie-Anne Maurin-Gautier, la célèbre psychothérapeute dont l'incinération aura lieu ce matin en présence de son mari et de sa fille, la romancière Lou Gautier ».

Vincent avait oublié cette cérémonie qui à différents titres doit toucher Lou beaucoup plus qu'elle ne le lui a laissé paraître. Il est pris de remords. Veut plaider sa cause par écrit, mais, mauvais avocat de lui-même, s'embourbe entre le « trop » et le « pas assez ». Au bout du dixième brouillon jeté dans la corbeille, il décide de descendre dans son bureau et d'y attendre l'inspiration... ou peut-être un nouveau signal de Lou.

Il travaille toute la journée avec un œil sur l'ordinateur et une oreille sur le portable. Rien ! Enfin... rien de ce qu'il attend... jusqu'à ce nouveau mail à 18 h 58 : « J'ai reçu cinq sur cinq ton absence de message. Je n'ai jamais entendu un silence aussi bruyant que le tien. Je suis triste. Je ne suis pas encore déçue. Mais, telle que je me connais, ça ne va sans doute pas tarder. Lou. »

Vincent encaisse le coup. Respire le seul anesthésique contenu dans cette potion au vitriol : « Je suis triste. » Courage ! Tant qu'il y a de la tristesse, il y a de l'espoir. Tant qu'il y a de la hargne aussi. Finalement, en amour, il n'y a que l'indifférence qui est irrémédiable.

Requinqué par cette évidence, Vincent décroche son téléphone. En même temps, son portable miauleur se déclenche : il lui donne la priorité, sûr déjà qu'il va trouver au bout du fil...

– Lou, mon amour ?

– Non ! C'est Bruno, ton pote !

– Ah...

– Désolé !

– Je suis pressé. Qu'est-ce que tu veux ?

– Simplement te rappeler que nous allons ce soir au Fouquet's.

– Au Fouquet's ?

– Pour le baptême d'un nouveau cru de champagne dont tu es le parrain : « La bulle du cow-boy ».

– Merde !

– Tu avais oublié ?

– Complètement !

– Tu as pris d'autres engagements ?

– Non... Oui... Je ne sais pas... Attends... Je te rappelle dans dix minutes.

Vingt secondes plus tard, il s'annonce à Lou à travers le même portable, en l'occurrence abusivement miauleur :

– Ah c'est toi ! Enfin ! aboie-t-elle, juste au moment où je pars !

– Où ça ?

– Eh ben... chez Gloria ! Je te l'ai dit hier.

– Oui... mais je pensais que tu avais peut-être changé d'idée.

– Il n'y a pas de raison ! D'autant moins que ce soir, tu es occupé aussi. Je l'ai lu dans le journal. Je n'en croyais pas mes yeux ! Tu as quand même un sacré culot : me reprocher hier de ne pas être libre ce soir, alors que toi...

– J'avais oublié. C'est Bruno qui vient de me le rappeler et je voulais me décommander. C'est pourquoi je t'appelais, au cas où tu...

– Ah non ! Ça, moi, pas question !

– Et demain ?

– On ne va pas recommencer la scène d'hier : jusqu'à vendredi j'ai des obligations acceptées de longue date, tous les soirs. Samedi, toi, tu es dans ta famille. Et dimanche nous avons rendez-vous chez toi vers 15 heures. Par la suite, on pourra essayer de s'organiser pour se voir plus souvent. Mais là vraiment, je n'ai pas le temps de discuter. Je vais être en retard. Et j'ai horreur de ça. Gloria aussi. Alors, je te quitte, je te souhaite une bonne soirée et je te dis...

Merde !

Lou n'a pas entendu l'explosion « cambronnesque » de Vincent. Il avait raccroché avant. Elle, elle a cru les télécoms responsables de cette brusque coupure. Elle a regardé sa montre. Elle ne l'a pas rappelé. Vincent, lui, a rappelé Bruno et lui a demandé de venir le chercher.

La première question de Bruno en voyant Vincent n'est pas : « Comment ça va ? » mais « Qu'est-ce qui ne va pas ? ».

Vincent lui expose les faits. Bruno en tire la conclusion :

– Tu réagis comme ton père... disons comme un homme d'hier, amoureux d'une femme d'aujourd'hui.

– Enfin... elles ne sont pas toutes comme ça !

– Bien sûr ! Il y a pire ! Entre autres, le paquet d'andouilles qui l'ont précédée !

– Elles avaient au moins l'avantage d'être là, quand je voulais, où je voulais. Tandis que Lou...

– Elle travaille et elle aime ça ! Elle te cocufie avec son stylo et son ordinateur ! Ça vaut quand même mieux qu'avec son masseur et son dentiste !

– Elle pourrait quand même...

– Quoi ? Sacrifier la carrière qui s'ouvre devant elle après quinze ans de déceptions, à cause d'un mec qui, entre nous, ne sacrifierait pas la sienne pour elle ?

– Il n'est pas question de sacrifier, il est question...

– D'ajustement ! Comme Lou te l'a écrit. « La malitude » – pour plagier une de nos célèbres mutantes – est non seulement démodée, mais en voie de disparition.

– Je le sais aussi bien que toi. Et depuis aussi longtemps. C'est pour ça que nous avons été obligés de renoncer à notre club « Ni brutes. Ni soumis ».

– Pour ça aussi que ta *Tarzane*, venue trop tard, n'a pas trouvé d'écho dans le public, alors que *L'Adieu au cow-boy* a triomphé.

– Je suis au courant, merci !

– Alors, ne t'étonne pas de l'attitude de Lou. Elle est celle d'un homme d'autrefois !

– C'est ça ! Et moi, je suis une bobonne ou une pute, au service de ma seigneure et maîtresse !

– Non... parce que toi, tu as une activité. Même deux ! Donc, tu ne dépends pas de ta partenaire financièrement.

Après une seconde de réflexion, Bruno ajoute :

– En tout cas, pour le moment !

Vincent ne supporte pas cette condition restrictive :

– Jamais ! s'écrie-t-il. Jamais je ne pourrai être un maquereau. Pas davantage un prince consort. Un prince qu'on sort. Un « Sois beau et tais-toi ».

– D'accord ! Mais jamais non plus, tu n'aurais pu tomber amoureux de Lou, si elle avait été une des Marie-bécasses, des Marie-pétasses, des Marie-beigeasses qui ont défilé dans ton lit. Même pas ! Dans ton canapé-lit ! Je me trompe ?

Vincent se contente de répondre par un haussement d'épaules.

– Donc, poursuit Bruno, tu aimes Lou en dehors de ses signes extérieurs de réussite. Tout simplement parce qu'elle est bel et bien ta moitié d'orange et non une mandarine à pépins, coincée dans ta moitié de pamplemousse... en voie de dessèchement !

Faute d'arguments pour contrecarrer Bruno, Vincent argue de sa fatigue pour l'inviter à partir au plus vite afin de revenir au plus tôt.

À peine sont-ils dans la voiture que Bruno, toujours à l'affût d'informations et de potins, met la radio et va de station en station jusqu'au moment où il s'arrête en entendant une voix légèrement laryngée qu'il identifie aussitôt :

– Tu le reconnais ? demande-t-il à Vincent.

– Non.

– C'est « Gorge en feu ».

– Georges Henfeux ?

– Non ! Gorge en feu : c'est la nouvelle idole des jeunes !

– Drôle de nom pour un chanteur !

– Pourquoi ? Y en a bien un qui s'appelle Grand Corps Malade.

– Ça c'est vrai ! Pourquoi pas aussi « Pieds qui puent » ou « Fesses à l'air » ?

– Tais-toi, bon sang, il vient de parler de Lou !

– Qu'est-ce qu'il dit ?

Bruno monte le son. Vincent ralentit. Ils entendent :

– Ouais... c'est elle qui a écrit *L'Adieu au cow-boy*, un bouquin sur les machos, très chouette ! C'est la fille d'un pote à mon père. Un jour, pour l'anniversaire de mes dix ans, elle a écrit un truc – genre poème – ça commençait par :

Ne les crois pas quand ils te disent
que l'enfance est un paradis.

« J'avais pas tout compris, mais ça m'avait bien plu. Je crois que j'étais un peu amoureux d'elle à l'époque. Sûrement même... parce que j'ai gardé son poème dans ma boîte à secrets et quand je suis devenu chanteur, j'ai tout de suite eu l'idée de le ressortir pour mettre de la musique dessus et que ça devienne une chanson. Je vais la chanter demain pour la première fois au Zénith. Je sais qu'elle y sera, mais elle est au courant de rien. Elle va avoir une vache de surprise ! Je peux le dire. Parce que je sais qu'à cette heure-là, elle écoute pas la radio, elle bosse. Peut-être qu'elle m'écrit une autre chanson. Ça serait chouette ! J'aimerais bien qu'on fasse équipe !

Simultanément, Vincent sourit coincé et Bruno coupe le son de la radio en demandant :

– Tu n'étais pas au courant ?

– Non !

– Ce n'est pas grave.

– ... Non. Pas très.

Pendant l'heure et demie que Vincent et Bruno, collés comme des siamois, passent au cocktail-baptême de « La bulle du cow-boy », Vincent a trois occasions de sourire coincé et en conséquence Bruno les trois mêmes occasions de lui assurer à mi-voix que « ce n'est pas grave ».

La première occasion : quand Tapsy, amicale à l'excès, lui confirme qu'une chaîne de télévision a confié à Lou une séquence dans une émission littéraire. Drôle, non ?

La deuxième occasion : quand un photographe aborde Vincent pour lui remettre dans une enveloppe cachetée une photo de Lou, lui explique-t-il, qu'il a prise du temps où elle était mannequin... il y a une douzaine d'années, et qu'il a promis de lui envoyer... il y a une huitaine de jours... au téléphone... Ah oui... ils se téléphonent souvent... ils sont restés très copains... Pourquoi « restés » ?

La troisième occasion : quand Vincent et Bruno ont croisé, pas du tout par hasard, l'« homme aux myosotis ». Eux, gênés. Lui, parfaitement à l'aise, espérant que Vincent a « forgetté ses *forget me not* ». Il réitère son désir d'acheter les droits du premier livre de Vincent. D'autant plus qu'une vieille amie, emballée elle aussi par *Pourquoi elles ne te ressemblent pas toutes, Maman ?*, souhaiterait coproduire le film avec lui. Le nom de cette femme de goût ? Gloria... Oui ! La star des soutifs ! C'est Lou Gautier qui lui a offert le livre. Le monde est petit, non ? Dernier sourire coincé de Vincent. Dernier « Ce n'est pas grave » de Bruno.

À nouveau dans la voiture, Bruno a remis la radio, avec l'approbation grinçante de Vincent :

– Tu as raison : au cas où il y aurait encore un message subliminal de notre célébrissime amie !

Pendant tout le trajet du retour, Bruno a cherché l'argument adoucissant qui permettrait à Vincent d'avaler l'arête d'amour-propre plantée en travers de sa gorge. En vain.

C'est Lou qui le lui fournit, sous la forme d'un nouveau mail envoyé à 23 heures, « juste avant de ne pas dormir » précise-t-elle, avant de commencer : « De même qu'il y a des couleurs qui ne vous mettent pas en valeur, il y a des sentiments qui vous desservent : ainsi pour toi, la colère et la tristesse. Au contraire, la légèreté, l'insouciance, voire une certaine ironie te rendent (presque) irrésistible.

« Ah ! J'oubliais : la rancune non plus ne te va pas du tout. Lou. »

Sur l'invitation de Vincent, Bruno a lu le texte en même temps que lui. Il réagit le premier. Violemment :

– Ben merde ! s'écrie-t-il, des filles comme ça, moi, je te le dis, ça ne se trouve pas sous le sabot d'une jument !

La seconde d'après, Vincent répondait à Lou :

« Et les regrets ? Et l'amour ? Est-ce qu'ils me vont bien ? »

Chapitre 25

Mardi. 7 heures.

À la place de la radio, c'est la sonnerie du téléphone qui tire Vincent de son sommeil. Puis la voix de Lou qui le réveille. Qui l'enchante. Qui l'émeut. Qui lui raconte de sa soirée avec Gloria la seule chose qui le concerne : la dame aux soutifs a adoré *Pourquoi elles ne te ressemblent pas toutes, Maman ?*. Comme tous ceux qui ont bénéficié, comme Vincent, de l'inégalable amour maternel, comme l'« homme aux myosotis » : ignoble « big mec », mais fils extasié. Il a contacté Gloria, une des rares femmes qu'il respecte, pour qu'elle coproduise avec lui le film qu'il voudrait tirer du roman de Vincent. Lou s'enthousiasme. Se défend d'avoir influencé Gloria. Mais évidemment, elle serre très fort sa petite bouée en bois pour que le projet se réalise. Et Vincent ? Il plane...

Mardi soir. Ou plutôt mercredi matin à 1 heure. Lou revient du Zénith, tout excitée :

– Tu sais quoi ?

– Oui, je sais, j'ai entendu le dénommé « Gorge en feu » parler de ta chanson à la radio.

– Ah bon ? Moi, je n'étais au courant de rien. Je suis tombée des nues. Et puis après, quand il a signalé ma présence aux spectateurs et qu'ils m'ont applaudie, je me suis mise à pleurer, comme une gourde ! Et Papa aussi ! Ça m'a donné envie d'écrire d'autres chansons... Si par hasard tu as des idées...

– Oui, justement, j'en ai une. Mais je crains que le titre n'ait déjà été employé.

– Qu'est-ce que c'est ?

– « Parlez-moi d'amour » !

Mercredi. 8 h 45, avant de descendre à son bureau. Vincent appelle Lou... vaseuse ! Elle a très mal dormi. Elle était tellement excitée par sa soirée. C'est terrible ! Elle ne supporte pas le manque de sommeil. Elle va être abrutie toute la journée. Elle va mal travailler et le soir, avec Fabienne et son éditrice, elle ne va pas aligner trois phrases. Heureusement que toutes les deux, elles sont comme elle, des couche-tôt. Mais quand même...

Mercredi. 22 h 45.

Lou soupire d'aise : elle vient de se coucher, crevée mais contente. Elle a bien tenu le coup pendant son dîner d'affaires. Son éditrice l'a approuvée de renoncer à « La Correctrice »... surtout pour se lancer dans la biographie de Gloria : les gens aiment tellement le vécu de nos jours ! Quant à Fabienne, elle avait déjà des idées de promotion pour l'auteur et son personnage : entre autres, bien entendu, un reportage à l'île de Sein...

Elles souhaitaient que le livre sorte, comme le précédent, fin septembre. Pour cela il fallait que Lou l'ait achevé à la fin juin. Donc à peu près dans neuf mois : le temps d'une grossesse. Normal. Ça devrait suffire, mais enfin... il n'y a pas de temps à perdre !

Jeudi matin.

Juste après le résumé des infos, Lou claironne à Vincent au bout du fil :

– Soldat ! Lève-toi, soldat !

– Eh ben, dis donc, tu tiens la forme, toi, aujourd'hui !

– Encore heureux ! J'ai dormi comme un loir. Et toi ?

– Comme quelqu'un qui pense à toi et à qui tu manques.

– Moi aussi tu me manques ! Quelle chance on a !

– Tu trouves ?

– Et comment ! Pense un peu à tous les couples où aucun des deux ne manque jamais à l'autre. Pis ! À ceux qui rêvent d'une absence future avec autant d'impatience que nous nous rêvons d'une prochaine rencontre... dans trois jours !

– C'est long...

– Merveilleusement long !

– Oui, d'accord, mais... pour tout t'avouer, j'ai envisagé de ne pas partir dans ma famille, samedi.

– Pas question ! Heureusement que tu m'en parles... J'allais oublier : Papa voudrait t'accompagner à « La Parenthèse ». Il faut absolument qu'il voie tes frères et qu'il prenne avec eux une décision, concernant leurs tableaux, tu sais...

– Oui, oui, je sais.

– Ça t'embête d'emmener Papa ?

– Non... on parlera de toi... c'est mieux que rien...

Jeudi. 22 h 30.

Message de Lou : « C'est moi. Tu n'es pas là ? Ce n'est pas grave. Je n'ai rien d'intéressant à te raconter : le film que je viens de voir m'a ennuyée. C'était de la science-fiction : je déteste. Georges Counet, mon agent littéraire, m'a ennuyée : il ne m'a parlé que d'argent : celui de ses clients. Celui de ses producteurs. Celui de leur production. Je déteste ! Il m'a montré les photos de plusieurs comédiennes (très connues, paraît-il, aux États-Unis) que le producteur envisage pour tenir le rôle qu'il m'avait proposé. Elles avaient toutes des têtes de mégère : j'ai détesté ! Franchement, est-ce que j'ai la tête d'une mégère, moi ? Rassure-moi s'il te plaît dès que tu rentreras. »

Jeudi. Minuit.

Nouveau message de Lou : « Toujours pas rentré ? Qu'est-ce que tu fabriques ? Je n'arrive pas à me souvenir si tu m'as dit que tu sortais ce soir. Sans doute que oui. En tout cas, quand tu rentreras, appelle-moi. Juste pour me dire que tu es là. Que tu t'es ennuyé sans moi. Que l'absence est à l'amour ce qu'est au feu le vent : il éteint le petit, il allume le grand. Enfin... des bricoles dans ce genre-là. Je t'aime. À tout à l'heure. »

Vendredi. 2 heures du matin.

Mail de Vincent à Lou dont elle ne prendra connaissance qu'à 7 heures : « Ne t'inquiète pas. Je t'ai trompée. C'est tout. »

Vendredi. 8 h 30.

La voix de Lou au bout du portable de Vincent. Calme. Sobre. Pondérée :

– Pourquoi tu as fait ça ?

– C'est trop complexe pour que je te l'explique au téléphone. Je t'en parlerai dimanche, quand...

– Non ! Aujourd'hui ! Je ne veux pas passer deux jours à me poser des questions.

– Je comprends. Malheureusement, aujourd'hui, j'ai des rendez-vous qui se succèdent sans interruption, y compris pendant le déjeuner, jusqu'à 19 heures.

– Très bien ! Je serai à ton bureau à 19 heures.

– Si tu veux, mais je te préviens : tu vas tomber sur les « deux sauterelles » et quelques-uns de leurs amis. C'est leur dernier jour ici. Elles ont organisé un petit verre pour fêter ça. Elles m'ont invité. J'ai accepté. Je ne peux pas, maintenant...

– Tu peux y rester une demi-heure et monter ensuite à la « succursale ». Je t'y rejoindrai.

– Mais, je croyais que tu avais un dîner important ?

– J'irai après. Je ne pense pas qu'on en ait pour longtemps.

– Dans ces conditions... d'accord ! À ce soir !

Vendredi. 19 h 35.

Lou attend depuis cinq minutes sur le palier de la « succursale ». Elle porte, sous un grand pashmina en cachemire blanc, un smoking en satin noir très strict, ouvert sur un bustier qui l'est beaucoup moins !

19 h 40 : coup d'œil sur la montre. Respiration yoga. Bruit d'ascenseur qui monte. Respiration yoga. Bruit d'ascenseur qui s'arrête à l'étage au-dessous. Respiration yoga. Sortie d'une petite trousse de maquillage. Examen dans la glace : à gauche. À droite. En haut. En bas. Un petit raccord sur le nez peut-être...

– Ne touche à rien ! Tu es ravissante !

La voix de Vincent, le cœur de Lou – ce con de cœur – qui saute. La voix de Lou – cette traîtresse de voix qui tremble :

– D'où tu sors ?

– De l'ascenseur que j'ai arrêté à l'étage en dessous.

– Pour m'espionner ?

– Simplement pour voir si tu étais furieuse, triste ou indulgente.

– Bravo ! Depuis ce matin je n'arrête pas de passer par ces trois états-là !

– Et présentement, quel est celui qui domine ?

– À ton avis ?

– Je te le dirai à l'intérieur.

Vincent ouvre la porte. S'efface pour laisser entrer Lou qui, déconcertée, tombe sur son père, manifestement content de la surprise qu'il provoque.

– Qu'est-ce que tu fais là ?

– Je suis venu témoigner... en faveur de maître Vanneau ici présent.

– Témoigner de quoi ?

– De son amour pour toi et de son innocence.

– Son innocence ?

– Il ne t'a pas trompée. L'idée ne l'a même pas effleuré. Il a voulu simplement tester tes réactions. J'ai été son complice, avant d'être son témoin : nous avons passé la soirée ensemble d'abord dans un nouveau restaurant, près de la galerie. Ensuite, dans un cinéma du boulevard Saint-Germain. Au cas où tu douterais de ma parole, voici les preuves de ce que je viens de te dire.

Édouard Gautier tend à sa fille l'addition du restaurant et les tickets du cinéma. Lou ne les regarde même pas. Au bord des larmes, comme une enfant punie à tort, elle demande :

– Mais... pourquoi ?

– Ça, ma chérie, il incombe à Vincent de te l'expliquer. Moi, mon rôle est terminé. Je m'en vais sur la pointe des pieds. Sans au revoir.

Édouard Gautier est déjà à moitié sorti quand Vincent lui rappelle leur départ pour « La Parenthèse » le lendemain matin à 8 heures, devant sa galerie. Au dernier mot, la porte d'entrée à peine fermée,

Lou se rue sur Vincent et déverse sur sa poitrine un torrent de larmes où coulent pêle-mêle sa colère du matin, sa tristesse de midi, son mépris de 16 heures, sa jalousie de 19 heures, sa joie de maintenant, son euphorie, et... Oh oui ! Son désir, décuplé par celui de Vincent qui, par une délicieuse perversité, multiplie les caresses, l'oblige à l'attente, la pousse à l'impatience, la contraint à la demande. À l'appel. À la supplique. S'il te plaît... encore ! S'il te plaît... encore... encore... Il poursuit le jeu jusqu'à la limite de sa propre résistance. L'arrête. Le reprend. L'arrête à nouveau. Le reprend... cette fois jusqu'à l'explosion de leur jouissance commune.

Extasiés, épuisés, Vincent et Lou reprennent leur souffle. Se détendent. S'assoupissent. Puis, soudain, perçant leur silence voluptueux, ce cri de Lou :

– Merde ! Mon dîner ! 22 heures !

Vincent ne peut s'empêcher de rire, surtout en voyant ses yeux affolés... et démaquillés par l'amour.

– À mon avis, dit-il, en te pressant, tu dois pouvoir arriver pour le dessert !

– Quelle horreur ! Qu'est-ce que je peux faire ?

– Me passer le nom et le numéro de téléphone des pauvres gens qui t'avaient invitée et qui actuellement, entre le saint-marcellin et le saint-honoré, s'étonnent que la petite Gautier ne soit pas venue... et surtout, surtout qu'elle ne se soit pas excusée... Ah ma chère... la nouvelle génération...

Quelques instants plus tard, avec un accent espagnol très prononcé, Vincent prie le maître d'hôtel qui lui a répondu de dire à sa patronne que la sienne « s'est fait rentrer dedans par un hidalgo. Si ! Si ! En voiture ! Qu'elle en a vu trente-six chandelles et qu'elle n'est pas encore en état de parler » !

Dès que Vincent a raccroché, Lou s'écrie, à

la frontière commune de l'admiration et de la réprobation :

– Tu es vraiment gonflé !

Vincent fait semblant de s'insurger :

– Tu ne vas pas me le reprocher ! Je viens de sauver ta réputation de femme bien élevée.

– Je ne pensais pas à ça.

– À quoi alors ?

– À ton mail laconique de 2 h 13 du matin ! Le maximum de mal dans le minimum de mots !

Vincent s'amuse à jouer les vieux poètes soi-disant inspirés :

– Ah ! C'est vrai : « Je t'ai trompée ! » la formule est excellente ! J'avoue d'ailleurs l'avoir cherchée assez longtemps.

Lou, très loin de l'état d'esprit de Vincent, n'entre pas dans son jeu et lui demande d'une voix lourde d'incompréhension :

– Mais enfin, pourquoi as-tu fait ça ?

Instantanément, Vincent redevient sérieux et lâche à regret :

– Parce que je t'aime.

Instantanément aussi, Lou fond au point qu'il ne lui reste plus que ces deux mots :

– Mon amour.

Vincent se ressaisit et complète sa précédente réponse :

– Parce que, aussi, j'en avais marre de passer mes soirées tout seul !

Chapitre 26

Édouard Gautier s'installe dans la voiture de Vincent. Celui-ci finit d'en nettoyer les vitres. Range son chiffon dans le coffre. Reprend sa place au volant. Découvre avec surprise un Post-it rose sous son essuie-glace. Se relève pour le décoller. Reconnaît l'écriture de Lou et lit : « Je ne veux pas te prendre en traître : je suis cachée dans le rétroviseur intérieur de ta voiture. J'entends tout. Je vois tout. Je te souhaite néanmoins un très bon voyage. Lou. »

Vincent réprime un sourire. Remonte dans son véhicule et remercie Édouard de lui avoir transmis le message de sa fille avec tant de discrétion.

– Je regrette de ne pouvoir vous transmettre aussi le regard qui accompagnait le message. Il était...

Vincent impatient coupe son interlocuteur pour suggérer :

– Radieux ?

– Pis ! Pour vous donner une idée, elle m'a dit : « Tu ne peux pas savoir... » Alors... j'ai su !

Vincent, ravi et gêné, savoure en silence, puis sacrifie de nouveau à sa curiosité :

– Elle ne vous a rien dit d'autre ?

– Si !
– Quoi ?
– Que vous me diriez... ce que vous vous êtes dit tous les deux, concernant le reste.
Vincent apprécie la formule d'une fossette complice et résume l'essentiel de leur conversation... d'après. L'organisation de leur vie en a été le centre. Il s'agissait de trouver un équilibre entre le temps qu'ils souhaitaient consacrer à leur profession et celui qu'ils devaient consacrer à leur amour. Vincent a décidé d'emblée de privilégier plutôt les plaisirs que le travail et a proposé comme « minimum de congé sentimental » : un soir par semaine plus le week-end. Six semaines de vacances réparties à volonté. Lou l'a écouté avec un tel intérêt qu'il a pu la croire d'accord sur tout. Puis, avec beaucoup de douceur et de lucidité elle a objecté... que dans les professions libérales qu'ils exerçaient, ils avaient le plus exigeant des patrons : eux-mêmes. En conséquence, il était bien difficile – sinon impossible – d'établir des horaires fixes pour célébrer le culte de Cupidon, sans nuire à celui de Thémis ou de Terpsichore.
– Conclusion ? demande Édouard Gautier sans guère d'illusion.
Résigné, Vincent énumère :
– Un acquis certain, pour cette année en tout cas : un mois de vacances dont une semaine dans l'île de Sein avec Gloria et une autre à « La Parenthèse » avec ma famille. Un acquis conditionné aux libertés de chacun : le week-end. Un acquis fluctuant : le soir de la semaine.
– C'est bien, répond Édouard avec conviction : la qualité, vous verrez, remplace avantageusement la quantité.
– C'est l'argument de votre fille.

– Vous le contestez ?

Vincent hésite sur la réponse. Édouard en devine la cause :

– En vérité, je pense que cet argument a pour vous un seul défaut : il vient d'elle ! Vous auriez préféré qu'il vienne de vous ; que ce soit vous qui lui imposiez et que ce soit elle qui s'y soumette.

Vincent se tait. Édouard insiste :

– Vous auriez préféré être le décideur. Le résultat aurait été le même, mais le macho originel que vous êtes, comme moi, aurait préféré avoir l'impression de commander. L'impression de reproduire avec Lou le schéma du couple de vos parents.

– Comment ça ?

– Un homme qui a l'illusion d'être le maître à bord et une femme qui dirige tout.

Vincent s'étonne :

– Ce sont mes frères qui vous ont raconté ça ?

– Non ! Pensez-vous ! Ils ne se sont aperçus de rien... comme vous ! C'est votre mère elle-même qui m'a confié sa recette, son « secret de bonne femme ».

– Mais quand ?

– Le soir de l'émission « Poings... d'exclamation ». Au moment où le chahut de vos admirateurs s'est déclenché. Elle a félicité votre père comme s'il en était l'instigateur et l'ordonnateur. Puis, elle s'est retournée vers moi pour me dire, exultant de fierté : « C'est moi qui ai tout organisé... avec Bruno ! »

Vincent n'est pas vraiment surpris. Il a toujours pensé que sa mère était plus maligne – plus madrée – que son père. Mais il pensait aussi – amour filial oblige – qu'elle était une exception ! Comme, dans des genres bien différents évidemment, madame Curie, madame de Staël, mademoiselle de Scudéry et quelques autres dont... George Sand. Vincent n'a pas prononcé ce nom par hasard, mais parce que...

– Elle est à l'origine de ce qui sera, j'espère, mon futur roman.

– Tiens !

– Grâce à vous.

– Diable ! Comment ai-je bien pu provoquer votre inspiration ?

Bien qu'habitué dans sa galerie à écouter et même provoquer les confidences des créateurs, Édouard reste intrigué par le processus de la création. Par le mystère de la petite graine qui va germer. En l'occurrence, pour Vincent, la petite graine a été l'idée d'Édouard de dire à l'un de ses clients intéressé par les tableaux des frères Vanneau qu'ils étaient l'œuvre de deux femmes. Les premières à pouvoir briguer les lauriers de Berthe Morisot... morte en 1895 !

Édouard s'étonne :

– Quel rapport avec George Sand ?

– En 2007, vous envisagez de transformer Victor et Valentin en dames pour augmenter leurs chances de réussite et dans les années trente (du 19e siècle !), Aurore Dupin s'est masculinisée en George Sand avec la même intention.

– Aujourd'hui, elle le regretterait sans doute.

– Justement, c'est ce que j'imagine pour mon futur roman : un auteur inconnu qui s'appelle Georges Sand et qui devient célèbre sous le pseudonyme de Georgette Sand.

– Pourquoi n'écrivez-vous pas ça comme une autobiographie ? Comme si vous étiez, vous, ce Georges Sand ?

Vincent réfléchit à cette suggestion. D'un côté, elle le tente : elle correspond à son caractère léger, son tempérament ludique. Mais d'un autre côté, elle le rebute. Il n'a aucune envie de jouer les cachottiers avec ses parents, ses frères, ou avec Lou.

Il hésite encore en franchissant le portail de « La Parenthèse », puis en sacrifiant aux rituels de l'arrivée : présentation. Poignée de main. Embrassades. Bourrades dans le dos. Le tout sur le fond sonore traditionnel : la santé ? Bonne ! La route ? Pas de problème ! Le temps ? Ça se maintient ! « Le Gosier sec » ? On te racontera. Ton boulot ? Je vous raconterai.

Bref, quand Vincent suit Bertrand dans la « datcha » de ses deux frères, il n'a toujours pris aucune décision concernant son éventuel changement de sexe à des fins commerciales. Les jumeaux, eux, oui : après avoir bien rigolé en s'imaginant, l'un en Marilyn Monroe, l'autre en Bécassine, ils ont refusé d'une même voix virile de « passer à l'ennemi ». Même pour des millions ! Même pour la gloire ! « Hommes par chance nous sommes, ont-ils déclaré solennellement, Hommes par goût nous resterons, envers et contre toutes. »

Après ça, bien entendu, Vincent ne s'est plus posé de questions. Il ne serait pas Georgette Sand, mais il écrirait l'histoire de ce traître qui accepte de l'être par opportunisme, pour marcher dans le sens du vent.

Édouard, en tant qu'homme, comprend et approuve le choix des trois frères. En tant que galeriste, il regrette celui des jumeaux.

– C'est dommage ! En dehors de toute question d'intérêt, mon client appréciait vraiment beaucoup vos tableaux.

Victor et Valentin s'insurgent à l'unisson :

– Parce qu'il les croyait peints par une femme ? Peints par des hommes, ils ne vont plus lui plaire ?

– Le talent a un sexe maintenant ?

– De vous à moi, répond Édouard, il en a toujours eu un : le nôtre ! Mais il est en train d'en changer tout doucettement.

– En littérature, la mutation a été plus rapide, remarque Vincent. Il y a maintenant plus de romancières que de romanciers.

– C'est vrai. Et en politique, j'ai l'impression que ces dames, depuis quelque temps, mettent à fond le turbo !

– Et comment ! s'écrie Vincent, bientôt il n'y aura plus dans les assemblées internationales que les Écossais pour porter la jupe !

Les jumeaux s'apprêtent à ajouter leur grain de poivre dans la misogynie ambiante quand ils sont interrompus par l'appel ancestral de leur mère :

– À table ! À table ! Ces messieurs sont servis !

Édouard salue cette formule anachronique, douce à ses oreilles de macho.

– Au moins, votre mère, elle, ne suit pas le mouvement.

– Si ! lui répond Vincent, mais à sa façon.

Pendant le déjeuner Madeleine Vanneau illustre à merveille le jugement de son aîné. Elle trône à la place d'honneur d'où elle donnera à ses sujets des ordres, enrobés du miel de ses compliments :

« Toi, mon Victor qui es si adroit, tu devrais déboucher le vin. »

« Toi, mon Valentin qui es si fort, tu devrais sortir les deux grands plats du four et les apporter sur la table. »

« Toi, mon Vincent qui parles si bien, tu devrais raconter l'histoire du “ Gosier sec ” à monsieur Gautier. »

« Toi, mon bonhomme, qui es le plus raisonnable et le plus compréhensif des maris, tu devrais expliquer à tes fistons et à leur ami les décisions que tu as prises, concernant notre commerce. »

C'est ainsi que Vincent a appris que ses parents – d'un commun accord, cela va de soi – ont changé leur fusil d'épaule : ils ne vont pas vendre leur « Gosier sec », comme ils en ont eu l'intention après le petit ennui de santé de Charlie. Réflexion faite, avec la hausse de l'immobilier, ils vont attendre que ça monte encore. Ils ont renoncé aussi à confier leur cher troquet à un gérant : le risque était trop grand de tomber sur un « Monsieur je sais tout qui ne saurait rien », qui ferait fuir les clients et coulerait leur fond. Finalement...

– Explique-leur, toi, mon Charlie, tu sauras mieux que moi.

– Oh ben, c'est simple, j'ai eu peur que Mado soit comme une âme en peine à la maison : vu que madame Brive s'occupe de toutes les tâches ménagères et que moi, maintenant, du matin au soir, je suis dans mon atelier.

Intervention admirative de Mado pour éclairer la lanterne d'Édouard Gautier :

– Mon mari fabrique des modèles réduits d'avions. De véritables œuvres d'art... Tenez ! Vous qui êtes de la partie je suis sûre que ça vous intéresserait.

– Certainement.

– Mon mari vous les montrera tout à l'heure.

– Avec plaisir.

Après cet aparté, madame Vanneau s'empresse de remettre son mari sur le chemin du « Gosier sec » où, avec sa gentillesse habituelle, il lui a proposé de retourner non plus pour y travailler, mais pour surveiller le travail des serveuses. Ça y est ! Voilà Charlie sur la voie :

– Surtout une des serveuses : la nouvelle ! précise-t-il.

– Je la connais ? demande Vincent.

– Peut-être quand elle était au berceau : c'est la fille cadette de madame Brive, la nièce de ton Églantine.

– Mais vous aviez déjà l'aînée ?

– Oui. Maintenant on a la paire. Une belle paire, ma foi ! Deux gaillardes comme leur mère, mais bien plus malignes qu'elle ! Moi je te le dis, elles en veulent, ces deux-là !

– C'est pourquoi, commente Mado, je suis obligée, tu comprends, d'avoir un œil sur elles.

– Et même les deux ! affirme Charlie.

Et voilà ! Même « Le Gosier sec », fief masculin par excellence, est passé sous contrôle féminin. Ce n'est pas pour autant qu'il va devenir un salon de thé, bruissant de papotages, sur la mode, la diététique... ou le sexe. Non, il deviendra plutôt un « expo-café ». Un établissement où les consommateurs – connaisseurs ou non – pourront découvrir les œuvres des peintres – amateurs ou non. L'ancien « Gosier sec » pourrait s'appeler par exemple : « L'Art et le Vin ».

Bien sûr, c'est une idée de Mado... et c'est Charlie qui en parle à Édouard Gautier, tout en lui montrant innocemment ses remarquables miniatures. Et c'est Édouard Gautier qui, en fin de journée, en parle à Vincent, venu l'accompagner jusqu'à la gare d'Angers où il va prendre le train en direction de Paris... et de Pénélope !

Et c'est Vincent qui, en rentrant à « La Parenthèse », en parle à ses frères qui, bien entendu au courant, lui coupent la parole et lui tendent un Post-it rose qu'ils ont prétendument trouvé sous la table de la salle à manger et qui semble lui être destiné. Ils ricanent comme deux mômes pendant que leur aîné extasié, comme un collégien, reconnaît l'écriture de Lou : « 13 h 30 : je suis actuellement dans les yeux de ta mère. Comme ils s'agrandissent chaque fois qu'elle te regarde, j'y suis plus au large que dans ton rétroviseur et je t'y vois sous un angle encore plus avantageux ! C'est trop ! Je suis éblouie... Je vais mettre des lunettes de soleil. À bientôt. Lou. »

Le soir, seul dans sa « cabane », Vincent téléphone à sa bien nommée « correspondante ». Ils échangent d'une même voix chuchotée les mille petits riens qui n'ont vraiment d'intérêt... que pour les intéressés !

En complément de programme, Vincent trouve sous sa lampe de chevet, au moment de l'éteindre, un nouveau Post-it rose. Il y lit ces quelques mots, simples comme l'amour : « Endors-toi vite, mon ange, mais rêve lentement. »

Lou fut exaucée. Le lendemain matin au moment de partir, c'est sous son essuie-glace que, presque sans surprise, Vincent voit le quatrième Post-it de Lou : « Me voici de nouveau installée dans ton rétroviseur. Je suis bien contente de rentrer et de te revoir, enfin les yeux fermés ! »

Vincent range dans son portefeuille ce quatrième Post-it avec les trois précédents qui eux-mêmes avaient rejoint les quatre premiers : ceux découverts au lendemain de leur rencontre, dans la salle de bains de la « succursale », ceux qu'il a pliés et assimilés aux quatre feuilles d'un trèfle porte-bonheur.

Comme par hasard, les parents de Vincent se sont inventé des raisons impératives de ne pas l'accompagner jusqu'à sa voiture. Vincent leur en a été reconnaissant : ça lui a permis d'embrasser son rétroviseur, sans complexe !

Chapitre 27

– Allô, Lou ! Je sais que tu ne peux pas me répondre, puisque tu es dans mon rétroviseur ! Mais justement, je te téléphone pour te dire que tu vas pouvoir en sortir et... entrer à la « succursale ». J'y serai à peu près dans un quart d'heure, mais en vérité, je t'y attends depuis... depuis que je t'ai quittée. C'est simple. Simple comme « Je t'aime ». Et comme « À tout de suite » !

Effectivement, un quart d'heure plus tard, Vincent pointe le capot de sa voiture devant le porche de son immeuble, fermé parce que c'est dimanche. Il a à peine ouvert sa portière de voiture qu'il entend un coup de sifflet strident. Il sort, tourne la tête à droite, à gauche : la rue est déserte. Il se dirige vers le porche et entend un nouveau coup de sifflet, plus insistant que le premier. À tout hasard, il lève la tête et voit sur le balcon du deuxième étage – celui de l'appartement à usage fonctionnel – cinq filles. Dont Lou. Toutes portant casquette et bleu de travail. Mais pas façon Chanel. Authentiques : tachés, avachis, poussiéreux. Deux d'entre elles sont plutôt petites, les deux autres, plutôt grandes. Toutes les quatre sont costaudes et aussi exubérantes verbalement que gestuellement. Lou le rassure :

– Elles s'en vont. Tu peux rentrer. Je t'attends.

Le groupuscule – a priori féminin – s'égaille. Vincent gare sa voiture dans la cour et se dirige vers l'ascenseur. Au pied de l'escalier, il croise le quarteron en salopettes de travailleuses qui en descend. La première, avec une échelle ; la deuxième avec des pots de peinture ; la troisième avec des bâches ; la dernière avec en bandoulière une sacoche à outils. L'une après l'autre, elles passent devant lui au pas de course en lui lançant un « Salut Vincent ! Bonne journée ! » qui le laisse sans voix.

Dans une réaction virile, Vincent délaisse l'ascenseur et monte quatre à quatre jusqu'au deuxième étage. Là, Lou rayonnante en jogging blanc l'attend, l'invite au silence d'un doigt impératif sur ses lèvres et l'entraîne vers les bureaux fonctionnels occupés jusqu'à vendredi par les « deux sauterelles ». Et que voit-il ? Le « faux Empire » du premier bureau converti en vrai Ikéa. Les murs verts repeints en blanc, les sièges recouverts de tissu bariolé. Et qu'entend-il ? L'explication satisfaite de Lou :

– Ça sera mon « sers-à-tout », une pièce multi-usages, comme son nom l'indique.

– C'est ce que tu avais prévu, je m'en souviens. Le résultat est incroyable ! Je ne reconnais rien !

Vincent reconnaît encore moins le second bureau qui sera celui de Lou : du gris austère, il est passé à l'orange euphorisant et du désordre au dépouillement. Le mobilier est réduit à ce qui est pour elle l'essentiel : son long tréteau pour écrire ; sa chaise tournante pour changer l'angle de vue (et quelquefois celui de la pensée) ; son tourniquet à dictionnaires pour se documenter ; son divan et sa couette beige pour rêvasser. Par terre, le long des murs, des caisses contenant les tableaux, les lampes et les bibelots de son précédent domicile.

– Mes copines viendront les déballer et les installer demain.

– Mais c'est quoi, ces filles ?

– Des courageuses. Des pur-jus d'« En avant toutes ». À l'approche de la trentaine, ayant échoué dans diverses tentatives artistiques, elles ont décidé de se lancer dans le bâtiment qui manquait de bras. Elles ont appris des métiers jusque-là réservés aux hommes et sont devenues plombières, électriciennes, menuisières et... peintresses !

– Pauvres femmes ! Elles étaient si attendrissantes en infirmières, en sages-femmes, en modistes, en couturières, en brodeuses...

– En putes !

Vincent se contente de soupirer.

Lou se contente de compléter le CV de ses copines :

– Elles ont fondé une société de « bricoleuses professionnelles » qu'elles ont baptisée crânement : « Les manuelles ». Elles interviennent en groupe ou séparément. Elles croulent sous le travail. Néanmoins... je les ai contactées hier matin à 7 heures et leur ai expliqué le challenge que j'avais à leur proposer. Elles ont relevé le défi. Nous nous sommes retrouvées au bistrot en face de la galerie, juste après que tu as eu embarqué Papa pour « La Parenthèse ». Nous avons réglé les deux problèmes importants : le déménagement des quelques meubles qui m'étaient indispensables et le matériel qu'elles devaient emporter et puis... nous sommes parties dans leur camionnette, joyeuses comme... comme nous ne l'étions pas dans notre jeunesse !

Vincent apprécie et s'étonne :

– Tu avais les clés de l'appartement ?

– Non ! Mais depuis ta grippe, j'avais le numéro du portable d'Églantine. Notre projet lui a bien plu. Elle s'est montrée très coopérative. Elle nous a nourries et désaltérées toute la journée d'hier sur le chantier. Et ce matin, elle nous a préparé le petit déj dans la cuisine.

Vincent approuve et de nouveau s'étonne :

– Vous avez dormi dans l'appartement ?

– Oui ! Très peu mais bien : dans des sacs de couchage qu'on avait apportés. On a bien rigolé.

– Mais comment connais-tu ces filles ?

– Oh... il y a longtemps... c'était avant toi !

Après cette réponse-échappatoire, Lou jette un coup d'œil à sa montre et change brusquement le cap de la conversation :

– Une heure moins le quart ? Il est temps de monter à la « succursale ». Je meurs de faim. Pas toi ?

– Si ! Mais pour être franc, je n'ai pas très envie de manger les en-cas de ma mère. Ni ceux d'Églantine.

– Moi non plus ! Mais comme je n'ai pas davantage envie d'aller au restaurant, on va quand même monter pour regarder dans le congélateur s'il n'y a pas de quoi se bricoler un petit cale-boyaux.

– Tu crois ?

– Oui !

– Tu ne préfères pas...

– Non !

– Bien chef ! À vos ordres, chef !

Vincent ponctue sa réponse d'un garde-à-vous impeccable. Lou continue le jeu :

– On ne plaisante pas ! dit-elle. On évacue « mon » bureau. On va dans la cuisine prendre le pain frais qu'Églantine a acheté ce matin. On quitte l'appartement. On prend l'ascenseur.

Vincent s'amuse à jouer le troufion terrorisé par son commandant jusqu'au moment, où ayant mis le couvert, il recommence à questionner Lou sur ses sympathiques « manuelles » :

– Elles faisaient quoi avant ?

– Un peu tout et n'importe quoi. Comme moi. Comme tous ceux qui rêvent de se voir « en haut de l'affiche » et qui cherchent partout un escalator.

L'attention de Vincent est accrochée par ce dernier mot :

– L'escalator ? Moi aussi, malgré mes diplômes, je l'ai cherché... comme tous les ambitieux. Et j'ai mis un certain temps à trouver la première marche.

Cette fois, c'est l'attention de Lou qui est accrochée par le dernier mot.

– « L'Escalator » ou « La Première Marche » ? demande-t-elle à Vincent. Qu'est-ce que tu préfères comme titre ?

– Pour un roman ?

– Non ! Pour ma rubrique télé !

– Quelle rubrique ?

Lou se trouble et hache sa réponse :

– Celle que je vais avoir... à partir de janvier... Je me souviens de t'en avoir parlé... et même de t'avoir cité des titres... qu'on m'a d'ailleurs refusés.

– Ah ! mais alors, il s'agit de l'émission que l'autre soir au Fouquet's Tapsy m'a annoncée, dégoulinant d'aigreur à ton égard.

Lou lève ses yeux d'indulgente comblée :

– Pourtant, ce n'est pas important. Il s'agit simplement d'interviewer des personnalités sur ce qui a été pour elles, dans leur vie professionnelle, l'escalator... ou la première marche.

– C'est une bonne idée...

– En tout cas, comme tu as pu le voir, ça a l'air d'intéresser les journalistes.

– Ah bon ? Je n'ai rien vu.

Lou tente une marche arrière :

– Tant mieux ! Ça n'a pas d'intérêt.

Elle s'est entendue parler faux et ne s'étonne pas de l'ironique insistance de Vincent :

– Quelle gazette célèbre ton arrivée sur les ondes hertziennes ?

Lou marmonne la vérité, gênée comme d'un mensonge :

– *Le Journal du dimanche* !

– Mes compliments ! C'est formidable !

Vincent aussi parle faux et continue en affirmant :

– Je serais ravi de lire ce qu'on écrit sur toi. Tu as le journal, je pense ?

– Oui, mais...

Sauvée par le gong ! En l'occurrence un coup de sonnette qui surprend Vincent, mais visiblement pas Lou.

– Tu sais qui c'est ? demande-t-il, presque affirmatif.

– Oui. Tu peux aller ouvrir.

Vincent s'exécute et tombe nez à nez, si l'on peut dire, avec une tête de homard, émergeant d'un somptueux plateau de fruits de mer, tenu par l'une des « manuelles » à bout de bras et à bout de forces :

– Si vous pouviez m'aider, dit-elle, ça ne serait pas de refus !

– Oh ! Excusez-moi ! J'ai été tellement surpris... et ébloui !

Vincent s'empare du plateau, le dépose sur le bar-comptoir et se retourne juste au moment où Lou glisse des billets dans une poche de la livreuse occasionnelle. Mal à l'aise dans la peau d'un homme entretenu, il veut intervenir, mais Lou l'en empêche, prétextant que :

– C'est pour ta fête.

– Mais... ce n'est pas ma fête.

– Non, confirme la livreuse, avant d'ajouter, égrillarde : Mais j'ai l'impression que ça va l'être !

Vincent se fige. Lou se mord les lèvres. Sa copine esquisse une sortie puis se ravise :

– Oh ! quelle andouille ! s'écrie-t-elle, j'allais oublier le principal : *Le Journal du dimanche* !

Elle le sort de la poche kangourou de sa salopette. Vincent le lui arrache presque des mains pendant qu'elle s'adresse à Lou, sans une once de jalousie :

– C'est vraiment chouette ce qu'il t'arrive ! C'est un peu comme si ça m'arrivait à moi ! Ça me rappelle nos galères communes. À toi aussi, non ?

Le « bien sûr » bredouillé par Lou, accompagné d'un regard signalisateur en direction de Vincent, précipite le départ de la « gaffeuse malgré elle ».

À peine a-t-elle refermé la porte que Vincent commence à feuilleter le journal à la recherche de l'article sur Lou. Mais elle l'arrête :

– Tu le liras tout à l'heure. Les huîtres vont se réchauffer et notre impatience va se refroidir... S'il te plaît...

Vincent ne résiste pas à ce ton implorant. Ni à ses yeux tristes. Ni, dans une certaine mesure, à ceux du homard ! La preuve, c'est de lui qu'il s'inquiète en s'installant à table :

– J'ai l'impression qu'il a besoin d'un rien de mayonnaise.

– Pas de panique ! L'écailler m'a dit qu'il la mettrait derrière, dans un pot en grès.

– D'accord, mais où est le derrière d'un plateau rond ?

– Là ! s'écrie Lou en sortant le pot et... la carte de visite attachée à son couvercle, où elle déchiffre ces quelques mots : « Bonne journée. Bon " vous deux ". Signé : Les manuelles. »

Vincent répète, attendri :

– « Bon vous deux »... c'est joli comme expression.

– Oui... ça pourrait être un titre de chanson.

– À propos, ce matin dans la voiture j'ai entendu celle que tu as écrite.

– Tout le monde l'entend... sauf moi ! Il paraît que ça cartonne.

– C'est ton éminent compositeur qui te l'a dit ?

– Oui, il veut absolument qu'on en écrive d'autres ensemble.

– Pourquoi pas ?

– Oui, effectivement : pourquoi pas ?

Alors ? Pourquoi le dire, ce « pourquoi pas », avec un soupçon d'aigreur ? Pour éviter que Lou ne se pose cette question, Vincent enchaîne sans transition sur un hymne aux huîtres qu'il a déjà servi dans plusieurs dîners en ville et qui se termine assez platement par : « Les claires sont princières. Et les marennes... reines ! »

Lou apprécie exagérément et, avec le seul souci de maintenir la conversation hors des sujets à risques, confie à Vincent que sa mère l'a renseignée sur ses préférences huîtrières. Vincent objecte :

– Mais... tu ne connais pas ma mère.

– Si ! Je la connais et elle me connaît... à travers toi ! Ce qui m'a permis à moi de lui téléphoner pour lui demander ton plat préféré et à elle de me répondre sans problème.

– Mais quand l'as-tu appelée ?

– Ce matin. Au moment où elle partait pour l'église mettre trois cierges.

– Pourquoi trois ?

– Un à sainte Louise pour moi. Un à saint Vincent pour toi. Un à saint Amour... pour nous deux !

Lou s'amuse intérieurement et s'attendrit extérieurement de la tête de Vincent. La tête d'un cosmonaute en train de découvrir une terre inconnue. C'est un peu la même situation : jusque-là, Vincent a surtout fréquenté, et très fugitivement, des étoiles filantes... et allongées. Et voilà tout d'un coup qu'il débarque sur la planète des femmes debout. Des femmes qui travaillent. Des femmes qui gagnent. Qui prévoient. Qui organisent. Qui décident. Qui commandent. Qui gèrent. Qui briguent le pouvoir. Qui ont des pouvoirs...

Insensiblement, la pensée de Vincent passe du général au particulier : une femme qui au milieu de toutes ses activités pense à offrir à l'homme qu'elle aime sa gourmandise préférée.

Une femme qui l'a débarrassé en douceur de ses deux encombrantes consœurs et colocataires.

Une femme qui l'a protégé contre la rancune de Juliette Montroux, son ennemie jurée.

Une femme qui est l'auteur d'un best-seller.

Une femme qui à travers un film va peut-être atteindre le rêve américain.

Une femme qui a écrit un « tube ».

Une femme qui va recevoir les décorations les plus convoitées : le « On-vous-a-vue-à-la-télé » et le « ontavuàlatéloche ».

Aïe ! Cette dernière pensée vient de réveiller la mémoire de Vincent, juste à l'instant où, les agapes terminées, la table desservie, Lou lui chuchote dans l'oreille :

– Ton café ? Tu le veux... avant ? Ou... après ?

Vincent d'un geste de la main ajourne sa réponse et va chercher le journal, objet de sa curiosité... et de ses craintes.

Lou tente un ultime détournement :

– Tu ne veux pas le lire dans la chambre ?

– Non.

Vincent a répondu la tête déjà cachée par le journal ouvert. Il découvre sans broncher le titre de l'article qui s'étale sur trois colonnes en gros caractères : « Lou Gautier : En avant toutes ! » En revanche, Vincent serre les mâchoires en voyant les deux photos qui illustrent ce titre : sur la première, datant de dix ans, Lou intégralement nue a la jambe droite pliée pudiquement sur la marche d'un escalier et se la pommade avec une crème épilatoire dont un slogan optimiste affirme que « là où la crème Attila passe, le poil ne repousse pas ! ». Sur la seconde photo, récente celle-là, Lou, dans l'uniforme de rigueur : jean et tee-shirt moulants à souhait, enjambe deux marches d'un escalator, en souriant de toutes ses dents... de louve, ne peut s'empêcher d'ajouter Vincent, alors même que Lou vient se pelotonner contre lui comme un chat en quémandant son opinion :

– C'est une bonne publicité pour toi, dit-il sobrement. L'article est bien fait.

– Et les photos ?

– Très accrocheuses. Surtout la plus ancienne.

Le ton est tel qu'il justifie la question de Lou :

– Tu n'aimes pas ?

Après une courte hésitation, Vincent prend le parti de la franchise :

– Étant donné que je suis macho, donc vieux jeu et possessif, je t'avoue que te voir livrée à la concupiscence de mes congénères ne m'enchante pas vraiment.

– Je le craignais en effet... et dans une certaine mesure, je le comprends... mais...

Vincent lui coupe au bout de la langue les principaux éléments de sa défense : mais même les hommes maintenant se montrent à poil dans les publicités. Mais on en étale tout autant sur les plages et d'une façon beaucoup moins artistique.

Lou saute sur le dernier argument pour lui apprendre que la photo qui lui déplaît tant est la reproduction fidèle d'un tableau d'Auguste Renoir intitulé : *Baigneuse s'essuyant une jambe* et qui date de 1905.

– C'est le photographe qui t'a raconté ça ?

– Oui ! Depuis des années, il photographie des gens plus ou moins connus dans les poses et les tenues des modèles des grands peintres.

Elle ajoute, pas très à l'aise :

– Il va d'ailleurs sortir bientôt un album, basé sur ce principe-là.

– C'est-à-dire ?

– Eh bien... par exemple, sur la page de gauche, il y aura la photo du tableau d'origine et sur la page de droite la photo du même tableau mais avec des contemporains à la place des modèles d'autrefois.

– Et tu vas y figurer ?

– Oui... il devait même m'envoyer la photo du Renoir et la mienne. Mais je n'ai encore rien reçu.

Une image surgit dans la tête de Vincent : celle du photographe qui lui a remis l'autre soir au Fouquet's une photo sous enveloppe, pour Lou.

– À quoi ressemble-t-il, ton photographe ?

– Il s'arrange pour ressembler le plus possible à Yann Arthus-Bertrand ! Et il est ravi de s'appeler Arthur.

– Alors, c'est à moi qu'il a donné l'enveloppe avec prière de faire suivre. Je ne l'ai pas ouverte. Elle est dans ma chambre.

Ils y vont. Vincent tend l'enveloppe à Lou. Elle l'ouvre. Et ils voient... en plus des deux photos prévues, une carte de visite avec ces quelques mots explicites : « Heureux de t'annoncer, ma Loulette, que j'ai choisi ta photo pour la couverture de mon album... en cadeau de non-adieu ! »

Lou devance les questions de Vincent :

– Nous avons eu une aventure ensemble. Relativement longue... mais en plusieurs épisodes, très brefs. Importante pour lui. Intéressante pour moi. Voire intéressée sur le plan relationnel. Rien de plus. Tu me crois ?

– Oui. De toute façon, je n'ai pas la jalousie du passé.

– Tant mieux !

– Mais je ne comprends pas sa volonté évidente de vouloir me mêler à vos affaires.

– Parce qu'il te déteste.

– Pourquoi ?

– Parce que je t'aime.

– Mais...

– Et que du jour au lendemain, je l'ai quitté pour toi. Définitivement.

Après ça, Vincent et Lou ont échangé un de ces regards si rares où chacun voit dans les yeux de l'autre le reflet de ce qui est dans les siens. Un regard de collection !

Après ça... ils se sont embrassés. Enlacés. Jetés sur le lit.

Après ça... ce fut... la panne de Vincent ! Imprévisible. Incompréhensible. Passagère bien entendu. L'indulgence de Lou. La tendresse de Lou. La décision de Lou d'aller préparer deux bonnes tasses de café et de revenir les boire au lit, en regardant la télé pour se changer les idées... jusqu'à un certain point !

Après ça... Vincent a éteint la télé et deux minutes plus tard... s'est éteint lui-même pour la deuxième fois.

Après ça... Lou s'est efforcée – sans difficulté – à la légèreté. Elle a affirmé à Vincent que, comme le cœur, « le corps a ses raisons que la raison ignore ».

Vincent n'a pas été convaincu.

Du tout.

Chapitre 28

Vincent et Lou sont d'accord pour ne plus parler de « ça ». Mais ils sont incapables de ne pas penser à « ça ». À la fin de la journée, ils décident d'aller chez Machin, se joindre à la « bouffe-potes » du dimanche soir. Ils boivent en arrivant le « cardinal » de bienvenue. On parle politique. Forcément ! La veuve joyeuse de Machin trinque à la future victoire de Ségo. Vincent, plus par machisme que par conviction, trinque à sa défaite. Machin lui, vote « blanc » : un petit sancerre au-dessus des partis ! Lou, qui déteste ce genre d'ambiance « café du Commerce », en profite pour sortir discrètement et monter à son futur appartement reprendre des mesures, cette fois avec précision. Elle doit, selon le compromis de vente signé, y emménager en janvier. Il n'y a pas de temps à perdre.

Quand elle redescend au bistrot, Vincent est d'une gaieté à laquelle une bouteille de chinon aux trois quarts vide n'est visiblement pas étrangère.

Deux heures... et une autre bouteille plus tard, Machin retient Lou sur le seuil de sa porte pendant qu'un peu plus loin, Vincent arrose la grille d'un arbre.

– Je ne l'ai jamais vu comme ça, dit-il, un peu inquiet. Qu'est-ce qu'il a ?

– Le syndrome du cow-boy !

– Ah... et c'est grave ?

– Ça dépend.

Vincent, pantalon à peine fermé, se met à tonitruer : « Tiens ! Voilà du boudin ! »

Lou se précipite. Elle le persuade avec douceur qu'elle tombe de sommeil et qu'elle lui serait infiniment reconnaissante de chanter, rien que pour elle : « Dodo, l'enfant do ». Vincent s'exécute. Elle l'encourage... encore... Elle le félicite... encore... Elle le remercie... encore... Elle se souvient d'autres « encore », ceux-là incitatifs et voluptueux, prononcés par Vincent. Elle les chasse. Ouf ! Ils sont arrivés. Elle monte avec lui jusqu'à la « succursale ». Lui fait avaler un somnifère. Le dirige vers sa chambre. N'a pas besoin de le pousser pour qu'il tombe sur le lit... où il s'endort tout habillé, avant qu'elle ne referme la porte.

Elle se refuse à coucher comme au premier soir dans la chambre voisine, celle des jumeaux : la deuxième fois peut être le commencement d'une habitude... et ça, pas question ! Elle descend dans « son » nouveau bureau ; se glisse dans « sa » couette et avant d'éteindre « sa » lampe, regarde « ses » photos, c'est-à-dire celles d'Arthur, surtout celle qui va avoir les honneurs de la couverture de son album.

Lou transpose. S'interroge. Première question : si elle voyait dans les journaux ou dans la vitrine des librairies la photo de Vincent « artistement dénudé » (autrement dit : à poil !), serait-elle gênée ou flattée ? Réponse : ça dépend de l'œil qui le regarderait : celui d'un artiste ? D'un pur esthète ? Celui d'une femme concupiscente ? Ou celui d'un homosexuel émoustillé ? Devant la complexité des éventualités, elle poursuit son auto-interrogatoire. Deuxième question. Celle-ci d'ordre professionnel : aurait-elle un a priori – favorable ou défavorable – pour un auteur, en l'occurrence Vincent, qui s'afficherait en tenue d'Adam ? Réponse : défavorable. Même question, s'agissant d'un auteur femme. Réponse : pas d'a priori, compte tenu qu'il y a plus d'un siècle, madame Colette a dévoilé avec un égal succès tout à la fois ses fesses et son talent !

Rassurée par l'exemple de son illustre devancière, Lou s'endort avec sous ses paupières l'image pour elle attendrissante de son macho déboussolé par ces deux malheureux accidents de parcours.

Le lendemain matin, à 8 heures, ce même macho frappe résolument à la porte de Lou, s'annonce et entre en poussant une table roulante, chargée des diverses composantes d'un petit déjeuner fonctionnel : pas de rose dans un soliflore ! Ni de calumet de la paix sous la serviette ! Il est frais, dispos, le négligé de la coiffure est impeccable ; le décontracté chic de sa tenue d'avocat dans le coup, exemplaire ! Séduisant à souhait et faisant comme d'habitude assez bien semblant de l'ignorer, il va droit au but :

– Par ma faute... à cause de mes contre-performances d'hier après-midi, nous sommes dans une situation difficile.

Lou ne le laisse pas aller plus loin. Se moque gentiment de son ton solennel, si peu approprié à la circonstance, et ose cette comparaison :

– Un bulldozer pour écraser une puce !

Vincent hausse les épaules et s'entête à plaider coupable.

– Ça ne m'était jamais arrivé !

– C'est faux ! La première fois que nous nous sommes rencontrés...

– J'avais une excuse que je n'ai plus maintenant : ta frigidité.

Lou essaie de le rassurer :

– Tous les hommes que j'ai fréquentés ont eu ce genre de défaillance. Souvent à cause de moi d'ailleurs. Comme toi, je pense.

– Non ! Justement ! Tu n'y es pour rien. Je suis le seul responsable.

– Responsable de quoi ? D'une faute qui n'existe pas, qui ne m'a laissé aucune trace, aucun traumatisme, aucun complexe.

– À moi si ! Au point, comme tu as pu le constater, d'avoir voulu noyer dans le vin ces maudits souvenirs, ce qui ne m'était, là non plus, jamais arrivé !

– Rassure-toi ! Moi, dans le même genre de circonstances, j'ai eu droit à des réactions masculines encore plus idiotes : entre autres, un type qui se tapait à proprement parler la tête contre les murs et un qui ne s'arrêtait pas de sangloter comme s'il avait perdu un être cher !

– Mais... c'est un peu ça !

Lou, persuadée que Vincent plaisante, évoque en gloussant l'enterrement d'un phallus ! Il le prend très mal. Les rôles sont inversés : elle, la sérieuse, vire au léger. Lui, le léger, vire au sérieux. Le voici tout d'un coup au tribunal, avocat de la défense, plaidant pour sa propre cause :

– Vous, femmes, vous ne pouvez pas comprendre l'importance que nous, hommes, nous attachons à notre sexe. Nous, dès l'enfance, à l'école, on le mesure. On le compare. Vous, pas ! Plus tard, objet de fierté ou de honte, on se vante de ses prouesses ou on cache ses échecs. Vous, pas ! La preuve ? Toi tu n'as pas hésité à m'avouer ta frigidité ; moi je peine à parler de... mon rafraîchissement. Je le travestis avec des mots. Nous, hommes, nous bénissons l'arrivée du Viagra. Vous, pas ! Les féministes les plus acharnées n'ont jamais revendiqué un stimulant orgasmatique. Et pour cause ! Vous, vous pouvez faire semblant. Nous, pas !

Lou se garde d'applaudir, bien qu'elle ait eu vraiment l'impression que Vincent jouait un rôle, comme au théâtre. Comédienne à son tour, elle étale une noisette de beurre sur une biscotte avec une suavité en harmonie avec sa voix, quand elle demande à Vincent :

– Où veux-tu en venir au juste ?

– À ceci : je souhaite, dans notre intérêt, que nous ne nous rencontrions plus à la « succursale »... pour le moment.

Lou qui ne s'attendait pas à ça tombe le masque : elle a l'air si désemparée que Vincent s'empresse d'ajouter :

– Attention ! Pas de méprise ! Dans mon esprit il n'est pas du tout question d'une rupture. Seulement d'une interruption. Juste le temps de...

Lou, rassurée, vient au secours de l'avocat, en perte subite d'éloquence, pour cause sans doute de sujet qui fâche. Elle lui suggère pour terminer sa phrase :

– Juste le temps d'aller consulter un sexologue ? Qui te prescrirait du Viagra ?

– Ah ça ! Sûrement pas !

– Alors quoi ? Juste le temps de vérifier auprès d'une... ou de plusieurs « expertes » si les ratés de ta petite machine viennent vraiment de moi, exclusivement de moi ? C'est ça ?

D'un regard honteux, Vincent confirme les suppositions de Lou. Il glisse à ses genoux. Y enfouit sa tête d'amoureux repentant, puis la tourne sur le côté pour pouvoir lui dire, sans la voir :

– Je suis désarmé par ta lucidité. Ta tendresse. Ton indulgence. Ton calme – ou plutôt ton faux calme. Ton... ton...

– Attends ! Le mot que tu cherches, ça ne serait pas « amour » ?

Vincent se redresse et cette fois, ses yeux bien plantés dans ceux de Lou, il lui avoue :

– C'est affreux ! Tu vas me prendre pour un cinglé ! Voilà que j'ai envie de faire l'amour !

Lou prend une énorme respiration... et une énorme décision :

– C'est merveilleux ! Mais... il ne faut pas.

Comme un enfant, pensant être puni à tort, Vincent répète :

– Il ne faut pas ?

– Non ! Il ne faut pas risquer une nouvelle déception qui cette fois serait plus grave. Il faut que tu sois sûr de n'avoir aucun problème pour retrouver ta confiance en toi. Il faut laisser au temps... le temps d'élever ce mauvais moment au grade de bon souvenir.

– Tu crois vraiment ?

– Oui, mais j'ai du mérite, tu sais, parce que ça ne m'amuse pas du tout, mais alors du tout, de t'imaginer en train de sauter tes pétasses.

– Confidence pour confidence, ça ne m'amuse pas non plus.

– Tu me le jurerais ?

– Sur la tête de ma mère !

– Alors...

– Ça ne m'amusait pas tellement avant, mais... depuis toi, les filles...

– Il faudra les prendre comme un médicament ! Elles seront tes « viagrettes » !

Vincent soupire, étouffé de reconnaissance :

– Ne sois pas si gentille ma Mi-Lou Mi-Ga, supplie-t-il. Plus tu l'es, plus j'ai honte !

– Je ne suis pas gentille. Je suis intéressée. Je n'agis ainsi que pour te récupérer.

– Mais mon ange, je ne suis pas parti ! Sinon partiellement ! Le reste est comme avant. Non ! Encore plus fort qu'avant !

Lou se lève brusquement pour sortir d'une poche de son jean son porte-bonheur en bois : sa bien-nommée en la circonstance bouée de sauvetage ! Presque en même temps, Vincent brandit sa petite branche de chêne. Toute raide.

– C'est bon signe, dit-il, la fossette à nouveau optimiste.

En douce, Lou se refile un petit coup de bouée de sauvetage !

Pendant quinze jours, Vincent s'est astreint à des tests de virilité avec autant de conscience que d'ennui. Il a commencé par le moins risqué, avec une ancienne : la fausse Madonna.

Pour le deuxième test, il a choisi une « exigeante ». Et pour le troisième – le plus périlleux – un gros tas, classé au premier coup d'œil dans les rédhibitoires.

Eh bien, avec celle-là... pas plus de problème qu'avec les autres ! Vite fait. Mal fait, d'accord ! Mais fait – sans ratés, sans problèmes.

Vincent, récent quadragénaire, vient d'ainsi résumer à Bruno les résultats de « sa révision des quarante » et en tire à présent cette conclusion prudente :

– Bon pour le service, en principe ! Parce que au fond, malgré ce « sans faute », je garde une appréhension.

– Dans ce cas-là... attends encore un peu.

– Impossible ! Comme Lou le souhaitait, je l'ai tenue au courant de mes diverses expériences, le plus succinctement possible, tu t'en doutes. Elle a témoigné dans toutes ces circonstances difficiles d'une compréhension, et d'une patience vraiment hors du commun. Il n'est pas question que j'en abuse en lui réclamant un sursis.

Bruno relève le mot, presque plus choqué que surpris :

– Un sursis ! Je vous rappelle, Maître, que c'est le terme employé pour demander l'ajournement d'une peine... ou d'une corvée.

Vincent tardant à répondre, Bruno insiste :

– Ta reprise de contact avec Lou t'est-elle si pénible ?

– Elle m'inquiète, je te l'ai dit. J'ai peur d'être paralysé, comme un novice !

– Mais enfin... tu en as envie ?

– Dans ma tête, oui, follement ! Mais l'intendance me rend perplexe.

– C'est dingue ! Il n'y a aucune raison ! Puisque tu viens d'avoir la preuve par trois – ce n'est pas rien – que tu fonctionnes au quart de tour.

– Eh oui, je suis parfaitement conscient : il n'y a aucune raison. Et pourtant...

Et pourtant... le week-end, dans le cadre romantique à souhait d'une auberge campagnarde alliant rusticité et confort, vierge de tout souvenir, se solda par un fiasco total, en deux épisodes débilitants. Il fallut vraiment toute la diplomatie et l'amour de Lou pour que Vincent consente à ne pas considérer ce fiasco comme définitif.

Et pourtant... le deuxième essai que, d'un commun accord, ils décidèrent d'effectuer dans le cadre euphorisant pour Vincent de sa « cabane » au sein de « La Parenthèse », ce deuxième essai pour lequel Mado – au courant des problèmes de son aîné – avait mis la veille un cierge à la sainte du jour. Ce deuxième essai fut aussi catastrophique que le premier.

Et pourtant... le troisième essai – celui-là totalement imprévu – une espèce de va-tout, de dernière plaque jetée par Vincent sur le tapis de la chance, un matin de janvier où Lou devait enregistrer plusieurs de ses émissions « La première marche ». Ce troisième essai qui eut lieu dans le bureau de Lou où Vincent était quasiment entré par effraction avec l'espoir de la pénétrer de la même façon, ce troisième essai fut encore plus catastrophique que les autres.

Vincent s'est enfui avec sa honte, sans aucune excuse.

Lou s'est relevée avec sa colère. Sans aucune indulgence.

Néanmoins...

Elle regarda sur un coin de sa table à écrire la lampe fabriquée par la Pénélope de son père, lampe composée de deux grosses moitiés d'orange : l'une formant le socle fixe ; l'autre très au-dessus, formant l'abat-jour mobile de bas en haut. Elle remonta cette moitié-là, l'écartant au maximum de l'autre.

Néanmoins... Vincent, enfermé dans son bureau, sortit de son portefeuille les deux faux trèfles à quatre feuilles constitués par les huit Post-it roses de Lou, avec la ferme intention de les déchirer...

Et ne les déchira pas.

Chapitre 29

Vincent, comme avocat, et Lou, comme écrivain-people, travaillent à quelques mètres de distance dans le même appartement, mais s'arrangent pour ne s'y rencontrer que par hasard. Et encore... Quand ils se croisent, leurs échanges ne dépassent jamais la limite de politesse respectée par les indifférents.

Or, ils ne sont pas indifférents. Loin de là. Pour preuve, s'il en est besoin d'une, ce coup de téléphone que Lou, de l'extérieur, a passé hier à Vincent dès son arrivée au bureau.

– Bonjour ! C'est Lou.

– Merci du renseignement ! Mais, c'est bizarre, je t'avais reconnue.

– Je veux simplement te dire que mon nouvel appartement, tu sais...

– Oui, l'ancien de Machin... je n'ai pas encore oublié. Alors ?

– On va signer l'acte de vente demain. Les travaux sont à peu près finis. Alors, j'ai décidé d'aller y vivre. Et y travailler.

– Quand ça ?

– J'avais l'intention de profiter du week-end prochain pour y emporter, avec l'aide des « manuelles », bien sûr, les quelques meubles qui sont ici.

– Mais...

– Ne t'inquiète pas ! Je continuerai à payer les loyers d'ici jusqu'à ce que je trouve un ou deux nouveaux locataires.

– Ce n'est pas la peine de t'occuper de ça. Je connais des gens qui vont être ravis de prendre ta place.

– Vraiment ?

– Mais oui ! Je pense même que je pourrai leur demander une reprise pour les travaux de rénovation, effectués par tes « manuelles », il n'y a pas longtemps... à peu près trois mois.

– Trois mois et six jours aujourd'hui.

Silence. Puis la voix légèrement tremblante de Lou :

– Ah... tu as calculé aussi ?

– Oui.

– C'est drôle...

– Pas tellement.

Silence. Puis la voix exagérément enjouée de Vincent :

– Excuse-moi, mais il faut que je te quitte : j'ai mon chat qui s'impatiente.

– Ton chat ? Tu as un chat ?

– Oui. En peluche. Il s'appelle Mi-Lou. C'est ma mère qui me l'a offert.

Vincent a raccroché. Lou a pris la lampe de Pénélope entre ses mains. Elle a rapproché la moitié haute (celle de l'abat-jour) de la moitié basse (celle du socle). Il n'y avait entre les deux moitiés que l'épaisseur d'une main... tendue.

Le lendemain vendredi : Allô, Maman... bobo !

– La santé est bonne ? Alors, tout va bien !

– Non, Maman, tout ne va pas bien. Lou déménage pendant le week-end. Les deux bureaux seront vides. On se voyait peu. Mais je savais qu'elle était là. Tandis que maintenant, quand je vais passer devant ces deux bureaux vides...

– Attends, mon grand, j'ai une idée.

– Quelle idée ?

– Je te rappelle dans un quart d'heure.

– Mais...

Et un quart d'heure plus tard à peine :

– Allô ! Les jumeaux ? Non ! vous ne me dérangez pas, mais Maman doit m'appeler d'un instant à l'autre, et...

– On est au courant ! C'est elle qui nous a dit de t'appeler. Elle est partie pour « Le Gosier sec ». Enfin... pour « L'Art et le Vin ».

– Je ne m'habitue pas à ce nom !

– Nous non plus ! Mais les clients, eux, très bien ! Et Maman aussi ! Ça ne désemplit pas ! Elle est débordée : entre le commerce et la maison...

– Elle n'est pas raisonnable !

– Non, mais comme on ne la changera pas, on a décidé d'être raisonnables pour elle et de quitter « La Parenthèse ». Elle n'a pas été contre, d'ailleurs. Elle nous a même suggéré comme nous n'avons plus de femme de ménage à Chatou...

C'est Vincent qui termine la phrase :

– Elle vous a suggéré de venir vous installer pour travailler dans les deux pièces du deuxième étage que Lou a libérées, et pour dormir ou rigoler, à la « succursale ». C'est ça, non, la suggestion de Maman ?

– Ben... ce n'est peut-être pas une mauvaise idée, non ?

– Elle est aussi bonne que le titre de mon premier livre.

Sur la ligne se croisent les voix des trois frères Vanneau :

– Pourquoi elles ne te ressemblent pas toutes, Maman ?

Après avoir raccroché, Vincent continue à fuir la solitude et le silence en enchaînant sur un nouvel appel :

– Allô, Bruno, c'est Vincent... Qu'est-ce que tu dis ? Je t'entends mal... Où es-tu ? Évidemment sur ton portable... Mais où ? Tu ne peux pas parler... Bon ! J'ai compris. Rappelle-moi quand tu pourras... Oui... Sur mon portable... Je ne vais sûrement pas rester chez moi... À plus !

Quelle chance ! Cette fois c'est Vincent qu'on appelle. Il décroche aussitôt :

– Allô, Édouard ? Oh non ! Vous ne me dérangez pas. Au contraire ! J'avais envie de vous parler, mais... entre hommes ! Ah... Pénélope est avec sa fille... Alors, au bistrot d'en face ? Ah bon ! Vous préférez chez vous ? À l'« annexe » ? Oh oui ! Je me souviens. À tout à l'heure !

Vincent, en baskets et jogging, décide de courir jusqu'à la galerie d'Édouard, histoire de se déverrouiller les jambes, privées du moindre exercice depuis... eh oui ! Trois mois et six jours !

Il arrive à quelques mètres de la galerie, fatigué, essoufflé, et sans la satisfaction que lui procurait naguère l'effort accompli, la victoire sur soi-même. Là, il aurait plutôt tendance à penser : « À quoi bon, pauvre con ? » que : « Bravo ! Tu peux être fier de toi ! » Il s'octroie une pause récupération devant la vitrine de la galerie et y voit, en plein milieu, deux tableaux de ses frères. L'un représente une mère d'autrefois lisant un livre d'histoire à son petit garçon en costume marin. L'autre, une amazone en pantalon offrant un sex-toy à une ado en string. Le premier tableau a pour titre un vers de Rudyard Kipling : « Tu seras un homme, mon fils. » Le deuxième, le même vers pastiché : « Tu seras un homme, ma fille ! »

Vincent pense au « fommes » et aux « hemmes ». Et puis, il voit soudain Édouard, dans sa vitrine, lui montrer qu'il l'a vu et glisser à son intention dans le coin de chaque cadre un petit carton indiquant : « Vendu ».

– C'est vrai ? Ils sont vendus ? demande Vincent à Édouard, venu le rejoindre sur le trottoir.

– Oui, mais pas au client à la recherche exclusive d'une nouvelle Berthe Morisot... à un de vos admirateurs, figurez-vous.

– Vous plaisantez ?

– Du tout ! Un homme qui a adoré votre premier livre et qui rêve, m'a-t-il dit, de produire le film qu'on pourrait en tirer.

Vincent s'esclaffe comme à une bonne blague et s'exclame :

– Myosotis !

– Ce n'est pas le nom qu'il m'a donné. Mais ça pourrait l'être : il portait un myosotis à sa boutonnière...

– Il savait que les auteurs de ces tableaux étaient mes frères ?

– Oui, par une amie de Lou et surtout de la mère de Lou.

– Gloria !

– Oui.

Sans attendre la réaction de Vincent, Édouard s'engage dans la ruelle qui longe sa galerie, puis dans l'escalier qui monte à son « annexe », en avouant être encore étonné à son âge par les hasards de la vie. Les bons comme les mauvais. Il espère que la soirée qu'ils vont passer s'inscrira dans leurs deux vies comme un bon hasard et qu'ils se féliciteront de l'avoir un peu aidé.

– Je voudrais tellement vous être utile, dit Édouard en sortant la clé de son « annexe ».

– Utile à quoi ?

– À vous rendre la joie de vivre que vous avez perdue à cause de ma fille.

Vincent surpris attend d'être dans l'appartement pour répondre à Édouard :

– Votre fille n'est pour rien dans notre rupture... et ses conséquences. Vous le savez très bien. C'est moi qui...

– Vous êtes coupables tous les deux. Et tous les deux, coupables innocents.

– Comment ça ?

– J'ai vécu la même situation que vous, Vincent. À cette énorme différence près que ma femme ne m'a jamais aimé. Mais à part ça, du pareil au même. J'ai été l'amant fougueux et aveugle d'une étudiante hyperdouée qui avait financièrement besoin de moi. Après quoi, je suis devenu le mari impuissant d'une femme qui avait réussi.

– Vous !

– Eh oui ! Comme vous ! Et croyez-moi, nous ne sommes pas les seuls ! D'où le nombre croissant de célibataires hommes, en quête non pas d'une épouse qui risquerait de leur être un jour supérieure, socialement, financièrement ou intellectuellement ; mais en quête d'une nana-Kleenex qu'on jette après usage. Ou d'une bobonne à tout faire, qu'on garde faute de mieux.

Vincent s'étonne, assez choqué :

– Mais Pénélope n'appartient à aucune de ces deux catégories ?

– Par bonheur, non ! C'est une artiste... amoureuse de l'ombre... Autant dire, une exception ! Croyez-moi ! Et Lou que j'adore n'est pas, malheureusement pour vous, une exception. Elle a l'ambition de sa mère, décuplée par le fait qu'elle l'a nourrie en silence pendant quinze ans... et elle n'y renoncera pas... même pour vous !

– Je ne le lui demande pas.

– C'est tout à votre honneur d'amoureux admiratif. Mais à votre déshonneur de macho dominateur.

– Vous croyez vraiment que la crainte d'être dominé d'une façon ou d'une autre par une femme pourrait avoir un effet négatif sur la sexualité des hommes ?

– Celle des machos de notre espèce, en tout cas, oui !

– Tout d'un coup ? Comme cela m'est arrivé à moi ?

– Et à moi !

– À vous aussi : tout d'un coup ?

– Eh oui ! Après le premier passage brillantissime de ma jeune épouse dans l'émission phare de Bernard Pivot ! Ça lui a ouvert toutes les portes... et bloqué ma libido !

– Avec elle seulement ?

– Oui. J'ai vérifié, comme vous.

– Mais vous, votre... abstention est survenue à la suite d'un événement précis : l'explosion télévisuelle de votre femme. Tandis que la mienne n'a été provoquée par aucun événement, aucune image, aucune parole.

– En êtes-vous sûr ?

Le doute exprimé incite Vincent à fouiller dans sa mémoire à la recherche des dates de ses différents essais non transformés et des « incidents » qui ont pu les précéder.

Il fouille, il fouille, habilement piloté par Édouard. Et il trouve la date du premier ratage, celle-là sans difficulté : le dimanche de la transformation des deux bureaux du deuxième étage par les

« manuelles ». Il cherche ce qu'il s'est passé ce jour-là. Il se rappelle :

La jolie surprise du plateau de fruits de mer.

L'article du *Journal du dimanche*.

La nouvelle du succès de la chanson de Lou et de « Gorge en feu ».

Celle de leur future collaboration.

Vincent situe aussi facilement son deuxième ratage : l'auberge romantique. Là, en revanche, il extirpe difficilement de sa mémoire les souvenirs de leur arrivée : la patronne et les deux employées en train de regarder l'émission de Lou : « La Première Marche » qu'elles avaient pris soin d'enregistrer, qui étouffent un cri en voyant leur idole en vrai et lui demandent de leur dédicacer *L'Adieu au cow-boy*, devenu leur livre de chevet.

– Par la suite, demande Édouard Gautier, Lou a-t-elle évoqué cet accueil chaleureux ?

– Non ! Pas un mot !

– Preuve probable qu'elle en craignait les effets.

Vincent ne nie pas cette éventualité et aborde son troisième ratage, celui qui a eu lieu sur son terrain de prédilection : sa « cabane » de « La Parenthèse ». Sans doute le ratage le plus cuisant, parce que le plus chargé d'espoir. Par quoi a-t-il été précédé ? Par la rencontre dans l'atelier de Charlie d'un de ses vieux copains, amateur de photos d'art.

– Il avait apporté l'album du faux Arthus-Bertrand, explique Vincent, visiblement agacé par ce souvenir. Il voulait que Lou le lui dédicace. Et en plus... que je le photographie, moi, avec elle !

Édouard grimace et demande la suite :

– Une visite à « L'Art et le Vin » où une journaliste locale attendait Lou pour l'interviewer ; où ma mère l'a présentée à tous les clients avec une évidente fierté comme « l'amie de mon fils, l'avocat ».

– C'est tout ?

– Concrètement, oui. Mais... d'une façon impalpable...

– Quoi ?

– Une certaine connivence qui s'est établie entre ma mère et Lou. Connivence qui d'un côté m'a réjoui ; mais de l'autre m'a mis devant l'évidence d'un clan des femmes dont je me suis senti exclu et qui m'a agacé.

Les yeux d'Édouard, levés au ciel, montrent clairement à Vincent à quel point le galeriste comprend et partage ce qu'il ressent. La connivence entre les deux hommes est aussi flagrante qu'a pu l'être celle entre les deux femmes. Elle rend tout commentaire inutile à Vincent, déjà reparti sur la piste de son quatrième ratage.

Il est intervenu le 14 janvier, au lendemain d'une Fête du Livre en Anjou. Vincent y avait été invité par l'un des organisateurs, ami de ses parents. Lou s'y trouvait, elle, pour recevoir un prix décerné à un roman, le mieux adaptable au cinéma. Vincent, volontairement absent de la cérémonie, avait participé à la séance de signatures l'après-midi. Placé à côté de Lou, il avait eu tout loisir – c'est le mot – de contempler la file d'attente devant son stand et de rêver une fois de plus à la virilité triomphante de John Wayne... Rêve qu'il essaya de réaliser le lendemain matin à Paris en faisant irruption dans le bureau de Lou avec l'âme d'un conquérant. Hélas pour lui : seulement l'âme. Le reste demeura désespérément absent.

Édouard ne laisse pas le silence s'installer :

– Êtes-vous toujours aussi sûr que votre impuissance, ciblée sur Lou, est un phénomène spontané, sans aucun rapport avec elle ?

– Peut-être moins, mais...

– Mais vous avez du mal à croire que vous êtes victime d'un complexe d'infériorité vis-à-vis de

Lou, complexe qui s'est développé en même temps et à la même vitesse fulgurante que sa réussite.

– Cela a été votre cas avec votre femme ?

– Bien sûr ! Pour beaucoup d'hommes, moins attachés que nous aux prérogatives masculines, le succès de la femme de leur vie n'aurait pas plus d'importance qu'une piqûre de moustique, qu'un bouton. Pour les machos que nous sommes, c'est un anthrax !

– Pourtant, je vous jure que je suis fier des sentiments que Lou m'a témoignés.

– Je vous crois. Vous auriez supporté et même apprécié une certaine égalité entre vous. Malencontreusement, Lou a pris son envol au moment où vous, vous perdiez de la vitesse. Il y a eu alors inégalité de force entre vous, en sa faveur à elle. C'est ça qui vous a atteint... au plus intime de vous-même.

Vincent réagit virilement au diagnostic d'Édouard. Il ne le discute pas. Il éprouve le soulagement de n'importe quel malade apprenant qu'il n'est pas atteint d'une maladie inconnue, donc incurable, et se soucie immédiatement des éventuels remèdes. Édouard en suggère deux :

– Le premier : vous essayez, par un moyen ou par un autre, de reprendre dans votre couple avec Lou la course en tête. Ce qui vous permettra de couvrir votre déficit sexuel. Le second : vous renoncez carrément et définitivement à un avenir commun avec Lou – passionnel donc tumultueux – et vous cherchez le bonheur paisible avec une Pénélope admirative, dépourvue d'ambition.

Vincent opta sans hésitation pour le premier remède.

Mais où ? Mais quand ? Mais comment trouver la potion magique qui regonfle l'ego d'un macho ?

Chapitre 30

Vincent descend l'escalier d'Édouard avec ces questions dans la tête. Sur la dernière marche, Bruno l'appelle et... non ! Il ne lui apporte pas les réponses ! Mais enfin... il est surexcité. Il sort d'un rendez-vous musclé où Gloria et Myosotis ont témoigné d'une telle virilité, que lui, l'hétéro pur sucre, a dû monter sur ses ergots (de coq) pour ne pas virer Mimi Pinson ! Ils étaient en pleine discussion quand Vincent lui avait téléphoné avant le dîner.

– Tu ne pouvais pas plus mal tomber, explique Bruno. J'étais en train de négocier ton droit de regard sur le scénario et la distribution du futur film. Myosotis était prêt à te l'accorder, estimant, comme moi bien sûr, qu'un auteur doit rester maître de son œuvre. Et Gloria s'y opposait sous prétexte que dans le cas présent, le sujet te tenait trop à cœur pour que tu aies une opinion impartiale sur l'adaptation et les interprètes de « ton » histoire. Elle était sûre que tu allais les emmerder – donc les retarder – et qu'ils ne pourraient tenir les dates prévues pour le tournage. Enfin, après avoir donné à Gloria ma parole d'homme que je veillerais personnellement à ce que tu sois conciliant, elle a cédé. Tu me diras que tout ça...

Vincent, submergé par le flux verbal de Bruno l'arrête et le prie de recommencer ses explications par le commencement.

– Tu n'as pas compris ? s'étonne Bruno.

– Je n'ai pas osé comprendre.

Quand Vincent a compris, il n'a pas osé y croire. Mettez-vous à sa place. Il vient d'apprendre : que Gloria et Myosotis s'étaient mis d'accord sur les termes d'un contrat de coproduction, concernant le film : « Pourquoi elles ne te ressemblent pas toutes, Maman ? » d'après le roman de Vincent Vanneau ! Qu'un metteur en scène et un scénariste – aussi connus l'un que l'autre – avaient déjà été contactés et s'étaient déclarés par la suite séduits par ce projet. Qu'une vedette italienne, pressentie pour tenir le rôle de « Maman », était enthousiasmée par le livre. Que les dates de tournage avaient été envisagées de telle façon que le film puisse sortir à la rentrée prochaine.

Vincent a additionné le tout et retenu une chose : le cinéma allait lui ouvrir ses portes... comme à Lou ! Accroché à sa brindille de chêne porte-bonheur, il resta incrédule jusqu'au jour où Bruno agita devant lui, comme les drapeaux des jours de victoire, les contrats signés par le metteur en scène et le scénariste espérés. Quant à la vedette italienne, elle aurait déjà signé le sien si elle n'était pas actuellement en déprime pour cause de déboires sentimentaux. Pourtant, elle n'a vraiment pas la tête à en avoir. Il est vrai que Vincent non plus. Pas davantage Lou. Même si, depuis quelque temps, elle est moins rayonnante qu'avant, moins séduisante. Elle s'en fout. Elle n'a plus personne à séduire. Elle a trop maigri. Elle a les traits tirés. Les cheveux ternes. Elle dort mal. Fait son marché sur Internet. Ne sort plus que pour aller à la télé enregistrer son émission « La Première Marche ». En dehors de ça et de quelques heures de sommeil, elle travaille, mais avec un manque de concentration tel que son livre avance lentement et péniblement. Elle passe des heures à s'interdire de penser à Vincent, à s'interdire de lui téléphoner. Elle a repris le « vide-cœur » de son adolescence et le remplit de tout ce qu'elle s'interdit de lui écrire. Mais qu'elle espère quand même lui montrer un jour.

Les jours passent. Lou est presque contente d'être à présent pressée par le temps, de ne plus disposer que d'un mois pour terminer son manuscrit, d'avoir cette excuse pour ne plus répondre à son courrier – électronique ou non – et pour filtrer ses communications téléphoniques. Trois personnes seulement franchissent son barrage... après avoir donné leur « nom de passe » :

– C'est Gloria ! Ne crains rien, Lou, je ne vais pas te déranger longtemps. Juste deux questions à te poser. La première : est-ce que tu sais que nous sommes à la veille du week-end de la Pentecôte ?

– Oui, j'ai entendu ça ce matin à la radio.

– Très bien ! Alors deuxième question : tu n'as pas envie de te détendre pendant deux jours dans ma maison de Marnes ? De me lire des passages de ton livre ? De me poser encore des questions ? De répondre aux miennes ? De te taire... bruyamment ?

– Non, tu es adorable. Mais...

– Je sais : « Un seul être vous manque et tout est dépeuplé ! »

– Tu m'en veux ?

– Non ! Je t'envie...

La deuxième interlocutrice de Lou :

– C'est Fabienne ! Salut ! Devine pourquoi je t'appelle ?

– Pour me dire qu'on est le 15 juin et que dans deux semaines exactement je dois te remettre mon livre sur Gloria.

– Bravo ! Tu n'as pas encore perdu tout à fait le sens des réalités !

– J'essaie !

– Donc, tu auras fini à temps ?

– Oui... sauf imprévu.

– C'est Vincent, l'imprévu... imprévisible ?

– Évidemment !

– Est-ce que tu vas te décider à l'oublier un jour ?

– Je ne suis pas très sûre d'en avoir envie.

– Même s'il était avec une autre fille ?

– Ta question sous-entend, je pense, que...

– Oui ! J'ai vu sa photo dans un journal people, en train de danser avec la vedette de son film, tu sais, la belle Italienne...

– Oui. Et alors ? Ça n'empêche pas les sentiments !

– Ce n'est pas possible ! Tu crois encore qu'il reviendra ?

– Il n'est pas parti.

Le troisième interlocuteur de Lou :

– C'est Papa, ma Loulotte.

– Bonjour. Tu as des nouvelles de Vincent ?

– Oui, je l'ai vu hier soir. Il est très ennuyé. À cause de l'Italienne.

– Fabienne m'a dit qu'il sortait avec elle.

– Non ! Il est sorti une seule fois, le temps d'une photo. Pour la calmer.

– C'est-à-dire ?

– Comme son mari l'a trompée ouvertement avec une jolie panthère, elle veut se venger en le trompant aussi ouvertement avec un renard médiatique : Vincent en l'occurrence.

– Et alors ?
– Il refuse.
– Pourquoi ?
– Parce qu'il ne veut pas s'afficher avec une fille... à cause de toi... au cas où ça s'arrangerait finalement entre vous.
– C'est gentil...
– Oui... on peut dire ça comme ça.
– Secundo ?
– Parce qu'il mène avec ses frères à la « succursale » une vie non pas joyeuse, mais chaleureuse et détendue qui lui permet de colmater ses plaies... sans toutefois les oublier.
– Tertio ?
– Parce que l'Italienne refuse de signer son contrat cinématographique tant qu'il refusera d'être officiellement son chevalier servant et qu'il ne supporte pas ce genre de chantage.
– C'est bien.
– Moralement, oui. Commercialement, non.
– Bien sûr. Et à part ça ?
– Je voulais savoir si tu avais des projets pour tes vacances.
– J'ai le temps d'y penser. On n'est qu'aux premiers jours de l'été.
– C'est déjà tard pour réserver quelque chose de valable.
– De toute façon, je pourrai toujours aller chez Gloria à l'île de Sein.
– C'est vrai... Et pousser peut-être une pointe jusqu'à l'île de Ré ?
– Pourquoi ?
– Parce que j'y serai... en thalasso... avec Pénélope.
– Ah... Pourquoi pas ?

Ouf ! Ouf ! Ouf ! Hourra ! C'est ce cri de soulagement et de joie que le 2 juillet, à « La Parenthèse », les trois frères Vanneau poussent après avoir lu dans le journal la meilleure nouvelle du jour... pour eux : le mari de la belle Italienne est revenu, plus amoureux que jamais, auprès de son épouse, qui a tout pardonné... et signé son contrat !

Ce même jour, ils se sont plongés dans la troisième version du scénario de : « Pourquoi elles ne te ressemblent pas toutes, Maman ? » Tous les trois ont été heureusement surpris. Néanmoins Vincent, fort de son droit de regard, a téléphoné au scénariste pour lui suggérer quelques menus changements : quarante-deux en tout ! Le scénariste a été d'accord sur la moitié et a confirmé la date du premier jour de tournage : le lundi 18 septembre. Comme prévu à « L'Art et le Vin », rebaptisé pour l'occasion : « Le Gosier sec ».

Coïncidence : c'est le même jour qu'auront lieu les premières prises de vue de « L'Adieu au cowboy »... au Texas ! Vincent l'apprend par Édouard. Il est content pour Lou. Sincèrement content. Et content de l'être.

Ça tend à prouver que ses blessures d'amour-propre sont en voie de cicatrisation.

Édouard lui apprend par la même occasion qu'il a lu le manuscrit de Lou sur Gloria. Qu'il est perplexe. Qu'il aimerait bien avoir son avis. Que, s'il en est d'accord, il lui enverrait tout de suite une photocopie par coursier.

Le soir même, Vincent se jette dessus avec avidité. À partir du quatrième chapitre, il lit en diagonale. Il peine à aller jusqu'à la fin. Il est triste pour Lou. Sincèrement triste. Et content de l'être.

Le lendemain, Lou écoute les trois messages téléphoniques des personnes auxquelles elle a confié son manuscrit. Le premier message est de Fabienne :

– Allô... Allô... Allô... Je t'avais dit que je t'appellerais à 9 heures. Qu'est-ce que tu fous ? Merde ! J'ai passé la nuit à lire ton bouquin, à prendre des notes. Il faut absolument qu'on se parle. Rappelle-moi au plus vite. Ciao !

Fabienne laisse trois autres messages dans la matinée, de plus en plus mécontents, de plus en plus impératifs. Cinq dans l'après-midi. Ceux-là, muets.

Dans les intervalles, Lou a entendu le ton faussement enjoué de Gloria :

– Je t'appelle de Hong Kong. J'ai lu ma bio dans l'avion. Je n'ai pas arrêté de penser que si on avait un accident et qu'on retrouve ton manuscrit dans les décombres... ça te ferait une belle promo ! Mais j'espère qu'il marchera quand même sans ça ! Je te dis un grand bravo. Ne me rappelle pas. Je suis injoignable. Je t'embrasse très fort. C'était Gloria, évidemment !

Le dernier message était de son père :

– Ma Loulette, je n'ai voulu lire ton livre qu'après la fermeture de la galerie. C'est pourquoi, je t'appelle si tard. Belle réussite : grâce à toi, j'ai éprouvé de la sympathie pour cette dame qui jusque-là ne m'en inspirait pas beaucoup. Il faut vraiment que tu aies du talent. Juste une petite remarque : le mot « peut-être » revient un peu trop souvent... « peut-être ». Ainsi que l'expression « il me semble »... du moins, « me semble-t-il ». Ta mère aurait certainement vu là un manque de confiance en toi. Et pour une fois, elle n'aurait sans doute pas eu tort. Je t'embrasse du fin fond de mon cœur. Ah j'oubliais... tous les frères Vanneau sont passés à la galerie : ils t'embrassent aussi... de tout mon cœur.

Lou imagine facilement le sourire attendri de son père en lisant cette phrase. Elle ne retient que celle-là.

Pendant ses quinze ans de galère, Lou a eu le temps d'apprendre le langage des non-dits. Alors... si jusque-là, elle a eu des doutes sur les qualités de son livre, maintenant elle a des certitudes sur son insuffisance. Fabienne aussi. Elle ne le lui cache pas dans le mail que, lasse de téléphoner en vain, elle lui a envoyé. Curieusement, elle s'y montre indulgente et surtout coopérative : comprenant que Lou soit incapable pour le moment de rectifier son ouvrage, elle est allée pêcher dans le vivier du club « En avant toutes » une « plume » politique, au chômage depuis les élections, et l'a chargée de rendre le livre plus « dynamique ». Mission scrupuleusement accomplie en quinze jours par « la nègre » (féminin non revendiqué !). Dans cette version remaniée, Gloria, la transsexuelle, est devenue la femme emblématique de demain et le soutien-gorge, son porte-drapeau ! La biographie écrite par Lou a perdu son impartialité au profit d'une virulence partisane : joli transformisme littéraire.

Lou l'accepte, un peu par intérêt, consciente que sous cette forme polémique son livre est plus télé-accrocheur. Beaucoup par indifférence, parce que, en cette fin de juillet, elle n'a plus qu'une idée : partir. Dans quelle direction ? N'importe laquelle qui lui soit inconnue. Elle a envie d'horizons nouveaux, d'inattendu. Le hasard... toujours lui ! veut que le téléphone sonne, alors qu'elle est en pleine perplexité, à quatre pattes devant une carte du monde déployée par terre devant elle. C'est Arthur le photographe, un homme qui est né avec une valise à la main et un objectif dans l'œil. Son problème ? Il part le 1er août pour les îles de l'océan Indien. Le nez dans la carte, Lou l'éblouit en lui citant :

– Sumatra... Java... Bornéo...

– Tu connais ?

– Pas du tout ! Et toi ?

– Moi, oui ! J'y suis allé en repérage pour mon prochain album qui s'appellera : « Les îles et Elle ».

– Ah ça, ce n'est pas mal.

– Oui, sauf que la fille qui devait être « Elle » sur mes photos vient d'être hospitalisée d'urgence... et pour un bout de temps ! J'ai remué ciel et terre pour trouver une remplaçante. Mais tu penses bien qu'à cette date, toutes les filles présentables sont occupées d'une façon... ou d'une autre...

– Alors, tu m'as appelée !

– Ben oui... à tout hasard...

– À tout hasard... C'est le mot.

Deux jours plus tard, le photographe – extasié – et son modèle – fataliste – s'embarquaient pour un voyage dont Lou avait bien précisé à son employeur qu'il devait être strictement professionnel et amical.

Il le fut. Par la même occasion, il fut fatigant et décevant.

Fatigant, parce que le photographe, frustré dans sa libido, multiplia les exigences dans le travail.

Décevant, parce que sans l'éclairage de l'amour, les plus beaux paysages ne sont que ce qu'ils sont ; parce que Lou avait à chaque instant envie de dire à Vincent, comme dans la chanson : « J'aimerais mieux Charleroi avec toi que Capri avec lui ! »

Enfin, Lou et son photographe débarquent à Orly. Lui, ravi et en pleine forme. Elle, en perte de vitesse physique et morale. Elle n'a qu'une seule idée : « Allô, Papa... bobo ! »

Arthur aussi n'a qu'une seule idée : « Allô, Léa, dodo. » La dénommée Léa passe ses vacances à Arcachon. L'île de Ré est sur le chemin. Arthur propose à Lou de louer une voiture et de la déposer. Elle accepte dans un bâillement reconnaissant. Une heure plus tard, elle s'endort comme une bienheureuse sur la banquette arrière d'un 4 × 4 qu'Arthur conduit avec le souci de ne pas réveiller Lou, désarmée par le sommeil et aussi désarmante.

Elle se réveille en arrivant à l'hôtel. Bonheur ! Son père est là pour l'accueillir avec Pénélope, à bras et cœur ouverts. La mer est là, avec sa vivifiante odeur d'algues. La terrasse est là avec sa vue... à perte de vue et avec... merde ! Avec Vincent et... Juliette Montroux !

Voilà ! Ça, c'est typiquement le genre de situation qui, dans un roman, fait penser au lecteur, selon son humeur, que l'auteur a une sacrée imagination, ou alors que l'auteur pousse un peu trop loin le bouchon !

Regardez d'un peu plus près la table sept où viennent de s'asseoir six personnes réunies de façon... normale : sur la banquette, les femmes : Lou, Pénélope, Juliette. En face sur les chaises : Arthur, Édouard, Vincent.

Pourquoi Lou est-elle là ? Parce que, électron libre en perdition, elle est venue se réfugier auprès de son père : normal !

Pourquoi Arthur est-il là ? Parce que, dans un accès de reconnaissance pour service rendu gratuitement, il a conduit Lou à destination : normal !

Pourquoi Pénélope et Édouard sont-ils là ? Parce que la première aime beaucoup l'île de Ré et que le second aime beaucoup la première : normal !

Pourquoi Vincent est-il là ? Parce que, sans aucun projet estival, il a suivi Édouard, pour rester plus ou moins consciemment dans le sillage de Lou : normal !

Pourquoi Juliette Montroux est-elle là ? Parce que de passage chez sa grand-mère rochelaise, elle en a profité pour visiter l'île de Ré : normal !

Mais pourquoi Vincent et Juliette sont-ils arrivés ensemble à l'hôtel ?

Parce que, après sa balnéothérapie cet après-midi, Vincent est allé se balader – éventuellement draguer – du côté d'Ars-en-Ré, à l'instant où Juliette y faisait du shopping. Elle était seule. Lui aussi. Désœuvrée. Lui aussi. Ils se sont rencontrés devant une boutique de « souvenirs ». Ça tombait bien ! Juliette a déversé sur l'indifférence de Vincent l'écume amère de son passé... et de son présent ! Elle continuait à l'aimer envers et contre toutes ! À la fois gêné, attendri, flatté et surtout, surtout poussé par une abstinence prolongée, Vincent lui a proposé une « nuit de rattrapage » qui effacerait celles d'autrefois. Du moins il l'espérait : normal !

Donc, voici Lou, Pénélope, Juliette, Arthur, Édouard, Vincent, réunis dans le même lieu le plus normalement du monde.

Pourtant tous rêvent d'être ailleurs. Seuls Vincent et Arthur parviennent à « s'absenter »... avec l'aide efficace et rapide d'un bordeaux blanc. Grâce aux trois bouteilles qui ont accompagné le dîner, Vincent est maintenant à la « succursale » en tête à tête amoureux avec un homard auquel il sourit béatement. Quant à Arthur, il est retourné dans l'océan Indien avec Lou, déguisée, dans sa tête, en sirène déchaînée.

Pas question évidemment pour lui de reprendre la route dans cet état. Or, il n'y a plus une seule chambre libre dans l'hôtel. Édouard en est certain : il va exceptionnellement partager la chambre de Pénélope car il a dû laisser ce matin la sienne à Lou qui va y coucher – ou plutôt y dormir – avec Arthur. Elle n'a pas le courage de le laisser dehors : normal !

Pas davantage question pour Juliette de renoncer à sa nuit de rattrapage. Elle attendra que Vincent reprenne ses esprits : chose promise, chose due : normal !

En attendant, elle a quand même fini par s'endormir. Peu après Vincent s'est réveillé. Forcément, elle ronflait. C'était la première fois qu'il rencontrait une femme qui ronflait : il en a profité aussitôt pour faire un vœu : « Qu'elle continue à ronfler ! » Il a été exaucé. Quand elle s'est réveillée, il était depuis longtemps dans sa voiture, sur la route de Paris, avec ses bagages et avec un sourire qu'il n'avait pas eu depuis longtemps.

À la même heure... ou presque, Lou a le même sourire... ou presque : une femme de chambre vient de lui apporter un paquet assez rudimentaire « de la part du monsieur qui est parti ce matin ».

Lou déchire le papier d'emballage. Elle découvre un pot de confiture d'oranges avec sur le couvercle un Post-it bleu où Vincent a écrit : « Date de consommation : sans limite. »

Ça, pour le coup, sous la plume d'un macho... ce n'est pas normal !

Chapitre 31

D'accord ! C'est un roman et c'est le dernier chapitre. Alors, on imagine déjà la fin. Au choix. Version rose : ils se marièrent. Furent heureux. Et n'eurent pas d'enfants... ou eurent le nombre d'enfants qu'ils souhaitaient.

Version féministe : elle était trop haut. Il ne la rattrapa jamais. Elle devint présidente de la République... des Lettres ! Il resta avocaillon des veufs et des orphelins.

Version machiste : ils se séparèrent. Chacun de son côté, ils écrivirent un livre sur leur rupture. Elle intitula le sien : « L'Irremplaçable ». Et fit un flop. Même pas retentissant. Lui intitula le sien : « Une de perdue, dix de retrouvées ! » et obtint un triomphe.

Eh bien, non ! Pour Vincent et pour Lou ça ne s'est pas passé comme ça. D'abord, il n'y pas eu de fin. C'est logique : dans la vie, tant que la santé est bonne – et la leur l'était – il n'y a pas de fin. Il y a une suite. Des suites. Avec des hauts et des bas ; des bonnes surprises et des mauvaises ; des hasards invraisemblables ; des joies inespérées ; des déceptions inattendues ; des échecs incompréhensibles et des réussites inexplicables. Comme dit madame

Vanneau : « Dans le meilleur des cas, la vie est faite de malchances compensées. » Dans la foulée, j'ajouterai que ses couleurs varient du rouge vif au gris foncé, en passant par les bleus, les beiges, les roses et... l'orange.

Pour le moment, chez Vincent, les pastels dominent. Grâce à Bruno, il est devenu l'avocat d'un vieux renard du maquis littéraire très justement surnommé par les jumeaux « Filouchard ».

Grâce à lui, Vincent a vite réinvesti les territoires des people. Et puis, bientôt, commencera le tournage à Angers de « Pourquoi elles ne te ressemblent pas toutes, Maman ? ». Le 2 octobre exactement, le jour de la Saint-Léger – ce que Vincent considère comme un clin d'œil encourageant du destin !

Hélas ! Au-dessus de tout ça... ou plutôt mélangé à tout ça, le silence de Lou. Les silences. Silence à la « succursale » sur le pot de confiture. Silence chez Machin qu'elle a chargé de garder son courrier. Silence chez son père, traversé par quelques mails nébuleux. Silence répercuté par Bruno dans le milieu éditorial. Seule Fabienne prétend avoir des nouvelles. D'après elle, Lou serait « quelque part » avec Gorge en feu, en train de chercher l'inspiration pour de nouvelles chansons ; de reprendre des forces ; de réunir des arguments, en vue de ses futures prestations télévisuelles, à l'occasion de la sortie de son livre sur Gloria. Notamment pour « Poings... d'exclamation », l'émission de Tapsy, championne de l'audimat dans sa catégorie, programmée le 24 septembre.

En vérité, Lou est tout bêtement à Marnes-la-Coquette, chez Gloria. Sans elle et sans Laurent. Son moral y évolue dans un patchwork de couleurs, mêlant le gris angoisse, quand elle pense à sa promotion, maintenant proche ; le gris neutre, quand elle pense à son avenir. Ses avenirs. Ses lendemains qui vont chanter ou la désenchanter ? L'orange lumineux... quand elle pense au pot de confiture. Le vert espérance quand elle entend sur son portable, derrière les messages transparents de Madeleine Vanneau, l'éloquent silence de son « grand ». Le rouge fureur quand, dans un magazine, elle voit une photo de Vincent avec... une pétasse ! Elle a beau chercher, elle ne trouve pas d'autre mot !

Mais bon sang ! Qu'est-ce qu'elle nous joue, l'écrivaine à succès ? Qu'est-ce qu'elle se joue ? L'héroïne de son prochain roman ? L'assoiffée d'amour qui meurt de soif auprès de la fontaine... tarie uniquement pour elle ? Qu'est-ce qu'elle attend, la frigide réchauffée, pour aller titiller les braises, rallumer le feu ou du moins essayer ? Qu'est-ce qu'elle attend pour lui hurler dans une tempête d'injures : « JE T'AIME, CONNARD ! » ou pour lui chuchoter dans l'oreille au milieu d'un océan de larmes : « Tu es toujours mon lion superbe et généreux » ? Bref, qu'est-ce qu'elle attend pour agir comme une femme ?

Et lui ? Qu'est-ce qu'il attend, Maître renard, la queue basse et le verbe haut, pour essayer d'inverser l'ordre des facteurs, en commençant par parler à Lou très bas, très bas de son espoir de l'emmener, très haut, très haut ? Qu'est-ce qu'il attend pour lui avouer son vieux fantasme de macho et l'assouvir en la traînant au lit par les cheveux comme John Wayne ? D'accord les cheveux de Lou sont courts et d'ici à ce qu'ils poussent, elle aura le temps de... de... de le tromper ? Eh oui ! Horreur ! Qu'est-ce qu'il attend pour courir vers elle et lui crier : « Tout, tout, tout mais pas ça ! » Et puis pour lui jurer : « Tout, tout, tout... et ça ! »

Oui, franchement, qu'est-ce qu'ils attendent, ces deux-là ?

Eh bien, à mon avis – il vaut ce qu'il vaut – ces deux-là attendent tout bêtement le Hasard... oui, comme ils l'ont attendu dès leur première rencontre. Ces deux-là, le cow-boy et la Tarzane, je ne serais pas tellement étonnée que sous leur masque ils aient un petit quelque chose de Tristan et Yseult. Ça vaut bien quelque chose de Tennessee. Évidemment, je n'en suis pas sûre. Faut voir. Alors, voyons. Regardons-les. Où sont-ils ? Je m'en doutais : ils sont revenus à leur case départ : l'émission de Tapsy. Lou y participe comme il y a un an, dans le quatrième et dernier round, et, comme il y a un an, elle a mal dormi, elle est à la fois nerveuse et sans ressort. En revanche, je note deux différences. D'abord, l'année dernière, elle avait tout à gagner et aujourd'hui, elle a tout à perdre. Ensuite, cette année Vincent ne sera pas son adversaire direct mais... il assistera à l'émission, soit dans les coulisses, soit dans la salle en tant qu'avocat de son challenger, le fameux « Filouchard », accusé de révélations mensongères sur Gloria et sur quelques-uns de ses concurrents, dans un livre écrit par un nègre et intitulé *Les Dessous des dessous*.

Livre sans autre intérêt que celui de soulever une polémique entre l'« auteur » et différents fabricants de lingerie. Livre qui a exaspéré Lou par ses critiques sur Gloria et son machisme sous-jacent.

Son exaspération, doublée par le fait que Vincent est le défenseur du peu reluisant « Filouchard », se traduit par une agressivité calquée sur celle dont elle a été la victime l'année dernière dans cette même émission. Agressivité qui l'avait conduite à lever une main vengeresse sur Vincent qui, on s'en souvient peut-être, l'avait arrêtée juste à temps pour éviter un combat ridicule.

Filouchard lui, surpris par la pugnacité de sa frêle adversaire, n'a rien pu éviter. Il a reçu une gifle magistrale qui l'a déséquilibré et propulsé sur le sol. À cet instant, plus Filouchard que jamais, en un éclair, il a décidé d'y rester en simulant un évanouissement. D'où : un gros plan final sur les yeux révulsés de la victime et ceux exorbités de l'indomptable Tarzane.

Jubilation de Tapsy.

Désarroi de Lou.

Engueulade de Fabienne.

Retour dans les loges.

Même topo qu'il y a un an, à ceci près que la crise de Lou suscite d'abord la désapprobation, ensuite l'indifférence – y compris celle de Gloria qui prétendument appelée d'urgence en Italie, ne lui a même pas téléphoné ; y compris celle de son père qui le matin même s'est contenté d'un banal SMS : « De tout mon cœur avec toi. »

Comme il y a un an, Lou attend que tout le monde soit parti pour sortir de sa loge. Elle longe le couloir vide, silencieux, lugubre, fixe au loin la flèche lumineuse, indiquant la sortie à gauche, y arrive presque titubante, tourne et voit... Vincent assis par terre, à la place où elle était, il y a un an.

Réminiscence... ? Ils échangent les deux mêmes phrases qu'un an auparavant :

– Qu'est-ce que tu fais là ?

– Je t'attendais.

Vous voyez, c'est moi qui avais raison : ils comptaient sur le hasard. Alors, évidemment à partir de là...

Ils sont repartis sur la moto de Vincent.
Ils sont allés chez Machin.
Ils ont mangé du boudin-purée.
Ils ont évité la « succursale ».
Et ils ont inauguré le nouvel appartement de Lou.
Ainsi se termine...
Comment ? Ce n'est pas fini ?
Ah ! non ! Pas tout à fait ! J'ai oublié de vous dire : « Leur chambre était éclairée par la lampe aux deux moitiés d'orange... »

1+1=3 ?

(Pocket n° 13124)

Gilles, Paule, Victoria, le mari, la femme et la maîtresse… Un homme et deux femmes cohabitent dans un imbroglio loin du trio classique de l'adultère et remettent à l'ordre du jour les péripéties des relations sentimentales. Entre faux-semblants, responsabilités professionnelles et intermittence amoureuse, qui sortira gagnant(e) de cette aventure ?
Et d'abord, y aura-t-il un(e) gagnant(e) ?

Il y a toujours un Pocket à découvrir

Imprimé en France par

CPI

BRODARD & TAUPIN

à La Flèche (Sarthe)
en août 2010

POCKET – 12, avenue d'Italie - 75627 Paris cedex 13

N° d'impression : 59433
Dépôt légal : septembre 2008
Suite du premier tirage : août 2010
S18072/04